换巢鸾凤

民国通俗小说典藏文库·张恨水卷

张恨水◎著

中国文史出版社

小说大家张恨水（代序）

张赣生

民国通俗小说家中最享盛名者就是张恨水。在抗日战争前后的二十多年间，他的名字真是家喻户晓、妇孺皆知，即使不识字、没读过他的作品的人，也大都知道有位张恨水，就像从来不看戏的人也知道有位梅兰芳一样。

张恨水（1895—1967），本名心远，安徽潜山人。他的祖、父两辈均为清代武官。其父光绪年间供职江西，张恨水便是诞生于江西广信。他七岁入塾读书，十一岁时随父由南昌赴新城，在船上发现了一本《残唐演义》，感到很有趣，由此开始读小说，同时又对《千家诗》十分喜爱，读得"莫名其妙的有味"。十三岁时在江西新淦，恰逢塾师赴省城考拔贡，临行给学生们出了十个论文题，张氏后来回忆起这件事时说："我用小铜炉焚好一炉香，就做起斗方小名士来。这个毒是《聊斋》和《红楼梦》给我的。《野叟曝言》也给了我一些影响。那时，我桌上就有一本残本《聊斋》，是套色木版精印的，批注很多。我在这批注上懂了许多典故，又懂了许多形容笔法。例如形容一个很健美的女子，我知道'荷粉露垂，杏花烟润'是绝好的笔法。我那书桌上，除了这部残本《聊斋》外，还有《唐诗别裁》《袁王纲鉴》《东莱博议》。上两部是我自选的，下两部是父亲要我看的。这几部书，看起来很简单，现在我仔细一想，简直就代表了我所取的文学路径。"

宣统年间，张恨水转入学堂，接受新式教育，并从上海出版的报纸上获得了一些新知识，开阔了眼界。随后又转入甲种农业学校，除了学习英文、数、理、化之外，他在假期又读了许多林琴南译的小说，懂得了不少描写手法，特别是西方小说的那种心理描写。民国元年，张氏的父亲患急症去世，家庭经济状况随之陷入困境，转年他在亲友资助下考入陈其美主持的蒙藏垦殖学校，到苏州就读。民国二年，讨袁失败，垦殖学校解散，张恨水又返回原籍。当时一般乡间人功利心重，对这样一个无所成就的青年很看不起，甚至当面嘲讽，这对他的自尊心是很大的刺激。因之，张氏在二十岁时又离家外出投奔亲友，先到南昌，不久又到汉口投奔一位搞文明戏的族兄，并开始为一个本家办的小报义务写些小稿，就在此时他取了"恨水"为笔名。过了几个月，经他的族兄介绍加入文明进化团。初始不会演戏，帮着写写说明书之类，后随剧团到各处巡回演出，日久自通，居然也能演小生，还演过《卖油郎独占花魁》的主角。剧团的工作不足以维持生活，脱离剧团后又经几度坎坷，经朋友介绍去芜湖担任《皖江报》总编辑。那年他二十四岁，正是雄心勃勃的年纪，一面自撰长篇《南国相思谱》在《皖江报》连载，一面又为上海的《民国日报》撰中篇章回小说《小说迷魂游地府记》，后为姚民哀收入《小说之霸王》。

　　1919年，五四运动吸引了张恨水。他按捺不住"野马尘埃的心"，终于辞去《皖江报》的职务，变卖了行李，又借了十元钱，动身赴京。初到北京，帮一位驻京记者处理新闻稿，赚些钱维持生活，后又到《益世报》当助理编辑。待到1923年，局面渐渐打开，除担任"世界通讯社"总编辑外，还为上海的《申报》和《新闻报》写北京通讯。1924年，张氏应成舍我之邀加入《世界晚报》，并撰写长篇连载小说《春明外史》。这部小说博得了读者的欢迎，张氏也由此成名。1926年，张氏又发表了他的另一部更重要的作品

《金粉世家》，从而进一步扩大了他的影响。但真正把张氏声望推至高峰的是《啼笑因缘》。1929年，上海的新闻记者团到北京访问，经钱芥尘介绍，张恨水得与严独鹤相识，严即约张撰写长篇小说。后来张氏回忆这件事的过程时说："友人钱芥尘先生，介绍我认识《新闻报》的严独鹤先生，他并在独鹤先生面前极力推许我的小说。那时，《上海画报》（三日刊）曾转载了我的《天上人间》，独鹤先生若对我有认识，也就是这篇小说而已。他倒是没有什么考虑，就约我写一篇，而且愿意带一部分稿子走。……在那几年间，上海洋场章回小说走着两条路子，一条是肉感的，一条是武侠而神怪的。《啼笑因缘》完全和这两种不同。又除了新文艺外，那些长篇运用的对话并不是纯粹白话。而《啼笑因缘》是以国语姿态出现的，这也不同。在这小说发表起初的几天，有人看了很觉眼生，也有人觉得描写过于琐碎，但并没有人主张不向下看。载过两回之后，所有读《新闻报》的人都感到了兴趣。独鹤先生特意写信告诉我，请我加油。不过报社方面根据一贯的作风，怕我这里面没有豪侠人物，会对读者减少吸引力，再三请我写两位侠客。我对于技击这类事本来也有祖传的家话（我祖父和父亲，都有极高的技击能力），但我自己不懂，而且也觉得是当时的一种滥调，我只是勉强地将关寿峰、关秀姑两人写了一些近乎传说的武侠行动……对于该书的批评，有的认为还是章回旧套，还是加以否定。有的认为章回小说到这里有些变了，还可以注意。大致地说，主张文艺革新的人，对此还认为不值一笑。温和一点的人，对该书只是就文论文，褒贬都有。至于爱好章回小说的人，自是予以同情的多。但不管怎么样，这书惹起了文坛上很大的注意，那却是事实。并有人说，如果《啼笑因缘》可以存在，那是被扬弃了的章回小说又要返魂。我真没有料到这书会引起这样大的反应……不过这些批评无论好坏，全给该书做了义务广告。《啼笑因缘》的销数，直到现在，还超过我其他作品的销数。

除了国内、南洋各处私人盗印翻版的不算，我所能估计的，该书前后已超过二十版。第一版是一万部，第二版是一万五千部。以后各版有四五千部的，也有两三千部的。因为书销得这样多，所以人家说起张恨水，就联想到《啼笑因缘》。"

不论张氏本人怎样看，《啼笑因缘》是他最有影响的作品，这一点毫无疑问，可以随便举出几件事来证明。《啼笑因缘》发表后，被上海明星公司拍成六集影片，由当时最著名的电影明星胡蝶主演，同时还被改编为戏剧和曲艺，在各地广泛流传；再有《啼笑因缘》被许多人续写，迫使张氏不得不改变初衷，于1933年又续写了十回，张氏在《我的写作生涯》中说："在我结束该书的时候，主角虽都没有大团圆，也没有完全告诉戏已终场，但在文字上是看得出来的。我写着每个人都让读者有点儿有余不尽之意，这正是一个处理适当的办法，我绝没有续写下去的意思。可是上海方面，出版商人讲生意经，已经有好几种《啼笑因缘》的尾巴出现，尤其是一种《反啼笑因缘》，自始至终，将我那故事整个地翻案。执笔的又全是南方人，根本没过过黄河。写出的北平社会真是也让人又啼又笑。许多朋友看不下去，而原来出版的书社，见大批后半截买卖被别人抢了去，也分外眼红。无论如何，非让我写一篇续集不可。"这种由别人代庖的续作，出书者至少有四种：惜红馆主《续啼笑因缘》、青萍室主《啼笑因缘三集》、康尊容《新啼笑因缘》和徐哲身《反啼笑因缘》。虽然远不如《红楼梦》续作之多，但在民国通俗小说中已经是首屈一指了。张氏在《我的小说过程》一文中还说："我这次南来，上至党国名流，下至风尘少女，一见着面便问《啼笑因缘》。这不能不使我受宠若惊了。"

《啼笑因缘》使张氏名声大振，约他写稿的报刊和出版家蜂拥而至，有的小报甚至谣传张氏在十几分钟内收到几万元稿费，并用这笔钱在北平买下了一所王府，自备一部汽车。这自然不是事实，但张氏当时收到的稿酬也有六七千元，的确不能算少。这样，他就可以去搜集一些古旧木版小说，想要作一部《中国小说史》。就在此时，日寇侵华的"九一八事变"爆发，张氏的希望随之化为泡影。作为一位爱国的作家，在国难当头的状况下自不会沉默，张恨水在1931至1937的几年间，先后写了《热血之花》《弯弓集》《水浒别传》《东北四连长》《啼笑因缘续集》《风之夜》等涉及抗敌御侮内容的作品。

1934年，张恨水到陕西和甘肃走了一遭，此行使他的思想发生了很大的变化。张氏在《我的写作生涯》中说："陕甘人的苦不是华南人所能想象，也不是华北、东北人所能想象。更切实一点地说，我所经过的那条路，可说大部分的同胞还不够人类起码的生活。……人总是有人性的，这一些事实，引着我的思想起了极大的变迁。文字是生活和思想的反映，所以在西北之行以后，我不违言我的思想完全变了，文字自然也变了。"此后，他写了《燕归来》，以描写西北人民生活的惨状。

抗日战争全面爆发后，张恨水取道汉口，转赴重庆，于1938年初抵达，即应邀在《新民报》任职。抗战八年间，他除去写了一些战争题材的小说外，还有两种较重要的作品，即《八十一梦》和《魍魉世界》（原名《牛马走》），均先于《新民报》连载，后出单行本。抗战胜利，张氏重返北平，担任《新民报》经理，此后几年他写了《五子登科》等十来部小说，但均未产生重大影响。1948年底，张氏辞去《新民报》职务。1949年夏，他患脑溢血，经过几年调治，病情好转，张氏便又到江南和西北去旅行。1959年，张氏病情转重，至1967年初于北京去世，终年七十三岁。

张恨水一生写了九十多部小说，印成单行本的也在五十种左右。说到张氏作品的总特色，一般常感到不易把握，因为他总在不断地变。其实，这"变"就正是张恨水作品最鲜明的总特色。

张恨水是一个不甘心墨守成规的人，他好动不好静，敢于否定自己，这正是作为开创者必须具备的素质。读一读张氏的《我的写作生涯》，就会发现他总是在讲自己的变，那变的频繁、动因的多样，在民国通俗小说作家中实属仅见。……待到《金粉世家》《啼笑因缘》相继问世，张恨水的名声已如日中天，他在思想上的求新仍未稍解，他说："我又不能光写而不加油，因之，登床以后，我又必拥被看一两点钟书。看的书很拉杂，文艺的、哲学的、社会科学的，我都翻翻。还有几本长期订的杂志，也都看看。我所以不被时代抛得太远，就是这点儿加油的工作不错。"

追求入时，可说是张恨水的一贯作风，不仅小说的内容、思想随时而变，在文字风格上也不断应时变化。仅就内容、思想方面的变化而言，在民国通俗小说作家中也很常见，说不上是张氏独具的特色，但在文字风格上也不断变化，就不同于一般了。张氏在《我的写作生涯》中经常提到这方面的事例，譬如他曾提及回目格式的变化，他说："《春明外史》除了材料为人所注意而外，另有一件事为人所喜于讨论的，就是小说回目的构制。因为我自小就是个弄辞章的人，对中国许多旧小说回目的随便安顿向来就不同意。即到了我自己写小说，我一定要把它写得美善工整些。所以每回的回目都很经一番研究。我自己削足适履地定了好几个原则。一、两个回目，要能包括本回小说的最高潮。二、尽量地求其辞藻华丽。三、取的字句和典故一定要是浑成的，如以'夕阳无限好'，对'高处不胜寒'之类。四、每回的回目，字数一样多，求其一律。五、下联必定以平声落韵。这样，每个回目的写出，倒是能博得读者推敲的。可是我自己就太苦了……这完全是'包三寸金莲求好看'的念头，后来很不愿意向下做。不过创格在前，一时又收不回来。……在我放弃回目制以后，很多朋友反对，我解释我吃力不讨好的缘故，朋友也就笑而释之，谓不讨好云者，这种藻丽的回目，成为礼拜六派的口实。其实礼拜六派多是散体文言小说，堆砌的辞藻见于文内而不在回目内。礼拜六派也有作章回小说的，但他们的回目也很随便。"再譬如他在谈及《金粉世家》时说："以我的生活环境不同和我思想的变迁，加上笔路的修检，以后大概不会再写这样一部书。"诸如此类的变化不胜列举。

张氏的多变还体现在题材的多样化。他说："当年我写小说写得高兴的时候，哪一类的题材我都愿意试试。类似伶人反串的行为，我写过几篇侦探小说，在《世界日报》的旬刊上发表，我是一时兴到之作，现在是连题目都忘记了。其次是我写过两篇武侠小说，最先一篇叫《剑胆琴心》，在北平的《新晨报》上发表的，后来《南京晚报》转载，改名《世外群龙传》。最后上海《金刚钻小报》拿去出版，又叫《剑胆琴心》了。"第二篇叫《中原豪侠传》，是张氏自办《南京人报》时所作。此外，张氏还写过仿古的《水浒别传》和《水浒新传》，他说："《水浒别传》这书是我研究《水浒》后一时高兴之作，写的是打渔杀家那段故事。文字也学《水浒》口气。这原是试试的性质，终于这篇《水浒别传》有点儿成就，引着我在抗战期间写了一篇六七十万字的《水浒新传》。""《水浒新传》当时在上海很叫座。……书里写着水浒人物受了招安，跟随张叔夜和金人打仗。汴梁的陷落，他们一百零八人大多数是战死了。尤其是时迁这路小兄弟，我着力地去写。我的意思，是以愧士大夫阶级。汪精卫和日本人对此书都非常地不满，但说的是宋代故事，他们也无可奈何。这书里的官职地名，我都有相当的考据。文字我也极力模仿老《水浒》，以免看过《水浒》的人说是不像。"再有就是张氏还仿照《斩鬼传》写过一篇讽刺小说《新斩鬼传》。张恨水的一生都在不停地尝试，探寻着各色各样的内容及表达方式，他甚至也写过完全以实事为根据、类似报告文学的《虎贲万岁》，也写过全属虚幻的、抽象的或象征性的小说《秘密谷》，他的作风颇有些像那位既不愿重复前人也不愿重复自己的现代大画家毕加索。

张恨水写过一篇《我的小说过程》，的确，我们也只有称他的小说为"过程"才最名副其实。从一般意义上讲，任何人由始至终做的事都是一个过程，但有些始终一个模子印出来的过程是乏味的过程，而张氏的小说过程却是千变万化、丰富多彩的过程。有的评论者说张氏"鄙视自己的创作"，我认为这是误解了张氏的所为。张恨水对这一问题的态度，又和白羽、郑证因等人有所不同。张氏说："一面工作，一面也就是学习。世间什么事都是这样。"他对自己作品的批评，是为了写得越来越完善，而不是为了表示鄙视自己的创作道路。张氏对自己所从事的通俗小说创作是颇引以自豪的，并不认为自己低人一等。他说："众所周知，我一贯主张，写章回小说，向通俗路上走，绝不写人家看不懂的文字。"又说："中国的小说，还很难脱掉消闲的作用。对于此，作小说的人，如能有所领悟，他就利用这个机会，以尽他应尽的天职。"这段话不仅是对通俗小说而言，实际也是对新文艺作家们说的。读者看小说，本来就有一层消遣的意思，用一个更适当的说法，是或者要寻求审美愉悦，看通俗小说和看新文艺小说都一样。张氏的意思不是很明显吗？这便是他的态度！张氏是很清醒、很明智的，他一方面承认自己的作品有消闲作用，并不因此灰心，另一方面又不满足于仅供人消遣，而力求把消遣和更重大的社会使命统一起来，以尽其应尽的天职。他能以面对现实、实事求是的态度对待自己的工作，在局限中努力求施展，在必然中努力争自由，这正是他见识高人一筹之处，也正是最明智的选择。当然，我不是说除张氏之外别人都没有做到这一步，事实上民国最杰出的几位通俗小说名家大都能收到这样的效果，但他们往往不像张氏这样表现出鲜明的理论上的自觉。

张恨水在民国通俗小说史上是一位名副其实的大作家，他不仅留下了许多优秀的作品，他一生的探索也为后人留下了许多可贵的经验。

目　录

楔　子

俗言说得好：上有天堂，下有苏杭。苏州、杭州是人间的福地，那是自古已为社会上所公认的。不过苏州的情形多少有些分别，杭州有个西湖，游历的人到了杭州，一见三竺六桥，就可以证实。苏州就不然，它之所以为天堂，完全在于内质方面。这种内质，不是游历家一到了苏州阊门就可以看到了。这要住上两三个月之后，尝过了饮食起居的另一种滋味，然后才会知道苏州之所以为天堂。这种天堂风味，自然不是三言两语可以形容得尽，倒不如用两个字来包括着说，就是"闲适"。"闲"字是别个城市里也可以得着的，所难得的，便是这个"适"字。而住在苏州城里的人，花了少数的钱，尽可以让起居饮食全适意的。

这话何以见得？根据我的朋友兰庵主人的生活，那就可以知道了。

兰庵主人也不过是个卖文为活的书生，由他十几岁卖文起，直卖到四十岁为止。居然靠他积攒下的一笔心血钱，也在苏州城里买下了人家的一座废园子，做了住宅。园子虽是荒芜过了，但是经他积年累月的整理，很觉得幽雅宜人。他反正把整理园子当了一种工作外的消遣之法，拼了工夫不算，也就花钱有限。这园子里面，虽是各种花草，都不无点缀，最为茂盛的要算两种，一种是紫罗兰花，一种是菊花。

当我去拜访这个园子的时候，那是国历的十月，正当菊花盛开之日。那时我在上海做客，听到说华北局面日非，欲归未得，心里是非常难过。兰庵听到这个消息，他就特地到寓所里来看我。我住的那一个小楼，写字台上散乱的稿纸和大小不齐的书本，占了大半边的位置。我蓬乱着隐藏了银丝的枯燥头发，憔悴了的面孔，透着苍白。我身上穿的那件青呢袍子，虽然颜色是很深的，但是在袖子上、衣襟上，依然可以发现那斑斑点点的墨迹。兰庵进房来了，我首先抢过去和他握手，当我握着他的手，是温热绵软的时候，我自己知道我的手是冰凉的了。他脱了他的夹大衣，露出他身上的蓝绸袍子和黑毛葛马褂，是没有一点皱纹和痕迹，这和他那书生白面一样，不带一点苍老的样子。

他坐下来先笑着说："你这些日子心境不怎么好吧？"

我摇摇头说："这倒无所谓。住了这高大的洋房子，吃的饭还有两菜一汤，衣服穿在身上呢，也不曾冻着。人生在世，不过如此。我还有什么心境不好？"

兰庵笑说："我们都有那点书呆气，家无半亩忧天下的。加之你的眷属都在北平，你急于要北上，而环境又不许可你北上，你当然是心里不安。"

我坐在写字台边，把桌上一面小镜子拿起来，自照了一照，觉得是个中年以上的人了。于是向兰庵笑着说："兰兄，我们是同年的人，但看你风度翩翩，还不失为一个少年的亲子。我是老了。"

兰庵笑说："我正在劝你，你还只管发牢骚。我今天到这里来，没有别的事，苏州公园中不日将举行一个金鱼菊花展览会，想邀你去看看。"

我听了这话，抬起一只手来，搔搔我蓬乱的头发，含着笑，表示出我那踌躇的样子来。

他完全了解我的意思了，笑说："我想着你在这个时候，或者没有那闲情逸致。不过我原来的目的，是要供给你一些小说材料。"

我笑说："像苏州这地方，去过的人是太多了。"说着，我在桌上烟筒里取了一支烟卷，双手递了过去。我也取了一支烟，仰靠在写字椅上抽着。

兰庵架了腿，坐在我对面沙发上，他将烟支伸到茶几上的烟缸处，把一个食指勾着慢慢地弹去了烟支上的灰，这就笑道："当然，不是要你采取苏州做背景，去作一部小说，更不是在鱼菊展览上，说你能取得什么材料。现在在我苏州家里，放着我朋友的一本日记，还有我朋友的女友留下来的一点作品，可以让你尽一日之力，在我家里把那些文件全数看看，有不大懂的还可以问我。这岂不是一些很好的小说材料吗？"

我笑说："啊，关系男女问题的？而且是你的朋友，一定不错。但是你既有这许多材料供给我，还到上海来，让我看上一遍，不就完了吗？为什么要我来回奔跑几百里路？"

兰庵说："若是能够带来，我今天就带来了。可是我受人家托付之重，不能不把那些东西看重。我夹着一个皮包，夹来夹去，也许把人家的东西给丢了。老实告诉你吧，我把这些东西存在家里，谨谨慎慎地保藏在我个人读书的书房中，不说生疏一点的人不能看到那些文件，就是我那间屋子，也很不容易进去的。"

我听到他说得这样的郑重其事，便道："兰兄，你待朋友太过于忠实了。这件事也许同你有相当的关系吧？要不然，你何必这样关切？"

兰庵对这句话并不答复，只是微笑地吸烟。我看了这种情形，便觉得这里面有很多的奥妙，机会是不可失掉的，我就慨然地答应："好的，只要你约定一个日子，我一定去。好在上海到苏州一天打来回，那是很从容的事。"

他见我答应了，好像有一件很重大的事办到了，如愿以偿，只看他满脸透出笑容来。我就重复答应了一句说："约定日子，我一准到。你可以相信我为人，绝不随便在朋友面前失信的。"

他那脸上笑容兀自未曾收起，就在这时候，放下他手上的烟卷，把他放在椅子上的大皮包打了开来，立刻取出一封有仿古石印图案、长式的宣纸信柬，双手递给我，笑说："就是这个礼拜日，前重阳两天，正午一时，在苏州舍下候光。"

我觉得他预藏了请帖在皮包里，对于我这个客，是实实在在要请的，我真不应当辜负了好友的一番深心。所以在我们谈话的后三天，我就由上海北站坐了早车到苏州去。

正赶上细雨之后的一个晴天，出门的人很可以感到精神上一种松爽。兰庵的家在公园过去的一条深巷里，沿着石砌的人行道，列着一排银灰色粉墙，半环形的门上，列有一块白石题额，那是集得黄石谷的四个字：幽兰小筑。在这一点上，便可以知道主人翁是处处留心的。

不曾进门去，早是看到墙头上那一丛翠竹迎风招展，好像在那里告诉着人，这里面是很幽雅的。进得门去，并不像苏州普通有花园的人家，闪出一条极无味的备弄。这里面是整整齐齐的一列山矾和一列扁柏，梢头都修剪得平平的，排立在一条曲径旁边，通到一所花圃中去。不必走到近处，远远地就可以看到深黄浅紫，正把大丛的菊花分散在绿树浅草之中。这未曾到得园子里去，就让人先高

4

兴一阵，知道这位主人翁心中是有丘壑的。

正打量着呢，兰庵早是红着脸，额头上带了汗珠子，笑着迎了出来。老远地就伸出手来，和我握着，笑说："我兄真是信人。"

我也笑说："对于我兄，岂敢失信？"

他笑携着我的手，顺了一条鹅卵石的小径，再穿进一排方格花篱，便是兰庵的家了。

一道长廊上，列着一座红卍字架格和大小花架子，这里随了各种大小盆景配着那或肥或瘦的菊花，很是幽雅得宜。我嘴里连连地说："很好！很好！"

兰庵将头四周观望，笑着说："我毕生的心力都在这里了。"

他一面说着，一面引着我进了旁首一间客厅。这里已是有五六位宾客，老老少少，坐在几张矮的软椅和锦墩上。兰庵抢着和我介绍，有一位小说家、两位诗人、两位画家，还有一位年老的词人。这一见之下，让我很是高兴，尤其是那位小说家方大白，是我十几年来早已佩服的。所以在大家握手言欢之下，非常痛快。

兰庵所请的宾客，似乎还不限于这个屋子里的几位，说着话，他又到别一间屋子去招待了。那位小说家方大白和我很是投缘，就引我出来，看兰庵的园子。

这次走到长廊上，我才注意卍字架子上那些盆景，盆子有斗式的，有香炉鼎式，有筒式的，栽了冬青、松柏、鸟不宿、六月雪各种小树桩，下面是各种透爪的活树根，做了小盆架子支住着。就在这种架子上，更配了蒲草、五花石、小太湖石各种小玩意儿。

我对小说家说："这些玩意儿虽不过木石之类，并不值什么钱。可是每一件都支配得有些画意，很费了他不少的心血。"

小说家说："人生在世，固然是要做些事业，但是也要找点娱

5

乐。兰庵是位有名的好好先生，不嫖不赌，甚至听戏看电影都不感到多大兴趣，更不用谈到些摩登玩意儿——像跳舞之类了。可是他在少年的时候，多少有些类乎罗曼史的事实，到了哀乐中年，不能不有所寄托。所以他就寄情于花鸟，调剂他枯燥的人生。"

说着话时，我看到架子上有一个尺二的宝蓝色的瓷盘子，托着一个银色的大北瓜，便笑问说："兰庵的家庭，是像这瓜一样圆满吗？"

大白点点头说："是的，这圆圆的瓜足以象征他的家庭。我说兰庵的罗曼史，那不过是过去的事，于今留着一点遗憾而已。"

我说："人生不必太美满了。太美满了，是会遭忌的。不如留一点遗憾，作为晚半辈子的回味，百年之后，供他人凭吊。"

说着话，我二人就走下了台阶。这里是个长院子，在院子中心，撑了几棵树之外，两边挨着方格子花篱，砌了一座矮的石花台，花台一丛丛的老绿叶子。

大白说："你认得这是什么花吗？"

我看那花的茎倒有些像草本，在茎上生出一张张的圆叶子，叶子厚厚的，因为到了深秋，那叶子尖上还有点紫色。我摇摇头说："面生得很，我实在看不出来这是什么花。"

大白分开了一丛长叶子，找了好久，在里面摘了一小茎花，交给我。我看那花，长长的花柄，颇有点像小的洋海棠。瓣子是紫色的，花萼像一个小香囊，很是玲珑。凑到鼻子上一闻，有一种比兰花较浓的香味。我凝神了一会儿，把花插在襟上，忽然两手一拍道："这我就明白了，这是西欧的一种名花，叫作紫罗兰。其间曾有一段哀艳的神话的。"

大白说："你看这里里外外哪里不是紫罗兰？所以这小园子也就

6

成了幽兰小筑了。当四五月的时候，这花盛开，香闻满巷，兰兄是最得意的了。"

我说："兰兄一生最爱紫罗兰，无论什么事情，总会把这话牵引上去。可说与花有缘，爱花若命了。"

我们正这样谈着，兰庵走过来了，他笑着说："我是请你来赏菊的，不是请你来赏紫罗兰的。走吧，我们看菊花去。"

他很高兴地引了我们向园子里去，这园子虽小，土山鱼池却也样样都有。四下里罗列了几百盆大小菊花，或靠了短篱，或半藏着山石，或由大树干下欹斜着出来，或放在竹荫的落叶堆上，随了花的肥瘦浓淡，都含有画家的章法。那些来宾有的在花圃草地上闲谈，有的站在竹林下，有的随着鹅卵石的曲径走，各适所适，只忙坏了主人公，四处忙碌着招待客人。

但是我不是来看菊的，邀了兰庵，就到土山上的一座活树亭子里坐下。这里是用活树支着的一所六角小亭子，里面有一张石桌、四张木凳，正对了菊花，有那树干支的屈曲栏杆，很可以小坐。这时，恰是天上淡淡地抹了几片白罗似的轻云，园子里新得了一片轻阴，很是有些清趣。接着树梢摇动，瑟瑟有声，却飘下几点雨来。

我说："这几片云和几点雨，来得很有点诗意，真个是细雨菊花天了。对了这种好景，我们不能不谈一点赏心乐事。兰兄所说的小说材料，可以宣布了吗？"

兰庵笑说："那位仁兄还没有到。"

我愕然了，问说："哪一位仁兄？"

兰庵笑说："我说小说材料藏在我的家里，那是冤你的。不过骗你到我家来吃一顿饭。至于供给材料的，是一位阮先生，他和这件事颇有点关系。原来他是托我编小说的，我一打听故事的地点，是南京、九江、北平，对于这三处地点，我没有法子描写，我就转荐了你。这也是我一番好意，以为小说中间把地方性写得切实些，那就更好了。"

我听到阮先生，我就联想到一个大胡子的人。因为我儿童时候，经过一位教师，是红脸腮大麻白胡子。他说起话来，口沫四溅，手指脚蹈，很有点滑稽。他喜欢讲故事，尤其喜欢讲爱情故事，我们倒比他是作《燕子笺》的阮大胡子。

我心里一揣想，不由得笑了起来。兰庵正想追问我这一笑由何而来，却听到一个妇人的声音问："兰庵先生在家吗？"

这虽是一句普通话，却带了不少的南京音。这南京语音送到人的耳朵里来，是最容易让人认识的。这里有南京女宾光顾，倒也出于意外。于是我向门口看时，一个女宾隔了树荫走过来了。老远地看到她是穿了浅灰色的长夹衣，身材也很是瘦小。兰庵已是抢着向前迎接，把她引了进来。

近前时，自己看得清楚，原来是一位五十来岁的老太太。她并没有剪发，梳着一个小圆髻。在她圆髻上，还带了几根银丝，那可以知道她不能掩藏了她的苍老。不过她的脸子在瘦削之中，却没有什么皱纹，在微高的鼻梁上，架着一副托力克式的老式眼镜，半遮掩了她那锐利的目光。她手里夹了一个大皮包，缓缓地走了过来。

直到这小亭子边，兰庵就向我招手说："这就是阮先生，我兄过来见见。"

我听了这话，真像走到松林里，满心都是些粗枝大叶，忽然遇到了一树梅花，又是惊奇，又是高兴。

那阮先生经兰庵介绍一番之后，就向我一鞠躬，笑说："对于你先生，我是久仰的了。我本来要到上海去奉访，才是正理。不过素昧平生，我又不敢造次。听说你先生能到苏州来，我就高兴极了。"

兰庵让这位阮先生坐下，我谦逊了两句，便问："阮先生也卜居在苏州吗？"

她笑说："不，苏州是有福的人住的，我怎能够住在这里？"

我又问："住在南京吧？"

她笑了一笑，接着说："我是天下为家了。"

我这就明白了，她还不肯以真相示人。对于一位女太太，不管她是多大年纪，只管去追问她的行踪，那是没有礼貌的事，因之也就默然地坐在一边，暂不插言了。

兰庵家里是另有一部分女宾的，阮先生在亭子里坐了一会儿，就让他引到内屋去了。我把手撑着头，呆想了一阵，心想，她那个大皮包里，是含有一部辛酸史的，但不知道她怎样地告诉我？我有不大了解的所在，又怎样去问她？

我这样想着，同座的方大白就对我说："你想什么？觉得这位先生有什么奇怪吗？"

我说："奇怪是没有的，但是我看她那态度，不像一个平凡的人。你是一位善于描摩心理的小说家，假如她有什么材料贡献的话，我看是你接收吧。"

大白笑说："我若不是为了材料里面有地方性，当然是愿意试上一试的。"

我笑说："你善于做心理上的猜测，你何不把这位阮先生的身世猜上一猜？也可以帮助我将来一种描写的途径。"

大白说："难道你把她也要写进小说去？"

我笑说："当然，她是一个引子，当顺带一笔了。说不定把你也写了进去呢。"

大白摸摸他西服小口袋上的自来水笔，又在衣袋里取出一个烟盒来，待要抽烟，然而没有火柴在手边，他又把烟盒收了。然后抬头望望天，看到垂下来的一根长树枝，他就摘了一枚秋叶在手上，玩弄了许久才笑说："你要问这个女人吗？我略略猜得出一点。她纵然不是一个寡妇，她也很孤独的。若不然，她不能在这样大年纪，还透出很漂泊的样子。但是，她必有一番很热烈的情场经历，自然是失败的。看她那衣服整洁，皱纹也没有，年轻时必是个好修饰的美丽姑娘。在她那副托力克眼镜上，想到是二十年前的时髦装束之一，她在那时必很时髦的。在她夹着这一皮包文件上和她的谈吐上，知道读书有得。一个姑娘具备这些条件，能够没情史吗？她贡献的材料，听说是关于她女友的。对于女友还如此多情，何况其他呢？不过，她是旧礼教下一个被束缚的女子，很富于保守性。在她的发髻和深口的布底鞋子上，可以猜出来，她有一个女婿或儿子在广州，她很爱他们的。"

　　我听到这里，笑说："这有点玄了。除非你知道她的身世，不然，这由什么所以可以猜得出来？"

　　他笑说："你不留心罢了。怎么猜不出来？她手指上戴了一个乌漆戒指。这东西出在广东，必是有人在那边送给她的。这样大的年纪，绝不应当有情人，不是儿子，便是姑娘敬献的。不然，她不能这样看重这戒指，戴在手上。这不应当猜是旧物，因为那乌漆戒指乌光光的，没有一点痕迹，必然是新戴不久。她今天来晚了，是发了一封挂号或快信。"

　　我昂头哈哈笑了，笑说："这真是侦探小说家的口吻。这有什么法子可以猜想？"

　　他笑说："有，这大街上邮政局，今天正用绿漆漆着窗框和一部

10

分柜台，她的衣角上沾有一小块绿漆。你必定说，不许她在别地方沾来的吗？也不一定是今天，这是你应当问的。可是她如果早沾上了，今天她不穿这件衣服来赴约了。正因为是出门以后沾染的，来不及回去换。而且她那鞋底上，沾有一点水泥，这也是邮局门口新修地面之物。既沾泥又沾漆，她必到邮局无疑。一封信，直到她于赴约之前，亲送到邮局，绝不是平常信。"

我不由得连连鼓了两下掌说："越猜越妙！无论对与不对，但是你说得头头是道，也就让我心服口服了。"

他见我听得入神，手里拈着那枝秋叶，脸上一笑，似乎又更进一步地猜出了什么。我便笑问着说："你还有什么妙论呢？"

他还不曾答复，兰庵已是老远地招着手说："大家都饿了，请来用饭吧。"

当时我们随了主人的招待入席，暂时停止了这个问题。

酒醉饭饱以后，兰庵把我邀到小园的一个转角所在，让进一间小屋子去。这屋子外面栽着两株芭蕉、一架紫藤，地点是幽静极了。白粉墙的矮屋，有两扇黑漆的门。我早就觉得这地方足可清谈。这屋子里没有什么陈设，只是藤椅藤几。高架上供着两盆常绿草，矮几上养一瓷缸金鱼。一排两个窗子，全半垂疏帘。

我首先笑着说："这地方很幽雅，可以请那位阮先生来谈谈了。"

兰庵说："她没有终席就走了。"

我听了这话，不由得脸上一红，便笑问着说："她是不屑于请托我了？"

兰庵摇着手说："你不要误会，她把应该供给你的材料都留下来了。"

说着，他就把胁下夹的一个花布包放到下手的藤几上，指着说：

11

"都在这里面了。"

我说:"她为什么不见我呢?"

兰庵说:"她和我认识前后快到一年,也只到这里三次。其间通过两封信。她并不住在苏州,今天是坐火车来的,她又赶着上火车站了。她对我说,看你的样子,足可以托付的,就请我把这包东西转交给你。她又说,这些东西她还是要的,请你保留着,将来她会和你通信。刚才我不是离席了一会儿嘛,就是同她说话。她说过话之后,立刻告辞,我想通知你一声都来不及。她是一位女太太,我又不便强留,只好由她自去。"

我说:"这位太太真是神龙见首不见尾了。莫非她和书中事有关?"

兰庵让我对面隔了藤几坐下,随着家人送上茶来,兰庵对我将茶碗一举,笑说:"你先喝碗茶,再翻阅文件。在没有看文件以前,不必去胡猜。若是像你这样神经过敏,那就我今天所请的客都成了书中人了。"

他这样一说,倒显着我这人太多心,我就依了他的话,先凝了一凝神,喝了几口茶,然后把布包打开。见里面是厚厚的三个书本子,那本子是蓝布面,黄绸书签,上写"含悲集"三个字。将那三本书我都翻了一翻,全是很秀媚的行书写的手抄本。其中有日记,有诗,有书信,甚至账单也有,完全是一种不曾整理的稿件。这稿件是关于某人的一生,那是可以断言的。不过这种文字,走马看花,是看不出头绪来的,我只好放下。另外有一叠宣纸诗笺,朱丝格子,间有仿古式的钟鼎图案印在上面。笺上也是一笔很流利的苏字,上面一行题目是"石点馆新联珠",下写"惜玉外史戏拟"。

我说:"这诗笺又是一个人的笔墨,怎么回事?"

兰庵说："啊，是的，那阮先生说，这文件里有二十四道联珠，只要把这联珠念上一遍，你就知道了。"

我于是把这诗笺移到茶几中间，将椅子拖得和兰庵并排，两人同看。每首联珠上都记有号码，我就看第一首是：

　　盖闻兰生空谷，流泉度其孤芳；月落秋阶，苍鹤怜其皓魄。是以高山一曲，焦桐托生死之交；落花无言，巾车感相逢之晚。

我就点点头说："对了，这是说两个人交情的开始。但是一开场，就带着伤感的意味呢。"

兰庵说："你先不用插嘴，往下看。"

于是掀开第二张诗笺，看第二首：

　　盖闻二南之叶，好逑为往哲所不能讳言；三闾之辞，钟情亦骚人所有以自托。故铜沟流翠，有缘得叶上之诗；彩凤求凰，怜才悟琴中之意。

　　盖闻春风巷陌，丝柳情长；烟雨江头，画楼梦冷……

我看到下面八个字，觉得有些费解，就不免把手撑起来托着下巴，出神地想了一想。不料在这个时候，兰庵不曾注意到我，已经看过好几首去了。我便停止了揣想，接着向下看第八首：

　　盖闻求三年之艾，虽扁鹊莫起沉疴；索十万之钱，是天孙尤须重聘。故灰尽芳心，商女不知亡国恨；撑将泪眼，落花犹似坠楼人。

我呀了一声说："这女主角是收场很惨呢，怎么比起绿珠来了？"

兰庵说："你没有看到'撑将泪眼'四个字吗？这也无非是一种比方。你看下面这一首就明白了。"

我看下面是：

盖闻沧海多波，红颜薄福。鹦鹉以能言而投笼，孽非自作；山鸡以善舞而触镜，天实为之。是以能藏金屋，不妨生碧玉于小家；一入侯门，谁得寻紫钗于旧邸？

盖闻良禽择木，不以遭网罗而易此心；芳草流芬，不以生荆棘而丧其质。故徐庶别蜀，策未魏谋；李陵事胡，心存汉室。

盖闻精卫填海，未减痴心；愚叟移山，且竟素愿。牡丹亭畔，寓言还杜女之魂；四马门中，故主圆乐昌之镜。故满山是血，夜深啼遍哀鹃；一苇可航，春归终期旧燕。

我点点头说："这说得很明白，是说男主角了。"就高声念道：

盖闻孝思不匮，有歧路回车之私；人言可畏，秉瓜田纳履之戒。故东家宋玉，遽感投桃；陌上罗敷，终虚解佩。

盖闻月没星替，并是因缘；李代桃僵，相为祸福。故绛珠虽出于贾氏之园，孔雀不飞于仲卿之室。

盖闻汉家信绝，明妃之泪偷垂；楚宫腰轻，息妫之心早碎。故面壁经年，留此身以有待；楚歌四起，恸去日之

14

苦多。

我不由得跌脚说："这女人可怜！就凭'面壁经年，留此身以有待'说来，这人就大可敬佩。"

兰庵没说什么，点点头。以下许多首，文字都很隐晦，只有"客去荒园，天寒尚倚翠竹；马嘶芳草，楼上立尽黄昏。云海驰书，身甘一死；寒灯割臂，事足千秋"还可以懂，都是说这女人不错。第十八首就比较地明白些，说：

> 盖闻河梁唱别，念生死之悠悠；楼上断魂，感年华之寂寂。故抽刀断水，情犹系乎藕丝；炼石补天，身不甘于泥絮。
>
> 盖闻相思难治，唯卜双栖；角酒不已，同归一醉。故海枯石烂，犹订约于他生；花落鹃啼，徒遗恨于今日。
>
> 盖闻庆父不除，终悲鲁难；匈奴未灭，何以家为？

我正这样地一首一首向下看着，兰庵却自言自语地说："'花落鹃啼，徒遗恨于今日'，两个之中，必去了一个。这段事是很平凡的，只是在各自有我之后，还有'楼上立尽黄昏，身不甘于泥絮'，这倒是一页奋斗史。若是着眼在这里，把小说作下去，倒也是这过渡时代少不得的一种文字。"

我说："那是当然的。我们要明白，这托付我作小说的人，是希望我们与他一种同情，自然也就要写得让读者都同情起来才好。这后面说的这男子是更为奋斗了，我们且向下念。"

兰庵将手按住那诗笺，笑说："我不愿再念了。我若是再念，把书中故事差不多全知道了。将来看你的小说就没有意思了。"

我笑说："你倒这样感到兴趣？你替这小说起一个名字吧。"

兰庵说："名字吗？你就在这二十四首联珠上去找就是了。"

我听说，真个把二十四首联珠捧到一边，仔细揣摸了一会儿，那最后一首，却有"换巢鸾凤，惜别云泥"八个字，便拍手说："有了！有了！就是'换巢鸾凤'吧。有了这四个字，'惜别云泥'的意思已经在里面了。"

兰庵举着茶碗喝茶，想了一想，点头笑说："很可以，这就是不着一字，尽得风流。虽然有些古典色彩，可是这四个字也还通俗。为求着含混出之起见，这也妥。"

我说："不是如此，我们作书的人，总是和书里人同情的。在书名上表示了我们的意见，或者为读者所不满。我们不如就事说事，让别人去批评吧。"

兰庵说："那么你对书里人是不加批评吗？"

我笑说："柳条伸出宫墙外，付与旁人道短长。"

兰庵似乎接受了我的意思，伸出手来和我握了一握，我们的话到这里为止。以下就是书中人的话了。

第一回

品茗作清谈夜窗听雨
折枝惊艳影花巷流芳

距今二十年前，革命军初定江南，国历丝毫不曾通行到社会。民间沿袭着几千年来的风俗，兀自过着旧历年。南京虽是江南一座大城，那人民的守旧性是不下于内地任何城市。当正月灯节前后，人家门墙上来留着鲜红的宜春帖子。在细雨纷飞的阴天，小巷子里人家，在一字门墙中间，紧闭了双门，将门上的红春联，平直着对了过路人。这是充分地表现着过年的风味。

天快昏黑了，一位二十岁将近的青年，穿了灰布棉袍，戴着鸭舌帽，左手夹着书包，右手撑了一柄青布伞，由巷口进来。只听他脚下的皮鞋走在巷子地面的鹅卵石上，并没有什么重大的响声，可以猜出他走路之慢，下脚之轻。走到一所黑板门边，他停了步，敲了几下门环。

门开了，是一位中年以上的太太出来了。当她看到这位青年的时候，她忧郁的脸上立刻展开了笑容，先问道："今天回来得很晚，功课更忙吗？"

青年先叫了一声妈，一面收起雨伞，一面问道："刘妈不在家吗？怎么让妈自己来开门？"

老太太道："刘妈满了工了，我让她回去了。"

她说着话，关了大门，引儿子进去。南京的屋子，那构造总是一律的一条龙式。大的屋子，一进套着一进，可以到六七进。小的屋子，便是两进，或一进半。这母子二人是住在前进屋子里，小小的三开间，配着一个砖石天井。天井却是不小，有半截花台子，上面养了一丛天竹和一棵弯着腰的小树。因为这是初春，还看不出来是什么树，但这两样东西到底表示这人家并不带有那伧俗之气的。

　　由堂屋左边的住房，直通连了天井旁的厢房，成了一间长式的书房。青年将伞放在外面，走进屋来，他的母亲也就捧了一盏煤油灯，跟着走进来了。少年啊哟一声，两手接住了灯，笑道："妈，你怎么来伺候我？不该把刘妈辞了，这人做事也很谨慎的。"

　　老太太道："我并不是因为她做事不好，把她辞了。我想着，你若不在家，只有我一个人，什么粗细的事我也全做得下，何必用一个人？工钱虽省得有限，一个工人的吃喝，一个月也很可观。不用这个人，究竟每月能省下好几块钱。你是没有成家的人，将来耗费更大呢。趁着现在还可以省钱的时候，就先节省起来。到了将来和你娶亲的时候，把这笔节省下来的钱给你办喜事，也免得拉亏空。我说节省，也并不是指着用下人这一件事上说，凡事都要省俭一点了。"

　　这位老太太是不惜带了一副慈祥的面色，对这位少年从容地说着。她说着这话时，坐在一张旧的木围椅上，两手互按在怀里，向这位少年望着。她是觉得她的话，也许儿子是不能了解的，这样殷切地望着儿子，是表示着自己这一番打算，也许有不对的，所以望了儿子，看他是怎么样子答复。

　　这少年将灯放在桌子上边，将灯头更转得大些，也看看母亲的颜色。他心里也是在那里自忖着：母亲之说起这一番话，不是偶然的。必定怕是自己不能谅解，才这样从容婉转地说出来。慈母的用心那是很苦的。于是在椅子下面抽出便鞋，坐下来带换着鞋子，带说着话，很不经意的样子，笑答道："在我这样的境况里，能够维持生活，也许是幸事。果然多两个钱的话，第一就是让你老人家省点心，少受点累。找一个用人，来替代你老的事务。因为你老苦巴苦挣地把我等了这样大，把我养得成人了。我不应当再累母亲了。除此之外，再有点富余的钱呢，那就应当去买两本书看。我觉得出来做事太早了，没有了读书的机会。现在虽然在学堂里教几点钟书，向上海报馆里投投稿，可以糊口，但是不能一辈子都这样糊口而已。假使自己还想有些进步的话，那是非增进学问不可。进学堂读书不行了，那只有自修。所以现在我只想把这两件事做到，其余的事，我全没有那种希望。"

年轻的人谈到婚事，总有点含羞答答的，虽然母子之间谈着真心话，他也不好意思直率地说出来。可是这位慈母明白他的意思了，笑道："那是孩子话！做母亲的人，不是把你读出书来就算了事的，总得把这家治得像个家。既是家里要成个样子，不能我们家永远是这两个孤儿寡母。譬如说吧，你若是有什么事出门去了，家里就剩下我一个人，我慢慢地走上老人家这条路了，这让我太寂寞。你父亲去世的时候，我在他灵位前起过誓的，一定耐穷守节，把你抚养成人，传宗接代。我知道你们在学堂里读书的学生，对于传宗接代这句话是不爱听的，以为这是老腐败。但是我当年在你父亲面前说过了这句话，我一定要办到，才对得住你的父亲。"

那少年站起来大声地笑道："母亲未免把话越说越严重了。不过是为了省用一个老妈子，何至于把话牵引得这样的远呢？"一面笑着，可就站起身来，向堂屋里走。

老太太道："刚回家，你到哪里去？"

那少年笑道："家里没有下人啦，我自己到老虎灶上冲水去。总不成让母亲去冲水吗?"

老太太这倒没有话说,顿了一顿,笑道:"那么,明天还要把刘妈叫了回来吧。"这位老太太一番深深的打算,只凭了爱子之心一动,就把原有的计划给推翻了。

原来这位老太太虽是五十不到的人,她居孀是快有二十年了。她凭了省吃俭用,替绣花店里做些针活,贴补着就把这个孤儿抚养大来。这孤儿姓章,自幼经长辈替他取了一个学名,叫国器。人家也正因为他母亲立志抚孤,这孩子是应当走上正路的,取这两个字,也无非是一种奖励之意。社会上的情形总以矛盾的。越是有钱的人家子弟,有钱上学,有钱买书,书是总读不成功。反过来,穷人家的子弟没有外物来引诱,家长希望既大,督责又严,自然是读书有望。

章国器自小就在附近一个教会学校里念书,因为章老太每天殷勤教导的缘故,很是用功。而且性质是很驯良,从来不顽皮,因之学校当局很为重视。又知道他家境实在是贫寒,索性把他的学费免了。国器一年大一年,知道得着学校免费的待遇是一件不容易的事情,读书就更用功了。在中学毕业以后,他一方面在附属小学里当教员,一方面还在家里自修中西文。有了闲空工夫,还作些小说笔记之类的文字到上海报馆或杂志社里去投稿。起初原不过偶然高兴,做两篇文章消遣消遣,后来到每月稿费结算的时候,居然有一二十元的收入,很可以补贴他一点家用,这倒很引起了国器一种兴味。心想,也不必再指望加多了,若是每月有这一笔确实的收入,除了家用之外,真还可以买些书看。所以他每日自学堂教书回家,没有第二件事,就是回到那间长式的书房里去伏案写字。

这天他和母亲谈了那一番话,不免添了许多心事。吃过晚饭之后,章老太回房去安歇了,国器将那盏白罩子煤油灯移到书桌上去,摊开纸笔就来写字。他这书桌边的左手窗户正对了天井里的那一丛天竹，虽是黑夜之间，已经看不到竹影子，但是那瓦檐上压下来的晚风，把一阵阵的细雨点子向竹叶子上扑下来，在那丛叶子上，自然是发出那瑟瑟之声。雨还不大，不过那屋瓦上积着雨水之后，却点点滴滴地向地面上落着，噗噗有声。

国器将一壶新泡的好茶放到桌子边，斟了一杯，慢慢地呷着，望了灯出神。那窗外风雨声是不断地把凄清沉闷的声音向他的耳朵送了进来。他眼望了苍白的灯光下，是他心爱的几样东西：一只碧玉色的瓷笔洗，养了十几颗五色雨花……一只红泥斗，栽了一丛蒲草，是高脚的红术架架着。一只红胆瓶，插了一束横斜的蜡梅。这虽为物不多，在书堆笔砚之间，可以想到他为人是不以贫寒忘怀风雅的。

在那瓶蜡梅花底下，却有一个石膏制的维纳斯人像，他所在意的，正是这个维纳斯。他心里计划着一篇短篇小说的轮廓：是一位纯洁的姑娘，爱上了一位苦学的青年。那姑娘的身体正和这个维纳斯神像一般健美，长圆的脸，头上是长着柔软的细发。在这一点上，可以表现出她那聪明的性格来。假使这维纳斯就是那个女主角吧？她会怎样谅解她的爱人？那她一定是赤裸裸地无遮掩地表示她纯洁的爱。尤其是在文艺方面，她会有一种娓娓的表现。这样的女人，只有像梅花这样的书生可以接受她的爱。她为了保持自身的纯洁，平生就只爱一个人，除了这个人之外，不稍微把一点爱情移到别人身上。自然这样一个美丽的姑娘，追求她的人一定是很多，也就因为追求她的很多，她执着忠贞的态度，经过了各种压迫，终于归到她爱人的怀抱里去。这一篇小说就当着重在她怎样跑出了那压迫者的范围。作小说是有那种烘云托月法的，越是把压迫的力量写得雄厚，也就越可以把这个女子写得意志坚定了。

他想到这里，不免对了维纳斯的像显出一种浅笑，于是放下茶杯，拿起维纳斯的石膏像，在手上把玩了一番。

就在这时，外面有人叫道："国器兄，在屋子里看书吗？"听了声音，是他的好友李平山。就放下东西，迎了出来。

平山走进房，看到书桌上已是把笔砚安排好了，这就笑道："我这来得不是时候，你正要做文章，我就来打搅了。"

国器笑道："我又没有什么人限制我哪天交卷。今夜写可以，明夜后夜再写，也未尝不可以。雨夜无聊，我也正想找一件事来消遣。你来了，我们坐着谈谈，那正再好不过。"

平山是个二十多岁的人，穿了一件呢皮袍，衬了他圆脸大眼，浓厚的头发，却形容得他是个豪爽而又忠厚的人。他因为国器说了并不急于写文章，所以他一点不踌躇，就坐在那书桌子边的围椅上。他看到那维纳斯的石膏像，便笑道："你这书桌上古色古香，怎么杂这样一位希腊女神，带了欧化气味？"

国器斟上一杯茶，送到他面前，笑道："寒夜客来茶当酒，你先干一杯，我再说吧。"

平山真个喝了那杯茶，国器道："难道希腊神话上的人物还不算古吗？"

平山道："古自然是古，但是做这个神像的物质是石膏，未免近代化了。"

国器这却没有了话说，在他一张椅子上微笑地坐下。平山道："我晓得，据说这个维纳斯既是司管美丽之神，又是司管爱情之神。你现在这枯燥的生活里头，是需要这样一个女神来帮你的忙的。不过这个女神自己就不幸，被迫着嫁了一位恶神。她自己管着爱情，自己的爱情就掌持不住。你想把你的命运付托给她吗？"

国器笑道："那倒不是，我纵然迷信，也不至于闹这种洋迷信。

我觉得这位女神很有点诗意，所以我就放在桌上，中西的神话对于女神总不会那样美满的。像我国的织女嫦娥，那全不是婚姻不美满的人吗？"

平山笑道："虽然如此，到底不应当把这种薄福的女神供在案头。因为你正是青春活跃着的时候，应当供一位月老在桌上，让他好好地给你选择一位淑女。"

国器摇摇头道："你还提到这个呢？刚才家母还提到这一层，我就觉得现在谈不到。且不谈什么室家之累是我们不愿负担的，就是我们理想中那样一个美丽而又爱好文艺的女子，哪里找去？纵然是有，她为什么要嫁我这样一个穷措大？所以在自己这一方面说，同在人那一方面说，我要娶亲，却不是一件容易的事。"

平山向他脸上看着，见他穿的布袍子是一点皱纹也没有，就是两只袖口也不带一点污秽的墨迹，那清秀的面孔上，架着一副水晶眼镜，两只炯炯有神的眼珠，在镜子下藏着英锐之气，便微笑了一笑。

国器道："你打量了我许久，忽然微微一笑，这里面很像是有点文章。"

平山将一只脚连连地在地板上敲打着，可是他那眼光还是在国器身上打量着。国器笑道："为什么不说话？你对我的话不大相信吗？"

平山道："你看，你是这样丰致翩翩的一个人，发表出来的文字又总是些哀感顽艳的小说笔记之类，这都是富于儿女之情的表现。一个人有了儿女之情的表现，能说他心里没有室家之念吗？"

国器笑道："这是你误会了我的意思。"说了这样一句话，他急切地想不出来下文，只好抬起两手来，扶了一扶眼镜架子，然后又站起来，把桌上那个维纳斯像放到原处，又斟了一杯茶要喝。刚等拿起杯子来，却又把茶杯放下来，微微地一笑。

平山笑道："国器兄，我看你这样子，好像有什么话要说。你何妨说出来？"

国器笑道："话是当然有话，只是要说出来，这话有一大长篇，未免啰唆了。我想着婚姻是人生大事，那对手方若是有一点勉强，就不如无有。所以在我的心里，必定要那人像这个维纳斯的像一样，清洁无尘，只看到表面，就让我心里起了一种欣慕，这一点欣慕之心，还要绝不是欲念，绝不是痴呆，绝不是……"

他说到这里，又把桌上的茶杯拿起来放到嘴边，慢慢地呷。微微地带了笑容，凝着神，想完成那一句话。

平山笑道："你不用得说那下文，我已经明白了。就是要在纯洁的爱情之下，做成一个新式而又完美的眷属。把你的生活，没养在……"他说着，抬起手来，也是不住地抓耳挠腮。

国器笑道："爱情是一种神秘的事情，绝不能用言语去形容。言语形容得出来的爱情，那就是很平凡的事了。总而言之一句话，我自己知道我的目标悬得太高，在社会上不能找出我那理想中的人。唯其是不能找出我那理想中的人，我就干脆做个独身主义者完了。"

话谈到这里，已经是夜深了。四周没有人声，却有那斜风卷着雨丝，一阵阵地向天井里的树枝上、竹枝上沙沙地扑击着。屋子里虽是把窗户全已关闭了，但是那窗子格扇缝里，不断地向里面透着凉气，彼此都感着有一种说不出来的情景。

平山不免一伸脚，更举着手打了两个呵欠，于是道："这些无聊的话，我说得太多了，未免耽误了你的夜课，我要告辞了。"

国器笑道："我已经交代过了，你在这里，并不耽误我的工夫。"

平山道："不坐了，我留下一个约会吧。假如明日天晴，我们一块儿到鸡鸣寺喝壶茶去，也好看看雨后的春山。假使天雨，我在家里，预备好了炉火茶叶，等你下了课，到我家里去煮茗清谈。"

国器道："这倒抱歉得很。本来今天晚上我们就可以煮茗清谈的，无奈我家里的女仆今天是刚刚歇工，我待要自己动手，又怕家母看着不过意，她倒会来替我去做。所以你来之后，我只把藤包里藏着的这壶热茶相敬。"

说着，他又把书桌角落里茶几上放的那个藤包打开，提着包里头的茶壶柄，平山摇摇手笑道："你这壶茶留着你慢慢地受用吧，我知道，我今晚上是不会烧茶的，像你这样地体贴慈母，我有点生子当如孙仲谋之感了。"

国器连连拱着手笑道："谬奖！其实一个人的境遇，很可以造成他一种性情。家母在十二分贫困的家境里面，抚养到我成人，不必在书本上找什么父母之恩的话来教训我，我亲眼所见，已经十分知道家慈受了多少年的苦了。到现在我不能怎样让家母享福，我总也应该让老人心里安慰些。"

平山本是站起来要走，听了他这一番话，却又微侧了身子，昂着头想了一想，笑道："我又要回到前题了。像你这样的身世，必定要有一个新思想，而又富于旧道德的女子，才适合做你的夫人。这条件太多，果然不易。"

国器向前握住他的手摇撼了几下，笑道："彼此说着笑话，你何必当一个问题来讨论？这样的说法，本来近于幻想，世界上有幻想值得讨论的吗？"

平山和他说着话，已经是慢慢地向外走。国器两手捧了那盏玻璃罩子煤油灯，就走到堂屋里来，替他照路。不想一阵檐风，带了许多雨烟子直扑了过来，把灯就扑灭了。

国器道："啊哟，眼前这更透着黑。你留心一点走。"

平山道："不要紧，不要紧。这是熟路。啊哟！"

国器道："怎么了？"

平山笑道："踏在水沟里，踩了一脚的水了。"

国器道："你等一会儿，我再去点灯出来。"说着话走进房去点灯。可是点了灯再出来的时候，平山已经是去远了。

国器对于这件事非常抱歉，觉得让人家来清坐了一会儿，连热茶全没有喝一杯，这还罢了，出门的时候还让人家溅了一身泥水。无论如何，明天得到人家去回拜一次。天晴也好，下雨也好，这个约是不可失的。他心里有了这个主意，看看对面屋子里母亲已经安歇，也就熄灯睡觉，预备明日早上赶着把功课赶完，早点下课，好去会平山。

当他早上醒了过来，料着还是阴雨天，在被里还是很迟钝地起身。可是翻身坐起，睁眼就看到玻璃窗上一片金黄的日光。过去许多天的沉闷，就在这样睁开眼来的时候，完全消失。自己洗漱了一阵儿，喝了茶告别母亲，匆匆走出门去。

这紧隔壁是人家一所菜园子，两面是土墙，一面是篱笆，地上种了许多菜蔬。在靠篱笆一带，种了百十来根细竹子，那竹叶被雨水浸淋之后，晴朗的太阳一照，格外现着青翠。也不知道是什么小鸟，有十来个，在竹枝上飞着叫着。那菜地里的菜棵，零零落落地抽出几寸菜心子，上面顶着零碎的小黄花儿。就是这么一些点缀，这初春给人的印象也就很深了。

这条路原是国器日日经过的，平常不感到有什么欣喜之处，现在在融和的春光里照着，这就觉得是非常之悦目。尤其是那竹子梢上吹过来的东南风，拂到人脸上，一点也不冷。这就让自己胸襟里的空气也是很舒畅地呼吸着。南京城虽是那么伟大，可是在这个日子，城北完全是竹林子和菜地麦田。城南人家尽管稠密，但是那水塘和菜园子也随处皆是。国器所在的地方是西门，这里的大街小巷，完全是那古老式的建筑，没有檐的屋瓦，盖在低矮而石灰剥落的墙上，在三两处人家中间，总是夹着两三畦菜地，或者一丛野竹子。窄小的巷子，地面上铺着鹅卵石，杂乱不成纹理。在鹅卵石的缝里，或者人家墙脚下，伸出那一丛的野草叶子，或者一圈青苔。巷子里是很少行人，除非是那在野塘里洗衣服的女人，提了洗衣篮子经过。或者挑箩担的小贩，挑了一担绿油油的菜，很快地过去。行人少，人声也很沉寂的。倒是织缎子的机房，吱咯吱咯，在晴空里把织机声送了过来。

国器想到"小楼一夜听春雨，深巷明朝卖杏花"的诗句，心里揣想着，假使这时候有个卖花的人由这里经过，不问是什么花吧，那倒是很富于诗意的。这个时候还早，趁了天气晴朗，先到平山家去看他一下，给他约下一句话，下午一同出去走走。下午再去约他，那就不会扑空了。心里有了这么一个思想，走起来只管低了头，不免步子慢得多。好在向平山家里去，倒是一条熟路，不必怎样留心，也不会走错。

忽然听得一阵笑语声，是极快乐的样子。抬头看时，是人家白粉墙上伸出了大半截杏花，有一枝斜伸出墙来。有两三个小孩子，搬了凳子在墙边靠着，一个伸手去攀花枝，两个小孩在下面拍手笑着。国器看那树开得十分繁盛，当小孩子们这样笑闹着，自己也就背了两手，站在巷子一边看了去。

就在这个时候，却有一个学生装扮的姑娘，在胁下夹了一个白竹布书包，由巷子那头转了过来。她额头上一截刘海，微微地蓬松着。身上穿了一件细窄长到膝盖的花格子布褂子。那一条乌光轻轻的辫子，长出了五寸辫子梢，在衣摆上飘曳着。在那右胁下，一排纽扣中间，披了一条很长的白色的手绢。在当时这原是一种很普通的女学生的装束。不过在这个女子身上，衣服没有一点脏迹，没有一点皱纹。便是她脚上穿了一双乌绒鲇鱼头平底鞋，白色的线袜，也是黑白分明，不带一些斑点。

国器学校所在本有一所女学堂，每日来来去去也常是碰到几位女学生。国器是一个谨厚的少年，而且脸皮又薄，女人看到他，他先就要红脸。所以每日看到的女学生尽管不少，但是向来没有用过正式眼光去看她们。这时，也不知是何缘故，觉得这位姑娘身上有一种吸力，吸住了自己的眼睛，叫自己不能不向她身上看了去。

她是慢慢地走近前来，却是被那折花的小孩子们把路给拦住了。她站住了脚，也扬起脸来向墙头上看了去。国器虽是在巷子这边，对了那墙头上看着，但是人家扬起脸来看花，也就可以看到她的脸子。由她的身材上，国器已是吸引住了，现在再看到她的脸了，简直把自己的灵魂给陶醉了。

她是那样白净而又细致的皮肤，鹅蛋式的脸，两只像点漆似的眼睛，簇拥着两圈很长的睫毛。微高的鼻子，如画的嘴唇，完全和那维纳斯像一样。这简直是自己理想中的美人。天下有这样的巧事，幻想真可以成为事实的呀？眼里望了那墙上的杏花，心里不住地叫奇怪。

那位女学生虽是望着杏花的，不过在偶然之间，好像是有意，也好像是无意，不断地向国器身上打量着。国器的心房跟了怦怦地跳起来，想着，大概人家知道自己在偷看她吧？一个青年男子对于一个姑娘这样偷看，那不免现出轻薄相了。心里一动，脸上的红晕直透过耳朵后面去，于是低下头来，就要走开。

只在这时，却听到那位姑娘轻轻地道："小兄弟，折一小枝花给我吧。可是你们一个也只能折一小枝，不要折多了。花究竟是长在树上好看些。"

国器本来是要走的，听了这话，不知是何缘故，那脚步又停了。

因为停止了没有走，也就不觉抬起头来。这一下，算是和她打了一个照面了。只看她眼珠一转，把头低了下去，搭讪着把手上拈的一小枝杏花举到鼻尖上嗅了两嗅，然后又昂头向墙头上的杏花打量了一番，这才绕过小孩子折花的凳子，走了过去。

因为这巷子非常之窄狭，所以她绕过凳子，就越过了巷子中间的平分线。她和国器的身子相距不到二尺远，国器感到太接近了，哪里敢去张望人家？所以又将头低下去了。等到自己抬起头来，人家已是走过去了。不过人虽走过去了，却有一阵袭人的香气团绕了身子前后。看她时，她已很从容地走得很远。国器虽然是脸皮薄，但是去看人家的后影子，这倒不怎么感到难为情。所以站在巷子中心，尽管向那头看了去。心里也就想着，她一定就是这样地走了去，不再走回来了。

正望着出神呢，她忽然站住了脚，回头看过来了。她大概是没料到国器站在后面还向她后影子看了去的，所以她回过头来之后，立刻就掉转过去了。国器也感到自己的态度不对，随着脸一红。可是他这十分抱愧还没有完全消失的时候，那位姑娘却又掉转过头来了。在她的意想中，或者认为国器站在那里是不能长久的，所以又回过头来看看。第二次还看到人在这里，让她也就不能再回头看了。很快地两步就转过了巷口去。这一下子把国器惊呆了，站在原地方，半步展不开。

忽然那几个小孩子拍手大笑起来，心里就警戒着，准是人家在这里笑我。于是放出大方的样子，向前走去了。心里总不免揣度，这位姑娘年纪不过十六七岁，看她夹了一个书包，无疑地那是一个女学生。这里不远有个女子中学堂，那一定是这女学堂的女学生。当然，看她那份聪明样子，功课必定很好。但是她为什么不和同学同走，就是一个人呢？是了，她的家总也离此不远，所以走路是很从容的。

想着走着，转到了一条小巷子里，这才抬起头来，看到了什么所在。呀！这是离家不远的那条巷子，为什么自己向回家的这条路上走回来了？这个时候再要到平山家里去留句话，然后回学堂去，时候就太晚了。好在平山昨晚留了话，下午一定在家里等候，那也就不必事先到他家去了。

站在这小巷子里踌躇着，脚步未免缓一点。笑着跳着，那几个折杏花的小孩子也跟着来了。国器又想着，便是这几个小孩子也认得我，他们天真烂漫的，什么话也会叫出来，那是多么不方便？如此一转念，也不愿停留，自到学堂里去了。

在学堂里经过了大半天，便下课了。往日下课，或者找同事谈谈话，或者到阅报室里看看报，总要耽搁很久。今天卜了课，他就出了学校门了。平山昨晚所定的约会，无论怎么样是不能再误的。把上午所经过的几条巷子，现在就重新温习起来。到了有杏花的那条巷子，把脚步走得极慢，远远地就赏鉴着这伸出粉墙的半树杏花。正好西落的太阳，向这粉墙上斜照着，将这一堵粉墙、半树杏花添了无限的妩媚。于是将两手背在身后，向杏花出神。

这巷子到了下半天是充分幽静了，除了国器一人之外，这里是并没有第二人经过。国器对巷子两头都张望了一番，再背了手，慢慢地更向巷子那头走去。但是不知不觉之间，是传染了那姑娘的毛病，走两步，再回头看看。那鹅蛋式的脸、点漆似的眼珠、窄小而长的花格子布衣，一一都现在眼前。同时鼻子也嗅到一阵香气，这香气是很醉人的，让人嗅到，就知道有一位幽静的少女在面前。立刻张眼看时，并非是有少女由这里经过，却是一个花匠，挑着一担鲜花过去了。等那花担子挑远，自己便笑了起来，心想这真合了文人形容人的话，一见倾心，色授魂与了。这完全是自己一点私心，把一个猛可见面的人，当了桌上的维纳斯。虽然实在也不容自己不想，她是太像那个维纳斯了。

　　在一个人想事想到深沉之处，那是身外一切的事情都可以不知道的。国器也是这样，很不经意地依了人家的墙脚，缓缓地走。那一阵细微的香气这时又送到鼻子里来。这一条巷子，也并没有花圃花市，哪里有许多挑花的经过？抬头看时，这一惊非同小可，心房乱跳着，正是早上所遇的那位女学生又由这里经过了。那乌光轻松的辫子，细条儿花格子布裤子，裤子纽扣上掖了一条长长的白手绢，都像上午的情形一样。不过她不像上午那样是迎面而来的，现在是背过身去，只留一个后影子在人眼面前。国器虽是看到了，却不能跟了后面走，不由得在那黄昏的太阳光里，有点不知道向哪方面走了。

第二回

芳草丽人天微波乍托
小楼明月夜好梦初温

太阳是不像人，肯稍微留恋的。当国器在那深巷子里不断地出神的时候，天色已经渐现着昏黄，快要天黑了。去这里不远，靠了城墙根有两所古庙，这时当当的两二声钟响送到耳朵里来，随了这钟声，自己抬起头来看看，只见两三只乌鸦，扇着翅膀由天空飞过，心里忽然想到李平山的约会，这可太大意了，立刻拔步就向李家走去了。

所幸路尚不多，不过十分钟就到了。远远地就看到平山背了两手，在大门口巷子里来回走着。一见到国器，立刻跑上前，握住了他的手，笑道："你向来不失信的人，为什么今天这样姗姗来迟？"

国器笑道："真对不住，在出学校门的时候，就想到立刻向这里走来，不料走到半路途中，就发生了……"说着，伸手摸了两摸脸，现出踌躇的样子。

平山道："这准是在半路上遇到了朋友，拉到茶馆子喝茶去了。"

国器摇摇头笑道："我没有这种习惯。"说时，随着平山走到他家里去了。

平山也收拾了一个小小的书房，将桌椅都搬得齐整，书桌上的花瓶子里插好一束新鲜的月季花。那宜兴陶泥茶具也洗刷得没有一

32

点污秽的痕迹。在花瓶子旁边，一部带函的精装诗韵，上面压了白石细磨的镇纸。青彩细瓷的大碗里，浸着许多五花石，那水也清得一点灰纹没有。

国器四周打量了一番，笑道："看你这样子，倒是有心在家里烹茶候客。"

平山道："自然啦。你看，天上都该露出星斗来了，我还等着你一路到北极阁去赏月不成？我想起来，你必是让同事的拉去下棋了。"

国器在书桌边的一张椅子上坐了，随手在书架上抽过一本书来翻着，笑道："反正我有点事情耽误就是了，你又何必问？"

平山笑道："若是如此，我倒更要问。吾兄其有艳遇乎？"

国器并不答复他，只是去翻书。平山笑道："哦，这是我说话拟不于伦。吾兄是一位老实书生，何至于此？不过这话又说回来了，我今天在《春花》杂志上，看到你作的一篇《喜相逢》短篇小说，描写得实在好。我疑心你真有这样一个境遇。"

国器笑道："我没有作这样一篇文字。"

平山道："你署名不是'霜风'两个字吗？"

国器道："这两个字我也没有专利权，我可以用，别人也可以用。"

平山家里的女仆这时用一把高柄的陶器壶，提了一壶热水进来，于是笑道："你看我请你品茗，讲究不讲究？烧水是连铜锡壶全不用。这个水也不是平常的江水，是雨花台下第二泉的水。今天早上，我专诚托人挑了两小桶进城来。"

说着，他接过壶注在桌上一把金瓜式的陶器壶里，将水壶递回给女仆，然后坐下，用手按了壶向国器道："我今天很高兴，所以一切都是自己动手。"

说着，将茶壶边一只八角的陶器杯子，斟了大半杯茶。这茶杯子里面，是上了白色的瓷釉的，茶斟到里面，有一种绿阴阴的颜色，在水杯面上，浮起了一阵细细的白烟，卷着上腾。

国器笑道："这茶果然是好。今天你何以这样高兴？"

平山笑道："上海一家书铺子里，用了我两张画稿，酬谢我一百块钱。这是我的得意之作，到底中选了。钱还在其次，书店老板总算是我的知音。所以我很高兴。"

他说着话，把那杯茶送到国器面前，自己也斟满了一杯，举起来，先轻轻地呷了一口。国器道："我看你这样子，果然是高兴，但不知道你卖的是一张什么画？"

平山道："自然是一幅时装美女。"

国器道："你们画家画时装美女，是毫无根据随便画出来的呢，还是像外国画家画人，有个模特呢？"

平山道："中国哪里找模特去？南京又到哪里找模特去？不过完全幻想出来的画稿，那是没有灵魂的东西，绝不能够生动。"

国器笑道："你所画的，既是得意之笔，自然是有灵魂的。但不知你所借重的，是什么人的影子呢？"

平山笑道："说起来这事是很有趣的。我前面这一条巷子里，有一位女学生，当我到大街上去的时候，我就常常碰到她……"

国器正举了杯子待要喝茶，听到这里，忽然把茶杯放下，望了平山道："你也遇到了一位女学生？"

平山道："我不是偶然遇到，我是常经过她家门口。哦，哦，听这话音，好像你也有这种艳遇似的？"

国器道："我有就有，也无须瞒着你。假如有的话，你是用她做画的底稿，我是用她当作文的底稿，也没有什么稀奇。"

平山道："这话就不能这样说，把一个人做画的底稿，不过求于

34

形式上得一个轮廓。把一个来做文字的背景呢，那就非有情节不可。一个男子对于一个女子有情节可写的话，这就不是一面之交的事情了。你我若是有同一样的艳遇，那我就只有羡慕你的了。"

国器拿起了茶杯，低头慢慢地呷着茶，似乎在极力赏鉴茶的滋味，一心注意到茶上，这就没有工夫去答复平山的话。接着平山到上房去搬出四只彩花博古瓷碟子来，分盛着蜜枣、杏脯、桃仁、榛子仁，摆在桌上，用手指着道："有这样的好茶，不能不有一点好的下茶的。这一碟杏脯，是北京八达岭的杏子做的。在南方，要算稀罕之物。我不敢独有，与君共之，我这交情如何？"

国器笑道："我很感激。八达岭的杏花，我想一定比江南的繁盛。春色满园关不住，一枝红杏出墙来……"说到这里，他将右手中指微微地叩着茶杯，做出沉吟的样子，突然地问道："你所遇到的那位女学生，她家有一棵杏花吗？"

平山道："我没有到过她家里，这一层我可不知道。你何以有这样一问？"

国器笑道："我也不过偶然一问。"说着，抓了四五粒桃仁放到面前，一粒一粒地放到嘴里去咀嚼。

平山道："不尝一点杏脯吗？"

国器笑道："我有一点进一步的要求，这杏脯我心领了，可不可以让我带回去，给家母尝尝？"

平山点头道："你这是一番孝心，我一定从命。这样看起来，令堂大人立志抚孤，不算白费一番辛苦了。这又说到了我们昨天晚上所说的话了，令堂现在唯一的心愿恐怕是要得一个佳妇，早早地抱起孙子来。你既是要承欢膝下，这一点恐怕是不可缓了。"

国器自斟了半杯茶慢慢地呷着，呷完了那半杯茶，才笑道："也许有机会，我要娶亲的……"

说到这里，女仆捧了一盏灯进来，国器这就起身道："天晚了，家母在家里等我去吃晚饭呢。你这好茶，今天匆匆一尝，还没有过瘾。明天还许可我再来吗？"

平山以为他是说着玩笑的，笑着答应了。他找出一个纸盒子，把蜜枣杏脯盛了起来，让国器带回去。相送到大门口的时候，半钩新月挂在墙角上树梢上，照着深巷里地上还很白。

平山道："今夜月色很好，你还出来吗？"

国器道："不出来了，明日我要特别起早。"

平山道："有什么事还要特别起早呢？"

国器道："没有什么事，不过我想把教的功课早预备好。再见吧。"他说着，转身便走，走了几步，却又回转身来道："平山兄，我还要问你一句话，你所画的那幅时装美女，家里还有草稿吗？"

平山道："没有草稿了，你为什么这么惦记那张画？"

国器道："我也并没有什么意思，不过要先睹为快罢了。再见再见。"他说过这话，是真正地回家去了。

晚饭以后，少不得要坐在灯下看上几页书。可是今天的心思有些慌乱了。静坐下来，立刻在脑海里面泛出杏花下面遇到的那位女郎。自己很赏鉴那女郎的相有点像这维纳斯，因之再向桌上的维纳斯注意着时，她似乎也现出满脸的笑容向自己看过来了。于是左手将那神像放到面前，右手却伸了一个食指，在像的脸上慢慢抚摸着，轻轻地自言自语道："也端庄，也活泼，也康健，她太美丽了，平山所画的就是她吗？那未免太唐突了。这种女子怎好让书店里印刷出来做贩卖品呢？"

这时，房门一响，章老太太来了。国器站起来道："妈还没有睡？"

章老太道："我是刚才要睡的，你怎么一个人在这里说话？"

国器笑道："我是有一篇小说要作，自己在这里揣摸着说话人的口气，以后下笔就这样动手。"

章老太道："已经夜深了，你睡觉吧。"她说着伸手将门给反带上了，而且站在外边道："你脱衣服上床去睡吧，我等你熄了灯再走呢。"

国器想到晚上天气很凉，不能让母亲站着在堂屋里。口里催母亲去睡，便熄了灯。可是章老太却等他在床上翻身作响，才走开了。

到了次日早上起来，还是个晴天，国器很高兴地下床，匆匆洗漱已毕，连茶水也来不及喝一口，却比每日上学的时候，更提早二三十分钟出门。由他家里到学堂里，本来可以走两条小巷子直穿过去的，但是他似乎把熟路走成了一种烦腻，今天却绕了一个很大的弯子，向墙头露出杏花的那条巷子走去。

他手上戴了一只手表，走过一条巷子，就要抬起手表来看看，分明是计算着一种时间与速度的关系。慢慢地走着，慢慢地忖度着，偶然转过一条巷子口，不由得吃了一惊，不但是站住了，还猛可地向后退了一步。正是那一位像维纳斯的姑娘，走到面前来了。

她似乎也有吃惊的样子，身子向后缩着，把胁下夹的那个书包一头向下滑落着，几乎要落到地上来。她自己也感到了有失检点，微微地一笑，立刻又把笑容收起来，低着头走了过去。

这一条巷子的宽度也不过两尺多吧，两个人站在并排的话，可以把这条巷子给塞住了。所以当她在国器身边过去的时候，几乎衣裳角可以碰到衣裳角。然而国器也感觉到巷子过于窄小的，已经预先把身子一横，将背靠近人家墙脚，放出路来。那姑娘倒是很大方，虽然把头低着，还是从从容容地走了过去。

国器由昨晚在枕上安眠下去起，心里就忖度着，今天遇到她，要仔细看她一番，以便形容到小说里去，这个人简直活跃出来。可是现在遇到了她以后，倒不知是何缘故，自己也低下头来，不敢正脸朝着人家。直等着人家走过去了，这才抬起头来看人家的后影。他站定了脚，呆呆地望着，也不知这刹那之间，诗才怎么那样十二分敏捷，立刻得了十个字："巷深留倩影，风细送微香。"

诗里有这个香气，就觉得半空里有一缕极微细的香气，在风里荡漾着，直送到鼻子里面来。这位姑娘不过是随便的装束，脸上也没有一点胭脂粉，不知她经过之后，这一股香气究竟从何而来。若说她身上藏有香料，可是这种香气有一种幽兰之味，绝不是那些俗物发出来的香呢！自己只管这样地出了神，巷子里有人经过，才回醒过来，然后上学堂去。

从这日起，国器上学堂去教书，由学堂里教书回来，就换了一条新路，总是走这条墙头露出杏花的所在。每天走两次，有时碰到那位姑娘，有时也碰不着那位姑娘。但是碰着的时候，国器心里的一股勇气也就随之消失，绝不能去正眼看着人家。

那墙头上的杏花由繁盛开到零落，完成了青叶，在青叶丛中，露出蚕豆大的小杏子。国器是逐日看着它变化的。杏子有了蚕豆大的时候，天气已经是很暖和了。出得门来，只看天空上三三两两地飘荡着几只风筝，这是说春光正热闹着呢。他由这风筝上面，想到了放风筝的绝好的地点乃是雨花台了。

这是一个星期日子，国器吃过早饭以后，便到平山家来，打算约他一路到雨花台去。不想到了他家，他家人说已经被朋友约着，同到明孝陵去了。国器听了这话，虽觉得扫兴，但是已经动了游兴，就单独地走出南门去。

在这个日子，雨花台山上虽还少着树木，可是春已深了，满山满谷，全长着三四寸深的蒙茸细草，远远地看这山，犹如穿上了一件绿色的新袍。

究竟是春天了，到山上来游历的人很是不少。上山的人行道上，陆陆续续地不断有人走着。国器先是顺了路走，觉得游人嘻嘻哈哈，很扫人家的清兴，便绕到方祠后面，向一个山顶上走去。这里有一个四方亭子，四面的风都要由这亭子里穿过。人上山以后，微微地喘着气，背上不断冒着热汗，脸也会红红的。国器手上揭下了呢帽，踏进亭子去，只觉那东南风呼呼地由身边过去，身上很是感到凉爽，就停住了没有走。亭子角上有两个卖雨花石的小贩，各陈列着两口木盆，里面放满了清水，大小五花的鹅卵石子在水里映着，仿佛是格外好看。木盆边有一张小桌子，放了几只洗脸盆和几双尺多长的筷子，专门预备给客人挑选五花石用的。还有一列细瓷碗，放在桌上，里面也是用清水浸了五花石。国器小站了一会儿，不免也走到石子摊边去看看。这件事也是觉得很奇怪，猛然地看到水里浸着的石子，那都是很好的，等了自己拿筷子去拨动着，那石子又很平常了。

国器正出着神在看呢，耳朵边却听到有个人娇滴滴地说："雨花台上没有什么风景，可是站在这里，四周一望，这景致很有意思。"

国器抬头看时，正是那位每日遇到的姑娘。她今日穿着一件淡青的竹布短褂子，却是左大襟，一排琵琶襟纽扣。下面穿了一条青湖绉裙子，被风吹得飘飘然，露出裙子下面，一双窄窄的平口皮鞋套在雪白的袜子上。她那乌黑的头上，另拖了一小缕头发，由前额搬到大辫子根上，小辫子前，扎了一朵小小的红绸花。她全身都是淡素的，唯有这一点鲜艳，更觉得这风姿是妩媚动人。她身后随有两个少妇，装束都很时髦，似乎是一家人。

她用手向南一指道："嫂嫂你们看，一片芳草接着远处的村庄树木，看了就让人心里大大地痛快一阵。这就叫芳草天涯了。"

一个少妇笑道："妹妹，跟我们掉文，那是对牛弹琴。"

她微微地笑了，又轻轻地叹了一口气道："这么好好的天气，应该是我们少年人的天气……"

她一面说着话，一面转过身来，这才看到国器闲闲地站在一边，也在向四处眺望着。她先是很自在地说话，到了这时，也不知道什么缘故，平常的脸色自然地抹上胭脂了。

国器看了一看，就背了两手，慢慢地踱出亭子去了。那卖雨花石的可就在后面叫道："先生，这石头你不要吗？我这里还有好的，便宜卖给你就是了。我们这里的石头比庙上的可便宜得多。"

国器回过头来，向他摇了两摇，表示不要。在这一回头之间，又看到那姑娘向亭子北看来。彼此虽不知道谁是谁，可是眼睛一接触着就觉得彼此是至好的朋友。而且她刚才说明芳草天涯，又说春光是青年人的，这更可以知道她肚子里也有点墨水，不是一朵凡艳。以前把她当了一枝梅花、一剪兰花，那是很刘的。

心里如此想着，眼光倒是不敢去看人家，于是昂着头，看天上的云彩，看亭子的瓦檐，甚至亭子上架瓦的椽子，似乎也有些美术的意味，值得去研究的。偶然一低头正面看了去，这就看到她对山前风景赏鉴的样子，有意无意地向自己身上看了来。国器也想着，人家是位姑娘呢，还是大大方方的，并不因为是街头相遇之人，见面有什么芥蒂。自己是一个男子，倒只管见了人忸怩作态，也放大一些吧。于是搭讪着向那卖雨花石的人笑道："你们在这山上捡的石头，来得很容易，还要卖两个铜板一块，未免太贵了。"

小贩笑道："先生，山上虽然出石头，拣好的可不容易。"

国器向这摊子边走来时，那姑娘同着两个少妇也走向那边摊子上去，她忽然道："嫂嫂，你以为这些雨花石是出在这山上的吗？其实这些石头全是南京附近几县拣来了，这山上虽然都有小石头子，好的很少，必定要下过一阵大雨之后，把山土冲洗动了，才露出许多石头子，可以挑几颗好的石头来。"

她一面向嫂嫂们说话，一面向亭子四周看着。她是很大方的，对国器所站的这一方看了去，若说她是有意看人，她的眼光并不专射到人身上，若说她不是看人，她那眼光很灵活地向这边一转，让人身受到，有一种说不出的快感。可是她仅仅在石子摊边，对这边有那刹那的注意，便听那少妇说了一声"走吧"，她们三人就离开这亭子了。走的时候，她步子是移得非常的缓慢，由最前一个走，落到最后一个。而且离开了那两位嫂嫂很远的地方，走几步就回头看上一眼，直到山脚下转弯的所在，才不看见她回头了。

说到这位姑娘，她不断地回头那真是在看人吗？可是她很明白地表示，却是另有感触的。她叹了一口气，对嫂嫂道："这山上的野坟不少，只怕埋的不是那种人。我若死了，有托两位嫂嫂，把我埋在这里吧，或者对得起这一块土。"

一个年纪大些的少妇笑道："梦兰，你这些时候总说这些丧气的话干什么？"

梦兰道："一点也不丧气，一个人总有一回死的，死了能免了埋下土去吗？这雨花台葬了明朝一个大大的忠臣方孝孺，我们要死了，葬在大忠臣的坟边，那也是一场莫大的荣幸。"

一个年轻些的少妇道："话虽如此，你真有那样一天，要到你七老八十的，儿孙满堂，然后把你抬上山来……"

梦兰立刻把脚步走快些，离开了她们，而且将两只手掩了耳朵。在后面的两位少妇都笑着，向后跟了来，只管叫道："慢点走啊，我们不说你就是了。"

下得山来，梦兰的愁容还不曾减退，闹得这两位嫂嫂也不便再说什么。好在她是常常发愁的，两个嫂子也不为介意。

原来这位梦兰小姐姓江，是本城富户的女儿，今年十八岁，就

41

在城西振坤女子中学读书。今天星期，也是在家里发生了一种不可言状的烦恼，她母亲江太太就对两个儿媳说："天气很好，带梦兰到外面去玩玩吧。"不想走到雨花台，又碰到了章国器，这更让她心里苦上加苦。回到家里以后，什么话也不说，径自回到她所住的那一幢小楼上去了。

南京的公馆屋子，向来是一进跟着一进，直可以通到七八进的。梦兰家里的屋子共有六进，在倒数的第二进的屋子上，盖了一幢小小的楼房。楼房后面，有个小的院子，搭了一方蔷薇架子，栽了两三棵树、七八株芭蕉，再点缀小盆景和太湖石，也就算是花园了。院子的右面是一道粉墙，粉墙外面紧邻着人家的菜园，有两棵几十年前的老柳树，高树到半空里去。梦兰坐在楼上，横窗列了一张书桌子，她总爱对了这两棵高柳出神的。

这天回家，她上得楼来，洗过一把脸，便靠了书桌坐下，想摊开一本书来定一定神。就在这个时候，女仆吴妈捧着茶壶，带了一个纸卷进来。梦兰看到，立刻满脸透出了笑容，就把纸卷抽到手上，然后赶快地在抽屉里找出一把小刀子来，把纸卷缓缓地轻轻地剔开，乃是一本书，有很美的封面，在封面上题了四个字，乃是"双星杂志"。

吴妈斟了一杯，放到桌上，笑道："大小姐一天都没有开笑容，算是这本书是喜星临凡，你一接到就笑了。"

梦兰道："我现在没有什么可乐的，只有借了书本子解闷。书本子来了，我一天一晚就看完了，又要等下半个月。我接到了书，快活一下子，你还不以为应该的吗？"

她说着话，手就去翻动着杂志，于是先看着本期的目录，其中有一行是"争不成双"，下面署名"章唤天"的姓名，情不自禁地就笑起来道："这一期又有他一篇哀情小说了。"

吴妈倒是怔了一怔，望着她道："小姐，你说什么？"

梦兰抬起头来，却把脸红了，笑道："你不知道，我说的是书上的事。你不懂。"

吴妈听说是自己不能懂的，这也无再问之必要，自下楼去了。

梦兰将桌子擦抹干净了之后，摊开书来看，掀到目录后的一页，就是本杂志作者的相片。那作者第三幅图像，是位二十上下的青年，和今天在雨花台会到的青年，正是一模一样，不免两眼呆定了，尽管地注视了大概有十分钟之久。自己点点头，自言自语地道："我猜得一点不错，果然是他。"

于是把书本子掩着，又凝神想了一想，这就觉得那个在雨花台的青年，含了微笑，站在自己的书桌面前。咦，这是中了魔了。于是撑了头，向窗子外的柳树看着，意思是要定一定神，把这可怕的幻想抛开。不料那柳条被风吹着，飘飘荡荡的，倒很像今日下午国器在雨花台上那衣襟下摆被风吹得飘飘然一样。这就不敢再向窗子外看，转是对了桌上，翻起书本子，那篇《争不成双》就登在杂志的第一页上，所翻开来就看到了。那篇小说起首就说：

> 一夕，为月明星灿之夕。秋云浮昱天际，薄如罗谷。秦一志与其腻友林映华，饮于明霞巷酒楼之一小室中。华灯烨烨，然发为媚光，映射林映华颊上，羞红上涌，及于鬓角，似敷玫瑰之瓣。酒既陈，把盏足寿曰：愿吾二人幽怨余年，常能如今日晤接之乐，强笑时多，悲泣时少也。

梦兰看到这里，情不自禁地自言自语道："这又是一篇荡气回肠的小说了。这位章先生好像是与读者有仇，必定要把读者的眼泪一齐逼了下来，他才甘心呢！"

她说过了，又微微地做了一次会心的微笑，抽出胸襟上带的自来水笔，在"幽怨余年"这四个字边上，密密地画了两行双圈。于是把这篇小说一个字不漏地看了下去。

看完之后，忽然有一种什么感想似的，立刻在书架子上、书橱子里全搜寻了一阵，搜出三四十本新出的杂志，都放在桌上。这杂志的名字，有题着"春风"的，有题着"鹃声"的，有题着"瓣香"的，在封面上，都是一幅极美丽的图画。她随手取一本，坐下来狂翻一阵，翻到有署名章唤天的文字，就看看题目，还是将那自来水笔把题目写在一本很精致的英文练习簿上。写过之后，再翻第二本杂志。她把所有的书都翻查到了，依旧把书归理到书架子上和书橱里去。桌上的那本英文练习簿却是抄写了不少的字在上面了。她把桌子清理了一番，将练习簿放到一边，然后在抽屉里取出了一叠朱丝格纸，用墨笔再把练习簿上的小说篇名重新誊正了一回。在每篇小说名下面，全注着登在哪一期杂志，共多少字，是什么性质。这样费事地抄写着，足足有四张纸之多。誊写完了，自己也觉得得意似的，把笔一放，手捧了那几张纸，躺在一张藤椅子上看，将每篇小说的内容都揣摸了一番。

耳边下似乎听到有点窸窸窣窣的响声，抬眼看时，却是丫头小菊已经走进房来了。便问道："你为什么这样鬼头鬼脑的？要进来，走进来就是了。"

小菊笑道："我进来两三回了，小姐都把心思放在抄书上面，我没有敢惊动。"

梦兰笑道："你也知道抄书是不能惊动的？"

小菊道："我哪里知道这些？我看到小姐全副精神都在那书上纸上，一定是有个意思。"说着，不觉是抿嘴微笑。

梦兰站起来，把抄的那几张纸放在讲义夹子里，笑道："你笑些什么？"

小菊道："大少奶说过了，这些书上都是很有味的鼓词儿，小姐哪一天晚上讲一两段我听听吧。"

梦兰道："你又知道什么叫鼓词儿？"

小菊道："我怎么不知道呢？大少奶也同我说过，《玉簪记》呀，《三笑》呀，《玉蜻蜓》呀，佳人才子，有趣得很呢。"

梦兰道："你又知道佳人才子了？"说完了这话，心里却生了很大的感触，于是将手扶着头，靠了椅子背坐着。

小菊见她突然地生着闷气，倒以为是言语冲犯了她，自走了。

梦兰听了这话却引起了满腹的心事，这就想着，佳人才子，连不懂事的黄毛丫头也随口说了出来，自己很后悔不该喜好文学，也中了这佳人才子的毒。如此想下去，连晚饭也懒得下楼去吃，只叫小菊用开水泡了一碗锅巴送上楼来，配上一碟子大头菜，就当了晚饭了。

晚饭以后，在灯下看了两页书，也定不下神去。偶然一抬头，却看到隔墙的柳条里面，亮晶晶的有一团东西，光华夺目。猛然看去，是不免诧异一下，后来仔细看看，正是十六夜月，圆圆的一轮，已涌出多时。那垂柳不像别的树，有那大的叶子，可以挡住光亮，它被风吹得摇摆着，一闪一闪地透露出月亮的一部分来，却另有一种境趣。还有那当月亮下面的所在，柳条子上像涂了一层金漆，更是好看。

梦兰先是偶然地一望，现在看得有意思了，索性把桌上的灯给拧熄了，然后伏在桌上，只管向天空里望着。口里把旧诗词随便地念着，诗词虽是随口念出来的，可是念出来之后，却是伤感的句子占多，因之对着很清丽的月景，却也十分不快。自己忽然一转念，古人说女子善怀，其实是错误。中国的女子为礼教所压迫，要做的不能做，要说的不能说，除了一个人闷想，哪里还有第二个法子？

章唳天在他《争不成双》的那篇小说上发明了"幽怨余年"四个字，那真是不错。可惜我不会作小说，我若是会作小说，一定把"幽怨余年"四个字做题目，写一篇女子的痛苦。

想到了这里，手背觉得酸麻了一阵，这才醒悟过来，是自己两手交叉着，托了下巴颏向着天空出神，忘了压着手背了。这倒有点疲倦之意，也懒得点灯，掩上房门，就倒在床上出神。头一落枕，又想到那两棵高大的垂柳，终日相对，还不曾真到树下盘桓一次，明天起个早，趁那菜园子里没有人的时候，去寻访这柳树吧。

她有这计划，便是次日的早上，站在两棵大柳树下了。昂头看那柳树，最高的顶上，密密层层地叠着柳条，简直看不到天日。不过那太阳光并不十分强烈，倒像月亮。口里就念着古人"月上柳梢头，人约黄昏后"的诗句。接着就听到身后有人道："这也是'幽怨余年'的话吧？"

回头看时，却是在雨花台遇到的那少年，他手上还拈了一小枝杏花，点头笑道："这花我送给你吧。"

梦兰想不到会在这里遇着他，一时倒没有了主意，只得垂了头，藏到树后面去。章唳天道："我送你的花，也没有别的意思。因为你把我在各杂志上作的小说都搜罗尽了，实在是我的知己。我很知道，你是一个受旧礼教压迫的姑娘，我很同情你。但是这不要紧，现在不是共和国家吗？我们可以自己振作起来，去追求我们的自由。"

梦兰本想答复他两句话，可是总免除不了女孩子们的常态，红了脸，低了头，无论如何说不出话来。却听到章唳天叹了一口气道："人生求一个知己，到底是很难啊！"

梦兰听了这话，分明是他表示出来失望了，于是挣扎着说出一句话来道："你以为我不是你的知己吗？大概你的文章，只要是发表出来的，我没有一篇没看过的。"

说时，向外张望着，却看不到了章喉天，转出树来，才见他将杏花背在身后拿着，闲闲地走上了山头一座亭子里去。那亭子分明是雨花台上的一座，也忘其所以地追了上去。然而自己到了亭子上时，却没有一个人。四望天空地阔，风呼呼地向身上吹来，把衣服全已掀动。自己急得只管把手去按衣襟下摆，可是风吹得很厉害，怎么按也按不住。心里一着急，睁开眼来，哪里有柳树？哪里有雨花台？原来是一场梦呢！先前贪看月亮，窗子是不曾关闭，风直送到床上来，所以把衣服吹动了。

　　坐起来揉揉眼睛，只见那轮月亮，盘子那么大，扶起在碧空。天上除了两三颗大星陪在月亮周围，却是一点云彩也没有。走到窗子边向外一看，人家的屋脊全沉沉地在月光之下，那棵梦中的柳树，带了一层翠光在半空里微微地摇摆着，似乎在那里说：姑娘我看见你做梦了。再抬头看着，天仿佛更亮了，月亮小得又像个银饼，楼外是一片寒光，略带了烟雾，和远处若有若无的楼阁相连。

　　楼里面没有灯，月光照到楼板上，涂了一块四方的银漆。光反射着书架子上的书、花瓶里的花，以至于床上的被褥，都添了一种幽媚的意味。耳边上听不到人声，却是楼下院子里的芭蕉被风摆了，窣窣作响。再低头看院子里，树影子黑沉沉的，倒反像是梦境。一个满腔心事的人，刚由梦里出来，不能不发呆了。

第三回

雨细风斜还来留迹处
夜阑人静独写绝交书

　　梦是神经感觉中枢因血管的运血集中，生出了错觉同幻象，这本来算不了什么神秘的事，可是做梦的人，总是疑惑这里面有一种预兆存在，而且越是用心思的人，越容易做梦，也就越把梦当了一种预兆。江梦兰这晚所做的梦，正打入了她的心坎。所不可得的事，在梦里得着了。本来有许多人不能满足自己的欲望，全是靠做梦来满足。不过那一刻满足之后，往往是增加了自己一种悲愤。梦兰也不亮电灯，就在漆黑的屋子里这样站着，直等听到远远的地方有了两声鸡啼，这才微微地叹了一口气，上床去安息了。

　　到了次早起来，未免晚了一点，匆匆地洗了一把脸，赶快就夹了书包到学堂去。自己在路上走着的时候，也就暗想，今天不会再遇到章国器的了，过了每日在路上相遇的时间了。这样的一转念，就并不像往日，老早地向前面去打量着。这时自低了头，一步一步地走着。当走到那条窄巷子里的时候，就有一阵脚步声送到耳朵里来，抬头一看，倒不由自主猛可向后一退，正是揣念着的那个他走了来了。经过昨日在雨花台那一度会晤，彼此之间觉得是很熟，彼此遇到，就这样注目一下，似乎是太无礼了。因之她在那有意无意之间，脸上泛出了一层浅浅的笑容。这笑容可以说不是为了章国器

48

而发，因为她并没有向章国器正直地看了去。可是说她不是对了国器笑吧，然而这一条窄巷子里并无第二个人。所以国器虽不能立刻表示着感谢，对于这光风霁月一般的浅笑，却深深地心领了。而且彼此一来一往，脚步又不便停住，在那种四目对照的当儿，时间是非常短促，国器就是想要向她回礼，也是来不及了。好在几小时之后，又是彼此下课回来的时候。国器所领受的浅笑就有法子答谢了。

他为了是要回答这一浅笑，由学校里出来，很快地就投奔这一条巷子。到了这巷子口上，并没有看到江梦兰，可不敢走得太快了。因为走得快了，穿过了这两三条巷子，各自分岔，那就不能会面了。步子是那样走得慢，每只脚向前移动一步，都要停顿一分钟。

大概他走了五分钟的时候，必定横起右手臂来，看一看手表。天下事果然是无独有偶的，对面来了一个人，也是在看手表。及至彼此抬起头来，倒都有吃惊的样子。因为那个来的便是江小姐。国器早就预备好了的，假使人家这次向自己发了浅笑，自己就得进一步，向人家深深地一笑。人家若是深深地一笑呢，那就得和人家点上一个头。可是到了这时，全吃了一惊，女的来不及微笑，男的也来不及深笑与点头，而且女的是有点含羞的样子，脸也红了。国器这就不敢正眼儿地看着，自低着头走开了去。

回到家里，坐在窗户下椅子上，回想到刚才的事，心里头好生不快。心想着，若是照了上午所计划的，先和她微笑，再和她点头行礼，再和她就可以交谈成为朋友了。

章老太因儿子回家以后就到书房里去坐着，不免有点奇怪，这就走到书房门口问道："国器，你又在想文章吗？"

国器立刻迎到堂屋里来，笑道："我不是想作文稿，我不是三岁两岁的小孩子了，倒处处要你老当心。"

章老太向他周身上下都打量了一遍，问道："那么你是想什么呢?"

国器要实告母亲无此胆量，不告诉母亲又不愿撒谎，便只好微微一笑。章老太道："你不要骗我，你准是在想做文章。你果然是孝顺母亲，你就是不愿我挂心，你也应当说了出来。一个人要想做一番事业，第一要是把心放得端正，第二是那不能告诉人的事，好也罢，歹也罢，总不能够做。"

国器听了这话，不由得心房里连连跳了一阵，心念，难道这两天所做的事，母亲已经知道了？一向是让人称赞着自己是个忠实少年，怎么会做出这私自追逐人家闺秀的事情来？如此一想，脸上是透着一份尴尬，站在母亲面前，半垂了头，却是望着天井里的树影子发呆。

章老太笑道："一说起你来，你倒有些不好意思了。我没有别的意思，我是看到你看书要用心，到学堂里去教书也用心，现在索性坐着没事也用心，将来会把心事都挖空了。"

国器勉强答应了一句道："那也不至于啊!"他这样淡淡地表示着，章老太也就不追问了。

当晚，他想了一晚上，最后决定了，自己虽然年轻，究竟还是一个教员，岂有当教员的人，天天舍正路不由，在别一条路上去等候人家姑娘路过的？

到了次日早上到学堂里去的时候，却依然由原路走着，并不再走前些时折杏花的那条巷子。他上午是如此去的，下午回家，依然还是如此回，并不再有什么幻想搅扰在心里了。到了家里，人也觉得安定得多，拿了一本书在手上，也可以坐下来慢慢地看。

这样过了两三天，国器忽然心里一转，同那位女郎许久不见面了，不知道她是发愁还是生气，或者更是生了什么疑心。再去碰她一次也好，就是这一次，那也不关紧要。假如她对自己并不曾失望，自己却把人家抛弃了，这显着自己太薄情。尽管是不必去追逐人家，但是也不必说一声丢开，就把人丢开了。

于是在心思一转之下，在一天的下午，按照了以往等人的路线，又照着一定的钟点，还向那条巷子走着。果然的，只在那窄巷子口上，就和汪梦兰遇着了。她在这次相遇，却是异乎平常，看到之后，突然地把脚站住，就把脸涨红了。可是她并不像以前把头低了下去，这却呆定了两只眼睛，只管向国器望着。国器虽是有了计划来寻梦兰的，可是看到了梦兰之后，也不知是何缘故，心里好像扎了一针兴奋剂，立刻把身子也固定了。同时，身上出了一身汗，只觉由脊梁上烘出一阵热气，猛然间由春季跳到夏季来。

那位汪小姐大概也是有了猛然感触的缘故，只觉脸子一呆，虽不笑，也不生气，可是却很留神地向国器周身上下很快地扫视了一周，便又抽出了衣襟上掖着的手绢，握着嘴，微微咳嗽了两声，似乎她对于这条巷子有一种说不出来的留恋意味。于是微靠了墙脚，垂了粉颈，慢慢地走着。国器微低着头，侧了身子，也就慢慢走着。可是在这一转眼之间，在难为情的当中，把可以微笑答礼的机会又错过了。

国器到了家里，觉得今天的事自己又做错了。怎好几天不见着人家，见了之后还不表示一点敬意？再说到她的态度，也非常之温柔可爱的，对于这种女子，纵不能当作月神水仙那样尊重，也不应当避之若蛇蝎。今天这一会，她必定会疑心到我是存心不理她，把她当了一个蛇蝎。那就自己爱慕她的这一片诚心，完全虚用了。再有这般一个转念，逼得他自这日起，还是绕了有杏花的那条小巷子里来往。

第二次见得她的时候，自己十二分地镇静住了，很自然地走着。江小姐呢，也不是上一次看到那样猛可吃惊的样子，慢慢地走到身边，脸上泛出浅笑来。这浅笑只在她嘴角微微地一动和乌眼珠略移转的当中可以领略出来。在十步以外，她总是在微低了头之间，向这边看来，等待走到十步以内，她就把眼皮低垂下去了。

国器在这个浅笑的过程中，算要是心里最明白的一次，竟是手抬起来，要摘帽子和她行礼。但是手扶到帽檐的时候，自己又感到了有些鲁莽，却没有那勇气可以把帽子取下来。依然把手垂下来了，不过在扶帽檐的时候，脸上也同时地透着浅笑。这种浅笑，对方的人是看到了的，她也照着很平常的样子，把这浅笑收下，并不以为国器的行为是出乎寻常的。

这一次聚会过去了，国器的年纪若回去到五年以外，必定要在巷口跳上几跳。现在虽是不便跳起，可也就觉得脚步轻松多了。

他跟着这一次一次的机会，发挥着他心里那一片不可遏止的情感。在第二次是很明显地向她送出浅笑去，她已是走到了相距十步之内。虽是很清楚地看到了，也不怎样害羞，很快地向国器看了一眼，才低头而去。

第三次，国器有些勇气了，还是抬起手来扶着帽檐，做一个要点头的架势。那江小姐的浅笑在这样的交际情形之下，也有点变了。在嘴角闪动时，已是露出两排整齐的白牙，分明她是深深地笑了。

这样一个扶帽檐行礼，一个深笑答报的时候，大概有了几日，国器的母亲章老太太有点诧异了。当和他同桌吃午饭的时候，章老太对他脸上看了一看，问道："孩子，你这几天有什么心事吗？"

国器自垂了头吃饭，答道："没有呀。"

章老太道："不能没有吧？你往常回来，不是作稿就是看书。这几天你上学堂去的时候，总是看钟看表，怕时候晚了。回得家里，好像捡到了什么值钱的东西，满脸都是笑容。但是你又坐不住，只是在书房里转转，又在床上躺躺，好像有一件高兴的事安顿不了。

今天是星期日，你不必去教书了，但是你还是经常看钟看表，匆匆忙忙跑了出去。跑出去后，你又微笑回来了。"

国器笑道："妈问的是这件事。这件事果然是可笑的，我忘了今天是礼拜，忙着到学堂里去，到了那里，看到没有一个人，我才晓得这是礼拜，我才笑着回来了。"

章老太道："这是今天的话。这几天我看你坐在书房里，只是坐着发闷想。不知道是怎么了？"

国器笑道："你老人家是疼爱儿子过分了，处处多心。其实没有什么。"

章老太道："只要你没有什么就好，我还能愿意你有心事吗？"

饭后，国器不敢再出门去，就在书房里看书。不过看到三五页之后，便又做起幻想来。母亲今天的问话，却也事出有因。这几日的成绩太好了，她昨天最后一次相会，当我手扶帽檐的时候，她望着我，也有点首答礼的意味。这样下去，就可以同她通言了。本来相熟到这种程度，还没有知道人家姓什么，这究竟是不对。明天见她的时候，必定要开口了。这开口的第一句话，怎么样子说呢？我就按照着西洋的风俗开口：姑娘，我可以问你尊姓吗？但是假如她不答应我呢？或者简直个会的，因为彼此认识了一个月上下，她已经知道我是章唤天了。有好几次看到她手上拿了杂志，那杂志都是有我的文字的。在这一点上，彼此是文字之交了。文字之交通一通名姓，有何不可？她肯拿了我的义字去看，我问她的话，绝不会拒绝的，冒一回险罢了，就伸手将桌子一拍。但是在拍过一响之后，立刻想到这种声响是不宜让母亲听到的。立刻镇定了精神，向面前摆的一本书看着。所幸这一响，母亲并未听到，安然过去。

到了次日起来，天上已是飞着细雨烟子，巷子里面泥水淋漓的，似乎已经下过一晚的雨了。这种天气，恐怕小姐们是不肯湿淋淋地冒了雨上学的。纵然上学，她们也要坐车子，岂能步行？今天绕了道去遇她，那是多此一举的。本来也可以不去，但是为了保持自己的一番忠实起见，就是不遇到她，也要绕上这样一个圈子，以便万一她还来上学，也不至于差错了。

国器有了这种感想，他打伞冒雨出门，是慢慢地在那几条窄巷子里走着，可是当他在那几条窄巷子穿走过了以后，天上的雨丝正是牵着线网一样，斜斜地向下落着。心里忽然笑起来，这真是自己太忠实了，假如我是一个女学生，在这样大雨之下，我也是不出来的。

心里想着，一阵风来，伞撑不住了，扑了一脸的雨。这就快走起来，就要到学堂里去上课。不想在这岔路转口，一家大门楼子下面，先有一把小小的雨伞由那里伸到檐溜下面来，那檐溜滴到伞上，水珠子直溅到巷子中心来。回头望去，却是让他大大地惊异着，那就是这伞底下的那个人，正是料着不会出门的江小姐了。心里有了感觉，在口里就情不自禁地噫了一声。不过这个噫字刚刚出口，立刻觉得不对，要把这噫字忍了回去。虽然这字音已经发出，不能完全忍回去，但是到底把那个字的声调低了下去。其实这一份惊讶，不但是他，就是那个女学生也同样有了感触，口里有点声音发出来。国器不知道她这一份惊讶是什么意思，打算见面和她通言语的那个计划犹豫了一下，可没有来得及实行。待到自己转过身来已看到她有些难为情的样子，把小雨伞微垂下来，半遮着脸，离开了那个大门楼子下了。她为什么在这个大门楼下躲雨，不到学堂里去？这可有些奇怪，若说不是躲雨，站在这里，进不进，出不出，又为着什么呢？

国器心里想着，自不免回头去看看。可是她也有同样的感觉，已经把伞撑得正正当当，回过头来了。不知她有了一种什么快意的事，只在彼此眼光对看到的时候，她将两排牙齿全露出来，笑着把头一低。这一份笑容，完全是有一种高兴的事由心里透出，自己又禁止不住，所以突破矜持的素态，究竟是笑了。

国器怔怔地望，直望到她转了弯，方才到学堂里去。然而今天这一次相会，尽管心里很高兴，究竟是有点遗憾的。为什么不趁了这个机会，问一问她贵姓呢？今天这个机会是过去了，明天见着了她的时候，无论如何要向她说出话去。看她今天这个样子，像是很熟的人一样，问起她的话来，就是她不答复，她也不会生气的。那么，不必明天了，趁着她今天高兴，今天就问她，那不是更好吗？

国器这一番心事，除了在课堂上教书之外，这一天始终是在心头上徘徊着。到了下午下课的时候，却不料雨仍然是牵丝不断地落着，风势也是不小。手撑了伞在雨地里走，雨由伞下横飞过来，却吹了一身的水点。费了很大的力量，走到每次相遇的巷子里，那位姑娘也来了。不过她这次不是步行，已经改坐人力车了。本来车篷前面那个油布帘子吊起来很高，一个身体娇小的女子坐在车里，这个油布帘子完全是可以把她挡住的。唯其如此，所以她伸出那雪白的手来，将雨帘子上面给按住，把头伸到外面。那斜风吹了雨丝，向她脸上拂洒着，她并不怎样介意，依然呆了眼睛向前看着。

国器看到她，向她做了一个要点头的姿势，她倒不是那样木然无动，向国器微微地笑着。拉人力车的车夫，他觉得坐在车上的女学生一定是急于要回家的，很快地把车子拖着，所以两个人的对面时间却是极短极短。国器在这时是连对人做第二次微笑也来不及，更不用说开口了。

雨一下，又是三天，她总是坐着车子。到了第四日，天气是很晴朗了，料着她今天是会步行的，心里就鼓起了一百二十分的勇气，觉得以往是太怯懦了，一个男子，对于一个朋友，连姓名也不敢问，以后简直不必出外交际了。好在怎样开口问话原来都想好了的，现在只要把说话的姿势揣摸好了，也就行了。见了她千万不必慌张，自然也不必害羞，站定了脚，深深地和她点个头，然后就说：小姐，我们天天见面，很熟了。我可以请问你贵姓吗？她必定站定了笑说：你太客气。于是就很大方地把姓名说出来。这一次，只能把话说到这里为止，再有什么话，可要留到下次了。

主意决定，这日上午，走到那相遇巷子里的时候，自己心里首先乱跳，等人家走到了面前，自己脸皮红了，不但不能开口，把往日见着人家略略点头的那份惯例也给丢了，竟是微微地低着头走了过去。等到人家已经走得很远，自己悔恨起来，已经是补救不及了。因为这一回的态度，未免是做得慌张一点，到了这日下午，却不敢有这种尝试。

再过一日，自己又把勇气鼓励起来，由家里出门的时候，脚踏在地上，都格外沉着。每一步路都踏得响些，好像在这一点上，也表现着他已下了决心。到了那个巷子里时，远远地偷看迎面来的小姐，装束虽然是很整齐的，然而她的脸子却沉沉地向下板着，仿佛有点生气。这是生我的气吗？慢来慢来，今天可不能去冒这个险了，日子长哩，等着机会吧。

于是在这犹豫的时候，又过了四五天。不过这四五天之间，情形有些不同了，有时可以遇到她，有时又遇不到她。碰到她时，她的态度是很安适，并不像害了病，可是她也不带怒色，似乎也不是生了什么人的气。这位姑娘的态度不能不说是令人难测了。

这期间是有一周，他却另有了一个法子来解决这层困难。原来他却把这番勇气已经用在笔尖上了，写了一封信，寄到梦兰的学堂里去了。

梦兰到学堂里去的时候，号房送过信去。她看到是一个夹层的印花信封，上面一笔很秀娟的字，写着"振坤女学堂江梦兰小姐慧启"，下款署着"本城章缄"。梦兰一看到，不由得心里乱跳了一阵，口里可就说着："这是女子师范学堂里来的信，章小姐没有，写着信好玩。"

说着这话时，看看身边还没有什么人，赶快拿着信就走到校园僻静的地方，看看附近无人，然后就在一丛芭蕉荫下，坐在短栏杆上，背对着人行道，捧了信纸看起来。那信上写道：

梦兰女士文鉴：

今突以芜函奉渎，自知冒昧矣。然当今社会文化增进，男女交际，一视平等，方之西俗又属寻常。女士方攻读西人所办之学校，姑以西俗自圆其说，或可谅欤？然而倾慕之忱，则非虚也。

仆不敏，笔耕养母于此，自知庸陋，不见重于士林。乃两月以还，每值女士于途，恍如光风霁月，清气扑人。未解何故，竟如葵之遇日，不能遏其倾向。然管窥蠡测，究未敢求知于女士也。其后尝见女士挟示上流行之杂志归家，视其封面，盖仆所常有拙文刊载者，遂司浅薄之作，已久为慧眼所青及。古人高山流水，得一知音，可以死而无憾。仆诚不敢以知音相辱芝兰之质，然心仪其人，不能无言。又以为人谨讷，词无以出口。耿耿于怀，不知其可。

日前偶访远戚，彼有一妹，亦攻读贵校，无意中于其家得读贵校校友录，玉照与芳字，宛然并在。遂得护此一线邮程，藉呈片柬。若能恕其鲁莽，许做文字之交，则鱼鸿多便，敢请于楮墨之间，互谋攻错，言实由衷，他非敢望也。

偶集古人句：我是人间惆怅客，落花时节又逢君。此情此景，十四字，有千万言不能尽者。故是函之作，徘徊心头，两日夜书半搁置怀中又一日夜，乃终以付邮。纵获罪妆次，岂得已哉？敬谨肃呈，不胜彷徨待命之至。

章国器上言

梦兰一口气把这封信看过之后，早是全身出了一身冷汗，赶快把信纸折叠着，依然塞到信封里去，将信封揣到里衣的口袋里，还用手按了一按，这才牵扯牵扯自己的衣襟，向四周看了一看。虽然四处无人，可是自己的脸皮只加倍感到紧张，便是耳朵背后，也都觉得有些发烧似的。站在芭蕉荫下，右手扯了芭蕉叶子尖端，左手却将叶的边缘撕开一条缝，慢慢地向中间撕了去。她也不知道这是一种什么情景，只是这样一条条地撕下去。

过了一会儿，忽然有人叫道："密斯江，为什么不上课？早打过钟了。"

梦兰哦着笑了一声，就跑上讲堂去。可是她心里紊乱极了，在课堂上，先生所讲的是些什么完全都不知道。下午有四堂课，却只上了三堂，便回家了。所以急于要回家的缘故，是想把这封信仔仔细细地重看一遍。可是到家之后，母亲嫂嫂全都问着，今天何以回来得这样早？这样的话，也是极平常的，可是梦兰一听到了，就仿佛这是有心问出来的话似的，勉强答应了是先生请假，那声音还是非常之细小。虽是家里人并不根据这句话盘问了下去，但是也不便立刻就走回自己楼上去。在嫂嫂屋子里坐一会儿，在母亲屋子里又坐一会儿，直等着吃过了晚饭，这才从容不迫地回到楼房里去。

自己先把房门关上了，将背对了房门坐下，才把那封信掏了出

58

来。先将信封凝神注视了一会儿，然后把信纸抽出，捏在手心里，却把信封折叠着，先揣到衣袋里，然后两手捧着信纸，就了灯火，一行行地看去。把三张宣纸的恭楷信笺全都看完了，把信纸折叠着，依然塞到信封里面，而且依旧把信封揣到怀里去。自己两手抱了膝盖，对了灯，呆呆地望着。心里这就想到，这位章先生可有点胡闹了，他在朋友家里去打听我的姓名，这岂不是故意让人知道？彼此虽是在巷子里常常遇到，那不过是一位神交的朋友，信上所说的那些话，全差得很远。他很大胆地把这种信寄到学堂去，幸而是我自己接着了，这信若是落到别人手上去了，那不是一桩很大的笑话吗？

她心里想着，先是两手撑了头，然后两手环交着，按在桌沿上，顶了自己的下巴颏。然后拿起笔来，展开了一张纸，在上面有气无力地写着字。自己也没有留心到底写了些什么，直把半张纸全写完了，就着灯下一看，才看出来了，无非还是那几句话，"人之言兮，亦可畏也"这八个字，足足写了四五行。"不惜人言谁则敢，可怜薄幸我何曾"十四个字，却写了四五行。其余的，却是"丈夫原不惜人言"。大一句，小一句，足写了二三十行。将笔一丢，把纸搓成了纸团，捏在手心里。先是要向屋角落里丢下去，可是手刚刚举起，立刻想着不妥，又把手缩了回来，待要伸到灯罩子上去燃烧，这小楼上四处都是木板，须要小心火烛。于是两手将这张纸撕了个粉碎，一齐丢到痰盂子里去。

起身走到窗子边，身子斜靠了窗台，向外面看去。这是阴历月初的天气，天空里黑沉沉的，隔墙人家那两棵大柳树以及前面高低不齐的屋脊，全是漆黑一团的影子。西边天脚下，却有一条弯痕的光线，去后园的屋角不远，正是斜照在那两棵高大的柳树上。关于这些，都像给予了她一种不可言宣的印象。她呆呆地站了很久，这就将手在窗台上一拍，得了一种什么结论似的，立刻回走到桌子边来，把煤油灯芯扭得更大一点，将砚池移到面前，左手托住了头，右手却拿了一条墨，慢慢地擂着。两眼却看到灯光下桌面上方寸之地。那里几点滴灰尘几小条纸屑，甚至桌面上几道木纹，全都看出来了，而且很是清楚。手里虽擂着墨的，但是由了自己的手，很自然地去擂着，并不知道自己是在擂墨。这砚池里面，却是蓄水有多，经她擂了很长久的时间，把水都擂干了。她觉得那只擂墨的手转惯了的，现在有些不自然了。及至自己向砚池里面看了去，却不由得扑哧一笑，放下了墨。

向楼下听听，却是一点声音没有。开了房门，向栏杆边下一看，各间屋子里也不放出一些灯光来。这倒有些奇怪，难道家里人知道我要写信，老早地睡觉，故意给我一个机会？那是绝没有这种道理。要不，今晚为什么睡得这样早呢？沉沉地想了一会儿，母亲屋子里的钟却当的一声响着，这才知道是一点钟了。

回到屋子里面来，煤油灯的火焰只管是沉沉地向下落着，似乎灯也没有了力量，要睡下去了。然而伸头就近看看，灯光和平常也没有第二样。心想，怎么回来今晚上什么事都有些变态，不像平常了？且坐下来，定一定神吧。

当自己这样坐下定神的时候，情不自禁地伸手到怀里把那封信掏了出来，将全部三张信纸分作两部分，先折叠好两张，依然塞到信封里去，却腾出一张信纸，两手捧着看。另外的那个信封，可就放在桌子抽屉里，而且把身子挡了抽屉口，好像有人要开抽屉来抢这封信似的。

她把三张信纸一张张地全看过了，最后将桌子轻轻一拍，又下了一回决心，把信匆匆地收起，然后伏在桌上，就写起信来。但是只写了一页，突然地又想起一件心事似的，立刻站了起来，将一叠没有字的信纸，把写好的一张先盖上，接着把书架子上那些心爱的杂志抽了两本放到桌上。随手翻了两页，翻出章喽天所作的小说，看了两遍。其中一篇翻译的小说，有如下一段对白：

丽娜，汝平心言之，不爱我耶？我爱君，君亦爱我，男女间之结合，除此尚另有若何要件耶？我所谓结合，非必嫁娶之事，但言天地之间，唯我二人为最相爱，则自各得一种精神上之安慰。至少可信宇宙中，己身以外，不尽无关之人。至形式上之结合，此良难尽如人愿。但不如愿，亦属无妨，我所求者，宇宙中有我一敬爱之人，亦即此生信仰有所寄托。君不爱我，我亦做此想，君爱我，则我爱君之心益坚。而君之爱我，乃独藏于心，不使我知，此诚百思不解其故。若曰，我知君爱我，我或有所不利，君姑忍之，犹可言也。然而君知之，我已知君爱我。君果能口吐一爱字，我必变为天马，生翼凌空而飞……

梦兰看过之后，将书掩着，两手便托了头，沉沉地对了灯出神。揭开书来，又看了一遍。自己也不由得点了点头，那盏静立的孤灯，这时也增了一些光芒，因为照见这对坐的，颊上已是添了许多笑容了。她把杂志收到书架上去，把写好了那张信纸抽了出来，三把两把地就撕了个粉碎，一齐都塞到痰盂里去。自言自语地道："置之不理也就算了，回人家什么信？"于是第三次把国器的信抽出，再看个第三遍。这样，约有半点钟，信里的字句几乎都可以背得出来，鼻子里自哼一声，第三次把信纸铺好，又写起来。这次不是像先前那样困难，对了信里烂熟的字句以及刚才那篇小说的对白，引起了很多相反的意思，又不加点地一口气就写了三张信纸。

她写完了之后，在灯下重校一过，信中间有如下一段文字，是这样说：

> 兰嗜好小说文字，自幼已然。而先生之作，哀感顽艳，尤兰所折服。此可尽情言之，无所用其掩饰者也。然先生之文，刊布报端，为人所阅读而心折者多矣，此私心折服者，其为闺阁中人，当亦不在少数。若为先生所知，尽以西方男女交际相比例，窃以为失之太远。古人之诗如李杜，文如韩苏，谁不心悦诚服？其间若有女子，即以为是心慕李杜韩苏者，非笑谈乎？舍下为书香门第，虽有女子读书，而外言从不入内。先生凭私意揣测深闺少女之心，遽以一函相投，不徒令人震骇失次，且不信有文名如先生者所肯为也。

对于这段文字，自己又回环念了四五遍，两手把信按住，呆呆地注视了许久，便在心里想着，这话够重，绝交书也不过如此了。

第四回

视听都非浮沉疑复束
死生可托慷慨寄哀吟

　　人生做事，情感的冲动总只有很短的时间，时间越长，情感的动荡越是平伏下去，然后可以知道自己所做的是过分了。这样思想上的变幻，在聪明人身上所发现的很多。梦兰自然是个聪明的人，她接到国器的信，想到他竟会到亲戚家里去调查，而且还写信到学堂里去问候，这要辗转一传说出去，知道的人就多了。那不但与自己名誉攸关，而且这样的事为家庭所绝对不能容许的。不容许的结果，那很难说，就是连带着有了性命的危险，也未可知。因为凭了这一个出发点，越想是越觉得前途可怕，不能不写一封信，把国器的路子给塞断。因之在她意识判断之下，一口气写了好几封信。写完了，自己一看那信的措辞总是太激烈了，又觉得非删改不可。可是删改得平和了，又不能拒绝国器的要求。这让她整夜地静坐在灯下，想不出一个妥当的办法来。

　　最后写的这封信，原是很用心地慢慢地写着的。可是在写完了之后，她把信纸铺在桌上，两手托了头，对着信纸一行一行地静静看了去。看到那几句重要的所在，自己也会摇摇头，禁不住提起笔来，就把那几句圈了。圈过之后，接着向下看，又是不妥，少不得再圈去几句。

她就是这样圈了又看，看了又圈，几乎把几张信纸涂去了一大半。信上涂去了这些字句，当然是不成文理的，若是要寄信给国器的话，这封信只有抛去，再重写一封的了。她有了这个意思，把涂抹了的信纸搓成了一个纸团，重新擂墨展纸。可是当她把笔提起来的时候，寒空远远地送来一声鸡叫，再向玻璃窗子外看去，那东南角的天脚似乎有一点鱼肚色了。只管写着信，不想就到了这样的夜深。同时自己两只脚上，也就发现了一阵凉气，只管向上部侵袭了来。放下了笔，接连着打了两个呵欠，这眼皮是异样枯涩，不能不睡了。于是把所有写了的纸片一齐扯了个粉碎，全塞到痰盂里去。记得有一个字团已是扔在桌子角落里了，于是拿着灯在桌子角落里照耀了一番，把那个纸团找了出来，照样也撕得粉碎，然后送到痰盂子里去。这还不放心，又四周看了一看，觉得实在没有什么字迹了，方才上床去安睡。

这一夜的辛苦，不亚于害了一场小病，因之睡在床上，连身也不曾翻，一睡就是八九小时。家里人在早晨也曾来呼唤过她两三次，在蒙眬中但含糊地说是病了，依然睡去。直到吃午饭的时候，江太太特意走上楼来看她，她才起床。想到昨晚上的事，心里头十分烦恼，吃饭的时候，倒真的吃不下去什么。吃饭以后，索性不上学了。她家里人以为她身体有些不舒服，当然也就不去催她。可是在外面有一个人希望她今日上学，比平常的日子还要浓厚十倍。这是谁？就是那个写信来试她的章国器了。

他必在发信之后，时间越长，情绪也就越是紧张。心里不住地在那里想着，假使她要生气的话，她一定会写信来回复两句。照着时候计算，信已写好，该投到邮政局了。若是她对于那封信认为还可以接受呢，那么也有回信的，信当然在路上了。是福是祸，必定在几小时以后可以揭晓。国器在家里先是这样想，出得门来，要上学堂去的时候，在路上走着，好像演算困难的算题，得了一个答案一样，满脸全是笑容，连连地点了几下头。想着，何必等她的回信？在路上就可遇着她，看个明白了。她若是高兴的时候，脸上一定是笑嘻嘻的。她若是不高兴的时候，一定板着脸子，甚至于会骂出来。不，不，她不是那种人。想到了这种地方，顺便就摆了摆头，把一点意思给表示出来。

就在这时，街边上有两个人哈哈大笑。国器心里扑通一跳，莫非人家是笑我的？这条街上全是熟人，让人笑话倒怪难为情的。于是正着颜色，沉着了脚步，一步一步地走着。走到了每次二人见面的所在，心里可又有些跳动了。今天见着了她，不知道她是喜容还是怒容，或者像平常一样，脸上并不带一点颜色。自然，她喜欢呢，那是表示同情了，生气呢，那就一切希望成为幻想。若是像平常一般，也许是没有接着那封信。

到了那地方了，自己更是着慌，连耳朵根子都红了，那脊梁上一阵阵地向外冒着热汗。心里估计着，那人一定是来了，自己连头也不敢抬，可是只管走着，并没有看到对面有人来，一直把这条巷子完全都过了，那人也并不见到。彼此全是算准了的时候，在一定的时间，走到这地方来的。现在错过了这一截路，那也就是过了时候了。也许她已经提前走了过去，也许她今天是不肯再来，那么，自己写去的那封信，是不会再发生效力了。他立刻在心上增添了一种不可言喻的苦痛，两手反在身后，低了头走到学堂里去。

在这个高级小学里，国器是一位最忠于职务的教员。准时到校，准时上课。上课的时候，是详详细细地同学生去讲解。这天不知何故，坐在休息室里，等着上课的时候，将一支铅笔在一本练习簿上只管乱涂，左手拐撑住了桌沿，却把手去托了头。手上虽拿了铅笔，在练习簿上涂抹，却不知道涂的是些什么。

一个校役隔了玻璃窗子向里面望着问道："章先生，你今天上午没有课吗？"

国器被他叫着，才猛醒过来，问道："已经摇过上堂铃了吗？"

校役道："总摇过去十分钟了。这铃子而且是由窗户下摇了过去的，章先生没有听到吗？"

国器向窗子外看去，课堂外已没有一个学生，自己不觉得笑了起来，拿了桌上一本书，匆匆地就走上课堂去。

这一堂本是国文，国器站在讲台上，把书翻了一翻，好想起来是应当教第几课。不想翻了七八页，还找不着要讲的所在，还是在座位上的学生看到先生这样乱找，有些明白了，于是叫道："这一堂上第十五课，题目是《爱国之童子》。"

国器听明白了，照话去翻出来看时，第十五课是有了，但不是《爱国之童子》，题目是《岳飞》。手按了书，向学生们望着道："你们说是《爱国之童子》，这是《岳飞》呀。"

一个大些的学生把书页翻了出来，站起举着给他看，笑道："先生，你看，我们这书上不都是《爱国之童子》吗？你翻的那本书是历史，不是国文。"

国器被他这句话提醒，翻转书封面来一看，可不是一本历史吗？这倒不由得扑哧一声笑了出来。自己极力地镇定着，把神志澄清了，然后才把两个钟头的功课讲完。

本来这个时候可以回家去吃午饭了，但是一看手表，还差着一小时才是梦兰下学的钟点，于是慢慢地走到天井里，抬头向天上看看天色，又在校园里转了两个圈。再看看手表，也不过刚才消磨了十分钟。心里一转念，就是这样消磨，也很不容易地把时间消磨过去的。于是走到阅报室里去，把上海的几份大报从头至尾全看了两遍。恰好在报上发现了一篇很奇怪的《西康游记》，于是按下性子去，把这篇游记看完了。

等到全文看完以后，这才想起有大事在身，放下了报纸，一面看着手表，一面向校外走去。这总算好，还是那个时候，已经走到深巷子里来，照准时候，约莫过了五六分钟，这不能算是晚的，可是空巷寂寂哪里有个人影？心里也就揣想着，她没来？她过去了？站在巷子中间，只管左右两边瞪了眼望着。于是抬起头来，向人家的墙头里面去看看。因为人家墙里面，正伸出了一丛竹梢，这竹梢尽管是不会和平常两样的，不过这时看起来，好像是很有意义，所以慢慢地放着步子，把这些竹梢看完，走出巷子去了，国器站定了脚，又回头看。然而这条巷子里，比以前是更显着寂寞，连小贩卖东西的吆喝声也一点都听不到了。他也不再犹豫，径直地走回家去。

到家以后，叫了一声母亲，便到书房里，两手臂环抱着放在桌沿上，自己却是呆了眼光，看了文具边那一尊维纳斯的偶像出神。所幸家里女仆刘妈已经是复职了，房里进进出出是她，小主人的态度如何与她无关，她也不怎样地放在心上。吃午饭的时候刘妈叫了他好几次，他才扶了桌子慢慢地站了起来，然后皱了眉毛，向堂屋里走。可是一走出房门来，立刻满脸堆下了笑容，向母亲道："今天的午饭早得多了。"

章老太道："不呀，我以为比平常要晚二三十分钟，你会发急呢。你怎么还说是早？"

国器笑道："我可并不是嫌饭晚了，我在书房里随便翻了两页书，就不想到了吃午饭的时间了。"

章老太道："不要多说了，快吃饭吧。恐怕这已经是误了你的时间。"

国器听了这话，脸上就是一红，心想误了时间的事，母亲也会知道吗？然而偷看老人家的颜色，是很大方、很慈祥的，她脸上和平常的情形一样，并不带什么疑惑的样子，这才放了心。坐下来，从容地吃饭。

饭后，章老太指着墙上的挂钟道："已经是一点钟了，你还不该上学堂去吗？"

国器听到这样一催，心里又是一动，然而看看母亲的态度，还是靠了桌沿坐下，将脸微仰着，带了慈祥的笑容看人，好像她心里很盼切，又很安慰似的。他就深深地向母亲一弯腰，便道："请你老放心，我是绝不能够耽误功课的。"说了这话，然后拿了上堂的书本，匆匆走出门去。

在出门的时候，听到母亲同女仆道："我早知道他是心里很急，怕误了学生的功课。但是他又怕我着急，所以一个字也不说出来。以后饭要早点，不必让他焦心了。"

国器听着，心里头说不出来是一种什么感激的滋味，他想自己这样追求闺秀，是母亲所不及料的。江梦兰拒绝了我的要求也好，免得这样神魂颠倒了。思想一转变，不绕弯子去遇江小姐了，取了直达学堂的路走去。得不着她的回信，那也就不必去等她的回信了。

这样把心思冷淡下去，约莫过了一天有余，那天回来吃午饭，却看到自己书桌上放了一封信，信上的字便是自己的姓名，下款写着"内详"两个字。看那字迹秀媚，分明是女人的手笔。不曾拆信，心里早就怦怦乱跳起来。于是缓缓地将信取到手，先坐到椅子上，定了一定神，才拆开信来，其中只是一张普通八行，上写道：

唉天先生文席：

拜读来书，毋任惶悚。兰守身如玉，素寡交际。虽常读鸿文，许为当代作者。而瓜李多嫌，未敢引为畏友也。况森严家范，墨守旧风，忧患余生，徒多难言之痛。此中

68

曲折，非片纸所能尽。伏维君子自爱，勿陷人于罪罟，幸

甚幸甚。柔肠百转，不复成文，专此奉答，即颂

文祺

江梦兰再拜

在这八行信格中，还有一行多空白，上面赘了一行小字："万请勿再惠书矣。"

在猛然一看这信之后，觉得是遭了人家一番拒绝了。可是把这些字句从头一一地研究着，她的话又是很可怜的。一个女子若是对人说客气的话，那绝非以泛泛之交相待。这样地揣测着，那似乎不能说人家是居心拒绝吧？

他且把信放在桌上，用铜尺压了，然后反背了两手，在屋子里踱来踱去。有时站在屋子中间，昂着头向天上望着。有时左手托了右手的手拐，右手托了脸腮，又低头向地面上看看。不发呆了，就再背了两手，在屋子里来回地走着。

老太太坐在堂屋里，戴了一副大眼镜，手里捧了一件旧衣服，有一下没一下地缝补着。听到书房里面脚步声响个不断，便停住了针，把衣服抱在怀里，向屋子里望着道："国器，你今天又是什么事这样心思不定？"

国器啊哟了一声，这才醒悟过来，立刻站住了，向章老太笑道："你老人家把我当一个三岁的小孩子看待了。我在屋子里多走两步路，你老也有些不放心。"

章老太道："倒不是我不放心，你这一程子和以前不同了。常是好好的一个人在屋子里屋子外打旋转。以前你想文章，有时也这样在屋子里溜来溜去的，可是不到几分钟，你就安定下来了。不像这

一程子，有了什么事，老是在心里放不下。你到底有什么事？只管同我说。"她说到这里，索性两手把眼镜摘下，放到怀里，可就向国器更急切地望着。

国器笑道："我绝没有什么心事，纵然有，也不过是文字的事。这种心事，怎好让你老来同我分忧解愁呢？"

章老太道："果然如此，那我也就不问了。不过据我看来，你不见得为了想文章。"

国器走到堂屋里，本待还要掩饰，一看到母亲那种慈祥的样子，心里头预备说的一大套话，全都忍回去了。便微笑道："有一个朋友写一封信给我，我想回答他一封信，但是这封信不好措辞。"

章老太道："这也很平常呀，值得这样大惊小怪吗？为了什么事他写信给你呢？"

国器将肩膀抬了两抬，才微笑着道："那是不相干的一件事。"

章老太道："既是不相干的一件事，你又何必老搁在心上呢？"

国器笑道："做书呆子的人就是这样，喜欢为了文章上几个字，穷年累月地打着笔墨官司。"

章老太点点头笑道："这我倒明白了，一定又是你们在报上给人打笔仗。就算是这么一件事吧，赢了就赢了，输了就输了，这也不输什么芝麻蚕豆，为什么要这样着急呢？"

国器笑道："这就叫作书生之见了。既是妈不赞成这样的事，我就不回信了。"

章老太对他脸上看看，见他的笑容倒还很自然的，这就把放在怀里的眼镜便又拿起来，在鼻梁上架着，一面点点头道："为人对外总要从省事的这条路上做去。对外人省一份力量，对自己的事就多一份力量。你想是不是？"

国器站在堂屋里，表示出很闲适的样子，抬头看看天色，然后又在口里微微地唱着英文歌子，偷眼看母亲，已是低头又在那里做针活，这才走回房去，把那封信给放到书箱子里去，然后又把箱子锁住了。

章老太道："到了上课的时候，你可以走了吧？"

国器道："倒是不忙。"说了这话，脸上还带了极和缓而又高兴的样子，夹了书包，扶了扶呢帽檐，放出平常那样无事的样子，走出大门去。

可是这一门之隔，那情形可就大变了。他把夹着书本子的手慢慢地垂了下去，那头也低着，只看了脚面前的几尺路。若不是家里到学堂里是他一条极熟的道路，那真会不知走到什么地方去。莫名其妙地走到学堂里，莫名其妙地由学堂门口直走到校园里去，这校园里两棵高大的梧桐，在梧桐荫下，有一条横的石板凳，面前正挡住了一个小小的蔷薇架，这倒是个幽静而又安适的所在。于是把书包放到石凳上，就这样地呆坐了想心事。坐了很久，把帽子取下来，又继续地呆坐。最后，一阵上课的铃声把他惊醒过来，这才站着叹了一口气道："我有点傻气，放下了吧。"于是拿起帽子和书包，自上课堂上教书去了。

因为在心里头有一种说不出的情感的缘故，于是不到图书室里去翻报看，也不去找同事谈话，无精打采地走回家去。当然也不必像前些日子那样，特意地弯着路去等候那个人了。这就径直地走着最近的这条路，不作他想。

可是离学堂不远，转过一条小巷的时候，那位自己所不愿见的姑娘却是顶头碰着。她今天初换了白色的上衣，穿着一条长长的青湖绉裙子，在衣纽扣上斜挂着一个茉莉球，手上倒提了一柄小伞，却没有撑用。看她的情形，那是十分自然，自己有心事的，就继续着会生出新的感想，突然地站住了脚，将两眼向人注视着。在国

71

器自己很不知道怎样自处才算适当，两只眼皮是向下垂去，不敢对人正视着。这时人家站住了，而且还向这边看了来，自己是绝对不能不理，情不自禁地向人家微笑着。在这时，看到她是正着脸色，将以前所未有的态度也表示出来了，对了国器，竟是深深地点了一个头。不过她在点头之后，并没有再有别的表示，立刻昂起头来，就这样径直地走了。

国器出得学堂来，下了一个不理会她的决心，人是清醒得多了。现在又遇到了她，而且得着她这意外的待遇，那就不能不高兴起来了。一高兴起来，又不觉是重入了迷魂阵。于是把出家门的那种态度依然又恢复着，把书包夹在胁下，将呢帽檐子遮下来一点，垂了头，一步一步地向家里走了去。

直走进了大门口，这才二次醒悟着，不能再沉沉地胡思乱想了。站着定了一定神，还像对着镜子一样的，故意装着一会儿笑容，然后挺着胸脯子，走到堂屋里去。其实经过那一度叮咛之后，章老太对着国器也不会再把打仗的事放在心上的了。这时，她自在她卧室里休息。国器见堂屋里没人，也不愿再惊动母亲，自悄悄地走进书房里去，自己也不解什么缘故，觉着是特别疲乏，倒在藤椅子上，连翻身也感觉到不愿意了。这样一躺约莫有一两小时，也不曾起身。

这就到了吃晚饭的时候了，刘妈来请吃饭，本待不去，可是自己不上桌，又怕母亲会因这个疑心自己生病。只好站起来，盘整自己的衣服，而且还怕脸上带有病容，又把湿手巾擦了两把脸，方才走到堂屋里来。一看桌上所摆的，是一碗豆腐汤、一碗煮小白菜、一碗豇豆炒肉丝，还有两条小鲫鱼。虽然那雪白的米饭大碗地盛着，可是绝引不起自己的食欲来，只好坐下来，扶起筷子来，先挑了一小筷子白米饭，放到嘴里去咀嚼着。

章老太坐在桌子横头，刚把筷子碗扶了起来，见他那种没有精

72

神的样子，于是问道："你为什么吃不下饭？"

国器笑道："今天下午，在学堂吃了一些点心，现在到了吃饭的时候，反而吃不下去了。"

章老太道："吃不下去就不用吃了。"

国器道："我只是想用茶泡饭，吃点咸菜。"

章老太道："你这两天正是用心思的时候，可是不能多吃，那是最容易停食的。"

国器这倒不能不心里一动，慈母算是设想得周到，于是拨掉半碗饭，将豆腐汤把饭浸得透透的，然后稀里呼噜地吃了起来。

饭后，章老太道："叫你不要吃，你偏又勉强吃了这大半碗，不要马上就到书房去看书去了，出去玩玩吧，或者找朋友谈谈心。"

国器对于母亲的话，自然是不便拒绝的，可是自己又十分的意态消极，只好戴了帽子出门，就在附近巷子里转转。自己并没有怎样介意，这两只脚却是自然地踏到江家附近的这条巷子里来。这时，天色已然深黑，那直长的巷子便显着幽暗。这市民的住宅区里，虽是有了电灯，可是几十户人家才有一盏，那一盏电灯在电灯杆上又是透露着焦黄的颜色。在有心事的人看来，真说不出这是一种什么凄凉的意味。

正在这样地缓缓地走着，心里很觉不安的时候，旁边有一扇大门开了，有两个妇人走了出来，前面一个妇人手里提了一盏玻璃盏子灯，口里叨咕着道："又要上一趟大街，我们这位大小姐又生起病来，只管磨人。"

后面一个妇人道："你看那后楼，外面就三面是空地，晚上有大月亮，开了窗子赏什么月。整晚地让凉风吹着，还有个不生病的吗？"

提灯的妇人道："她哪里受了什么凉？今天下午还出去一趟呢。

73

我看女孩子大了，就都有心事的。她是害了心病。"

说着话，那两个妇人就走远了。那大门半掩着，闪出一线光来。国器仔细打量着，正是江家。因为每日经过附近走十几条巷子，偶然也走到过这地方来，曾有一次，看到江梦兰是在这里下人力车。她们所说的大小姐，料着就是梦兰。既知道她有病，又知道她住的后楼外面有空地，倒要看看她这样一个人住在什么地方。

于是趱过这里的墙角，顺了菜园子里一条小路走，走到两棵大柳树下，果然在右边人家屋脊上，涌出了一座小楼。在暗空里，小楼的一排纸窗全都露出了灯火之光。那小楼后面一带粉墙，里面也透露一些竹木来。根据了这些，可想到她这楼上窗明几净，楼下也是很有些风景的。在女仆口里，说她有心病，说她打开了窗子整夜地看月亮。这是一种什么人，又是一种什么境遇呢？

他站在这柳树下，只是这样发呆，也不知道经过了多少时候，只因有当当几下时钟声传了过来，这就把他惊悟。抬头张望，杨柳梢头，一片繁密的星斗，这就把那灯火小楼更显着有些孤零了。国器对了这种境界，把自己年来玩弄词章的那一腔头巾气都勾引了上来，似乎有所得地赶快走回家去。

到家以后，所幸老母并不过问，于是叫刘妈泡了一壶新雨前茶，先坐到书桌灯前，喝了一杯，然后把自己写文稿的朱丝格纸展开了两张，便写起信来：

午间得手书，昏昏如中酒者半日。自不辨为悲，为怨，为愁，为恨。但觉此生有一极不得意事，乃发生于今日。夫文字虽有因缘，友生非可强合。尊意既特重瓜李之嫌，而以仆之行为为孟浪，仆尚何求？但尊札有云：生长高明之家，辄多难言之痛。嗟夫！此何痛也？吾知之矣。欧风东渐，吾人已不复愿为封建社会之奴隶，而有以求吾生存之自由。顾在过渡时代，社会未有女子之地位，家庭束缚，无可逃避。衣食生活，无可与谋。苟欲奋飞，必趋绝地。夫绝地固亦非所畏惧，而谋之不善，人言蜂起，转为父母宗族累。自幼曾读中国旧书者，明知旧礼教之杀人，而又不忍牺牲一切以突破之，此其所以痛也？信如是，则来书非女士拒我，乃不良社会积习拒我，爽然若失之余，且更为女士悲。

及薄暮自敝校归，遇女士于途，谦谦为礼，意穆如也。窥其盎然现于面者，尤是证书面上之所以诘我，绝无恶意。其初昏昏如中酒者，遂又沉沉若有所思矣。晚灯既上，思极成痴，自不知其何所企图，绕君家里巷，环行三匝。暗巷中，有二人携灯入市，絮絮言小姐痛病之来，为居小楼，开窗终夜玩月。窃思此等别有见地之人，舍君而谁？探君家墙外得小圃，有高柳二株。立柳下四顾，则小楼一角，灯火凄然，竹木萧疏，隐约左右，以意度之，必君所居。乃攀条鹄立，达数小时。时知其无谓，又不解何竟为之。只是此事君可以知仆之所求者在心灵之安慰，而非佻佻不羁之徒矣。

此事本不足以语君，语之，恐徒增君一层回避。然自今以后，仆亦绝不复为之矣。君既不许我作书，我亦不应作是书。然卒又以一书奉读者，则示我并不以君之拒我而灰心而已。君得此书，以后不见我可，见我报之以怒色亦可。然我知君喜读我所为小说，容更呕心沥血，多为精构，以符君之所望。虽自有此两信之往还，虑君或因事而不复喜读吾文，然此亦非我所计及。我以为如此能稍慰我之心

75

灵，我即竟为之，否则我亦苦不能安排自身也。

未知所闻有病之小姐果否为君；果为君者，则敢进一言。常发奋自强，力除隐痛，而一争自由。若有所需，赴汤蹈火，所不辞也。为书琐琐千言，犹未尽意，聊作短吟，以补不足：

愿做绿羽禽，巢君楼外柳。

无复桃李嫌，终日窥户牖。

愿做紫铜镜，置君妆奁台。

长年为君容，勿使有尘埃。

愿做青霜剑，终岁伴长征。

闪闪三尺光，为君削不平。

愿做天上月，终岁夜团圞。

永远照珠帘，勿使君不欢。

愿做月季花，朝朝开老圃。

每日一相见，常教君欢娱。

愿做风云履，为君快轻步。

勿复愁坎坷，踏上自由路。

长宵不寐，愁思浪涌。尚欲多言，转恐词费。然即此数诗，自视死生可托。知我罪我，请证之于来日。谨陈

兰女士慧鉴

唳天百拜

第五回

锦字喜重来画题翠叶
嫁衣惊乍试泪湿蛟绡

这几首短诗是国器写信的时候，偶然触着灵机作起来的。他不问是好不好，反正这是真情的流露，表示自己这一点血忱就得。所以他写过之后，也不多加推敲，写好信封，次日一早依然投邮，寄到梦兰学堂里去。

这次梦兰接着了信，她并不像上次那样惊慌。捏在手里，拿着是那样沉甸甸的一份，就知道里面所说的话不少。自把这信夹在书里，下课之后，回到家里，关起房门，慢慢地看着。看到信后的诗，第一首"愿做绿羽禽"四句，仿佛楼外柳树上真个有什么东西站在上面，向这里窥探一样。丁是手撑了头，向窗子外的柳树呆呆地望着。望了很久，再把信从头到尾看了一遍。在看过之后，于是点了点头，找出一张信纸来，把这信封给紧紧地包上，又在纸上写了一行年月日第二号几个字，这就把自己床头边那叠箱子最下层的一只箱子打开，把这封信塞在衣服堆里，把箱子归了原处。然后躺在床上，也不开门，静静地出神。

心想，不肯要他来信，他偏偏是长篇大论地来信。万一走漏了消息，让别人知道了，那可是了不得的一件事。好在他在信上也说过了，从今以后不再来信。他果然是不来信、有这样一封信作为纪念也好。他这封信上的文字，说得是多么热烈，多么生动啊！想到这里，于是又静悄悄地去咀嚼这信里的文字滋味。觉得这信上的写法，简直是一篇小说，还可以看看呢。只一转念，第二次又去搬开箱子把信取了出来，接着斜斜地躺在叠被上，抽出信纸来，两手捧着看。虽是天色慢慢地昏黑，极力地睁着眼睛向信上看着，还看得清楚。看久了，自己有点发呆，不知何故却流下泪来，那泪珠点点滴滴地洒到衣襟上。因为看到自己的手，不住地在抖颤着，赶快坐了起来，将镜子照一照脸色，啊呀，不是红着两个眼睛圈吗？这就向镜子里深深地叹了一口气，再要收那信时，自己看着，却不由得好笑起来。本来的意思，是要把这封信封存起来，作为此生一个纪念品，不到相当的时候，是不肯取出来的。不想还不到十分钟，自己却又来把信打开了。于是将箱子叠好，只把这封信放在衣服的口袋里面，预备随时可以把信取出来看。她对于这封信的态度可又变了。

但是站在箱子边，出了一会儿神，第三次再把信取了出来。还没有看呢，因这时天色已经昏黑了，小菊捧了一盏煤油灯，站在房外，乱敲着门。同时却听到另有人道："假使她睡着了，就不必叫她了。这会子还不用把她叫醒呢。"

梦兰听到这话，却有些奇怪，为什么不必要我起来呢？于是也不答话，自悄悄地起来，将房门开了。小菊另一手掩住了灯光，把脸藏在暗影里，向梦兰脸上望了望，道："小姐，你为什么又哭了？"

梦兰道："胡说，我好端端地哭些什么？"

小菊道："真不是我胡说，你那两只眼睛真红，红得连眼圈子外面都像喝醉酒了一样。"

梦兰笑道："你不知道吗？我眼睛痛了几天，这是用手揉成这个样子的。"

小菊放下灯，背靠了桌沿，向梦兰微笑着。梦兰道："你笑什么？"

小菊道："小姐只管看着我，引得我发笑。"

梦兰将门掩上，一手按了她的肩膀道："你说实话。引得我高兴了，我重重有赏。"

小菊嘬了嘴道："哟，我同小姐做事，几时要过什么赏呢？"

梦兰笑道："那就很好。楼下今天有什么事又瞒着我？"

小菊咬了下嘴唇，只是望了她带着笑容。梦兰道："那一定有什么事，你不告诉我，我就捶你。"说着，只管上她的臂膀。

小菊只是回转一只手去，摸着自己的辫梢，哪里肯说？

梦兰不逼问她了，一摔手，自己坐到床上去，板着脸道："从此我不问你了，你以后也不用多我的事。我们算是两丢开。"

小菊道："小姐，你会知道的，你故意问我，我说了，你不要紧，太太可会打我的。"说着，将脖子一歪，嘬起嘴来。

梦兰道："我又不是神仙，我在楼上，怎么会知道楼下面的事？"

小菊道："还不就是……"说着，低了头，把嘴鼓了起来。

梦兰道："你怎么老是说半截子话？"

小菊道："就是刘家那边有人来，商量着……"说时，又向梦兰微微一笑。

梦兰听了这话，立刻脸上变成了紫色，两手按了大腿，低了头，不再作声。

小菊道："我说是不能告诉你吧？告诉了你，你就要生气的。"

梦兰依然是不作声，就这样地坐着。小菊也呆了，不知道要怎样安慰她才好。正在犹豫着，却听到楼下叫道："小菊，你这东西，又跑到哪里去了？"小菊向梦兰伸了一下舌头，扭转身子就跑走了。

梦兰低头坐在床沿上，也不知道有多久，后来是老妈子上楼来，请她下去吃饭，问道："小姐，桌上放着一封信呢，你看见了吗？"

她猛可地醒悟，走向前把信取过，揣到衣袋里，于是淡淡地装着无事的样子，答道："这是一封从前的信，在书架子上翻了出来的，不相干。你说我不下楼了，我要做功课。用开水泡一碗饭，拿上来吃吧。不要什么菜，切一块大头菜来吃就是了。"

在平常，这老妈子一定要把她拖了下去的，今天倒不说什么话，照着吩咐下楼去了。梦兰赶快把信送到第二只箱子里去，把箱子锁好，而且还把一个小箱子在上面压住了。随即在抽屉里找了一封信，和章国器的信封式样相同的，抛在桌子上，将手斜撑了头，向桌面斜看了过去，望着靠窗台的一把小镜子。不知何故，"愿做镜子"那首诗又上了心头。只是闷想，随后女仆送着饭菜上来了，也只马马虎虎地吃了一点。

当然的，这晚又添了她无穷的心事。在床上这就想着，这封信寄来了，国器的希望少不得又跟着进了一步。明天上学去，若是在路上遇到了他，还是向他放下笑脸呢，还是客客气气地向他行个礼呢，还是不理他呢？把这三个办法想了一个遍，觉得全是不对，只有从明天起，另辟一条路到学堂里去，暂时不同他会面。考虑了一整宿，觉得这办法是妥当的，因为彼此不见面，就不必去管理会不理会的态度了。

到了次日，在楼上洗漱已毕，夹了书包下楼，要上学去。不想走到上房堂屋里，却受了一个很重大的刺激。在那正中的桌子上，放了有几样东西，非常容易入目。就是红纸剪成的一叠喜字花，还有两个什锦纸盒子，上面也贴着红喜字。无论谁家，桌上有了这一类的东西，应在成年的男子或女子身上。江家两个儿子，已经结婚多年了。两位小姐，大的是梦兰，小的兆蕙，还小着呢。

梦兰这样的聪明人，何须仔细去研究，早是猜了个彻底。心想，呀，这日子快了。以前也曾至再至三地同母亲表示，不到毕业以后，不能结婚。看现在这情形，昨天送信来，家里是完全答应。再说，也许远在昨日以前，把事情就商量妥当的，不然，这喜字何以预备得这样子快呢？

梦兰在一会儿工夫，心里想着有好多的来回，也忘了上学去，呆呆地在堂屋里站着。只听脚下扑通一声，这才醒悟着，低头看去，原来是胁下夹着的书包不知何故竟是落到地面上了。她弯腰把书包捡了起来，早是惊动了扫地的女仆，笑道："哟，大小姐，怎么站在这里发呆？有什么事吗？时候不早了，快点上学堂去吧。"说着把桌上那些东西，赶快向旁边屋子里搬了去。

梦兰笑着低声道："你这不是叫着瞎忙？我也就早已看到了。"说毕，将书包夹紧了一点，自向外走。心里就继续地想着，这样看起来，我还度的是一种买卖式的婚姻。假使我不好意思作声，那我就让他们把我卖了。倒是章唉天那种与我痛痒无关的人，还能用热诚的话来劝我，论到自己的一条谋生大路，要求得自己的终身幸福，只有脱离这家庭的羁绊了。

由这各方面去想着，把今天早上到学堂里去应该绕道避开章国器的原来计划就给忘了，依然还是顺了天天到学堂里去的原路走着。及至走到平常与国器相会的那条巷子里，才猛然地醒悟，还是走到这个所在来了。既是来了，和他见面谈一两句话也好。由于今看起来，还是这样以文字结交的人比较靠得住，至少他是能在文字上给人一种安慰的。于是把步子故意走得慢些，可是犹豫了很久，还不看见国器走来，看看自己的手表已是早到了平常固定的时间了，这就站定了脚，想了一想，他也有点顾忌，不肯走这条路。他既是不走这条，索性自己迎到另外一条巷子里去。自己什么也不用说，只是和他见一面，就能给他一种极大的安慰。因为他这次的来信，有更诚恳的表示，在不曾见回信的时候，那不安的态度可想而知。现在去和他打一个照面，看到我脸上没有怒容，他就想到我已领受他诚恳的表示了。

由这种体谅人的心情之下，她越是成了国器一个同心之友。可是一直走到自己学堂门口，也不看到国器的踪影。当时心里也就揣度着，时间上参错着，彼此见不到这也常有之事，那就等着下次吧。

这一天，照着往常心里不高兴的时候，是不愿回家吃午饭的。不过今日为着要得一面的机会，还是到家里来吃饭。不料她越要会晤国器，却越会不到。晚上回得家去，看看家里人的脸色，似乎那里面全是藏着一种隐秘。自己也就板了脸子，对什么人也不正眼看着，夹了书包，径自上楼。

当她穿过母亲住的那进堂屋口的时候，江太太就看到了，老远地就叫道："梦兰，你回来很晚，今天的功课又很多吗？"

她站定了脚，轻轻地答应了一声。江太太道："你来，我给你留下了一点你爱吃的东西。"她说话时，既微微地笑着，又只管点头，在这上面，可以看出她是要怎样表现她母女之爱。梦兰不忍拒绝母亲的呼唤，还是夹了书包，走到母亲屋子里去。

江太太打开她的衣橱，捧出一只瓷缸，放在桌上，向梦兰笑道："孩子，你猜吧，这里面是什么吃的？"

梦兰摇了摇头，也没有答出来是什么。江太太向她瞟了一眼，虽然是已经看出她很不高兴的样子了，可也不肯说什么。自打开那瓷缸盖来，笑道："这是苏州带来的松子糖，不是你喜欢吃的吗？"说着就抓了一大把交给她。她把手接着了，倒是生疏地来鞠个躬，向母亲道谢。竟是向来未有的行为，再也不等母亲说话，转身就上楼来了。

到了房里，先一把将松子糖抛到桌上，再一下把书包抛到床上，然后靠桌子侧身坐下，支起一只手来撑住了自己的头。这样呆呆地坐到吃晚饭才下楼去。在桌子上吃饭的时候，大嫂也客气起来，把自己所爱吃的一碗菜一直送到面前。她倒禁不住笑道："怎么大家全和我客气起来？难道我立刻变成了客了吗？"

大嫂笑道："你虽不是客……"只这一句，江太太已是向她连连丢了两回脸色，因之这一桌人全都默然，不把话向下提了。

饭后，梦兰好像有什么急事似的，匆匆忙忙就跑上楼去，把房门关了，又坐在灯下出神。她似乎得着一个问题的解决，立刻站了起来，把箱子打开，将国器所写着诗的那封信，重新取出来看了一看，这就有了意思了。接着把自己在学校里做图画功课的画具一齐摆在桌上，在书箱里挑出一张极好的双料宣纸，裁了一张尺多长的，铺在桌子上，然后就在椅子上坐着，对了这张白纸，长长地注意了一番，仿佛灯下有个人坐着，在向她商量什么。所以她微笑了一笑之后，便用笔在颜料碟子里蘸得酣饱了，就一口气笔不停挥地勾了一茎兰花。其中有两朵开得老练些的花，却添了浅浅的紫色。在花茎的下面，用粉涂着，细细地用了脂红勾住，便是这几笔花卉，真是丰致嫣然。她并不以为这笔画太少了，立刻放下了笔，站在桌子外两三尺远的地方，将两只手环抱在怀里，向里注视着。忽然微微地皱起了眉头，似乎又感到了一种苦闷了。很久的才自言自语地道："我是怎样落款呢？"

她说完了，把桌上的画具完全搬开，然后把那张画用画钉子钉在壁上，自己在椅子上，将身子斜坐了，对了这画出神。同时抬起一只手微扶了自己左偏的脸腮，由她沉思过了半小时以后，到底是把题款的方法想出来了。这种题款的方法，就是到了国器手上，国器也觉得是很恰当的。

这画到国器手上的时候，已经是到了第三日的早上了。本来在国器发信之后心里似乎又拴上了一个疙瘩。这信上的话，写得更切实了，也许人家一怒之下，把信送到家长面前去出首。家长看到，隐忍着也就算——若不隐忍，这祸惹得不小。仔细想来，总是自己的不对，不应当只管把文字去挑动人家闺秀。自今以后，无论自己怎样颠倒，再也不写一个字给她了。尊重人家，也就是尊重自己。中国人的男女之间，达到公开交际的程度，至少还有三十年。自己拿着欧西的风俗来做比例，那未免太早了。这样一想，除了把追求江小姐的心事完全淡漠下来以外，而且心里头还承担着一份恐惧，只觉是有一团微火，老是在心房里燃烧着。所以他虽极力地镇定着，照常地做事，可是身上软绵绵的，就带了什么病似的，自己也不知道要怎样地才能把身体安顿了。十分的无办法中，只有睡在床上，比较地舒适些。因之晚上有两晚没看夜书。次日早上，也起来得很晚。

这一日早上，刘妈在门外叫道："有一封挂号信，请先生起来盖戳子吧。"

国器以为是上海书局里把稿费寄来了，赶快披衣下床，开门盖戳，将信接着，却是厚厚的一个大信封，寄信人地址写着是城北丹凤街吴斯仁。自己何尝有这么一个朋友？及至把信拆开，却是一张白宣纸，夹了一张八行在内，这倒是一桩奇怪的事。来不及去看那张八行，先把宣纸透开来看，原来是张绿色兰花。题上的款是"唳天先生粲存"，下款写的是"民国二年暮春，佩兰室主谨绘"。在这上面有一绝诗，乃是："幽谷谁曾见，春来空自春。描成三五叶，寄与素心人。"

国器看过之后，好像买彩票的人中了头彩，喜欢得要跳起来。脱口而出地自言自语道："她答应了！"于是放下了画，立刻把那张八行拿起来看。那上面稀稀的几行书，格外地秀媚。那文字是：

唉天先生雅鉴：

复接大札，不觉汗下涔涔。惶恐惭愧，盖相交集。前以家范尊严相告，语出至诚，瓜李之嫌，犹小言之。不期长夕短咏，双管齐下，死灰槁木如兰者受之，不仅啼笑皆非而已。先生人物英俊，文采藻丽，方将结交海内，名重士林，何必拳拳致意于不自长进之弱女子？仅绘兰叶一幅，藉补斋壁。非云投桃之报，聊别绝交之书。有此纪念，当已不负垂青。伏乞珍重前途，勿复以书见惠矣。知罪知罪。

佩兰室主再拜

这真出于意料，画的这幅兰花不是订交的，倒是绝交的。这时把信看完，一研究信里的意味，不愿再有信去那是真的，但是自己写去的信，她也并不认为是冒犯了她的。由各方面来说，她是一位极有新知识而又富于旧道德的女子。若是就原谅他一方面说，倒是不再写信给她为得体了。

自己拿了这封信，站在屋子中间，只管出神。刘妈送了茶水进房，他也不曾看见，右手拿了那叠信纸，只是在左手心里抚摩着。及至刘妈叫了他两遍，他才醒悟过来了。他看到桌上放了一壶茶，就拿了杯子，斟上一杯，端起杯子，本待喝下去，才觉得口里有些枯燥，这还是没洗脸漱口的缘故，于是去洗脸。他走到脸盆架边去，要伸手到脸盆里去洗脸，这才发觉到自己手上还拿着茶杯呢。于是放下茶杯，自己也哈哈大笑起来。刘妈追到屋子里来，问他什么事时，他已是匆匆地洗漱完了，连茶也不喝，收起了信同画，匆匆就向外走。

原来他的意思是想在路上见着了梦兰，和她道谢，也许彼此就有接言的机会了。可是他的这个计划那是不对的。在这个日子，梦兰正是感着大难的将临，心灰意懒，什么都感不到兴趣，漫说是用心读书了。

这时，她起床以后，正坐在窗户里的书桌边，对了隔壁的两棵高大柳树出神。小菊站在房门口，用手连连敲着房门，梦兰回转头来看时，见她手上捧了一只花布包袱，两手高举过头，笑道："小姐，你试试做的新衣服，全拿来了。"

梦兰站起，将包袱接过，觉得里面很厚很厚，而且有相当的重。便道："我不是要做一件青缎夹袄吗？怎么这样多？"

小菊笑道："这里面的衣服好看着哩。"

梦兰这倒透着有点奇怪，把包袱放在床上，打开来看。首先便是一种鲜红的颜色射到了眼里。正是一件水红绸的夹袄，又用大红缎子滚着边的。这就不必向下看，下面所折叠的，正是一条水红绸的裙子。便板了脸向小菊道："这是谁叫你拿来的？是我的衣服吗？"

小菊见她微睁了两眼，两腮红红的，便将一个食指放到嘴里，倒退了两步，低了头抬不起来。

梦兰指着包袱道："多重的东西，你给拿来了，你就得拿走。你不拿走，我要打你了。"

小菊一见事情不妙，扭转身子，就向楼下跑了去。梦兰也不敢向床上的包袱望着，拿了一本书，放在桌子上，有意无意地看着。却听到身后有了很从容的脚步走了过来，自己料着这又是小菊来了，这个孩子喜欢多事，越理会她，她就越要胡闹了。两眼便盯了书本子上，身以外什么事全不管了。

这时自己的肩膀上却有一只手，悄悄地按住着，便将肩膀一歪道："人家心里正不好过，不要再来麻烦我了。"说着一扭头，却看到自己的母亲带了微微的笑容，站在椅子边。

梦兰立刻站起来，笑道："妈也到我屋子里来了。"

江太太笑道："你又发那小孩子脾气了。是我要小菊子把包袱拿上楼的，你要怪她，那就怪我得了。"

梦兰笑道："我也并非是怪她，她无论做什么事，总是大惊小怪的。妈，你不知道我不喜欢穿红戴绿的吗？为什么给我做这套衣服呢？"

江太太笑道："做好了，也不用你现时就穿了出去，无非是让你试试。"

梦兰道："我现在不穿，我试试干什么？"

江太太对自己女儿看看，又对床上的包袱看看，心里就想着，这孩子岂不是存心？凭她那份聪明，什么事不知道？于是道："这也不是我的意思。你父亲说，有了这衣料，不能闲放在家里，就做起来吧。做起来之后，又不能立刻收到箱子里去，趁着今天好日子，让你先穿着试试。"

梦兰摇摇头道："这样大红大绿的衣服，俗不可耐，你把衣服带下去收着吧。"

江太太微笑着，把衣服的托肩所在两手提着，轻轻地抖了两抖，笑道："你试一试吧。试了再收起来，也好放心。因为要做得不合身的话，也好让裁缝拿了去改做。你现在试一试。"她说着，可提了衣服，只管向梦兰身边走了来。那两只手提了衣服，老是悬着，不放下来，两眼望了梦兰，不住地微笑。

梦兰看到母亲站在面前，做个女仆伺候小姐的样子，若是尽管不理，未免瞧不起上人，便皱了眉道："妈何必这样的性急？交给我穿就是了。"于是接过衣服来，伸手就向袖子里插了进去。

江太太扯住她的手道："哪里有这样穿的？你要把身上的衣服脱了，才可以穿这个。"

梦兰将新衣服提在手上呆了一呆，便点头道："我全依了你就是了。"

于是走到帐子里去，把上身夹袄换了，掀开帐子皱了眉峰笑道："你看这像一个乡下人吗？"

江太太对她周身上下打量了一番，点点头道："很合身材的。你索性把裙子系起来看看。"

梦兰道："裙子还有什么不合适的吗？不必试了。"

江太太却不再说什么，又自己向前，把叠着的裙子抖开，两手操了裙腰，弯着身子，就向梦兰身边来系。

梦兰将身子一闪，笑道："我也不是三岁两岁的小姑娘，你这样地伺候着，不是折杀我吗？"

江太太道："那你就自己系上。"说时，两手捧了裙腰，依然送到面前来。

梦兰先是深深地叹了一口气，接着又微笑起来，然后把裙子接过，自弯腰向身上系了。笑道："我百依百顺，依了妈的心了。还要做什么呢？"

江太太笑道："你这孩子说话为什么总带生气的样子？"

梦兰也不说话，在屋子中间缓缓地走了两个来回，然后望了江太太道："妈看足了吗？我可以脱下来了。"

江太太倒退两步，坐在椅子上，对她望了很久。梦兰倒是呆了一呆，见母亲始终是那样凝神地望着，倒忽然笑起来，于是道："妈，你看我这种样子，像了个什么人？"

江太太怎好说是她像新娘子，便笑道："这孩子说什么傻话？无论穿什么衣服，你总还是你。"

梦兰摇摇头道："不，人的相貌虽然是不会变，但是人的衣服若和他平常的样子差多了，那就变了一个人了。那些当侦探的人，士农工商，什么样子的人都做全了，不就为了他能够随时随地都可以改换面目，另变成一个人吗？"

江太太道："那怎么能用侦探打比方呢？他们是会化装的。"

梦兰笑道："这些我都不管了，反正我觉得这样一来，像一样东西了，很像上海绣衣店那玻璃窗子里做的人体模型。"她说着，站得挺直，把两只手垂直了，脸子也板住了，呆呆地站定，约莫有两分钟。

江太太先还不知道所以然，一会儿回想过来了，便笑道："这孩子淘气，把新衣服脱下来吧。不要弄脏了。"

梦兰这才一扭身子笑道："这不是很像吗？既是你叫脱，我就脱下了。"

江太太坐在靠窗户的一把椅子上，对姑娘看去，多少是感到一点无聊，很不在意地将手边书桌的靠边抽屉扯了开来，在那抽屉的闩眼里，还插了一把钥匙呢。梦兰看到，就抢了过来，把抽屉推进去，而且将钥匙一转，锁了起来，然后把钥匙捏在手里，红了脸道："请你老人家不要看我的抽屉。"

江太太这倒愣住了，望了她道："为什么不能看？一个做小姐的人，还有什么事要瞒着母亲的吗？"

梦兰慢慢地脱下了衣服，有五分钟之久，然后答道："你老人家要看也可以，看到之后，请你不要见怪，那很不吉利的。"说着，她把钥匙交给了江太太，然后自己藏到垂下来的那半边帐子里去，换下系着的红裙子。

江太太道："我知道你这抽屉里并没有什么，故意装出这个样子来，惹我生气的。我也懒着说你了。越用好话劝你，你越要生气。"她说了这话，也就自行出门下楼去了。

梦兰见母亲走了，一个人坐在帐子里，更是一动不动，顺手在枕头下面抽出一块绣花纺绸手绢来。因手摸着枕头，触起了她睡眠的思想，就倒在枕头上了。在两小时以后，小菊上楼来，请她下楼去吃午饭，却见帐子外面伸出小姐的两只脚，鞋子都没有脱呢，那一袭红裙却是随便地扔在床上，小姐还有一只腿压在衣服上。于是悄悄地把衣服抽出来，同裙子一块儿折叠好了。再向小姐看去，见她胸脯子微微地扇动，嗓子里带了哽咽的声音。不过她已紧闭了眼睛，睡得很甜了。她一只手托了脸，放在枕边，一手兀自捏了花绸手绢，放在膝盖上。那手绢是浅蓝色的，上面斑斑点点，许多深蓝色的痕迹，那正是小姐的眼泪呢。

于是轻轻地由梦兰手上把手绢抽了出来，手里一捏着时，那绢子正是湿黏黏的。于是轻轻地掉转身子，就飞跑到江太太的屋子里去。那脚还只跨进房门，口里先嚷起来道："太太，今天小姐可哭狠了！这样大一条手绢，眼泪都哭湿了。"

她说着，就把这条手绢向太太手上递了去。然而那绢子没有交掉，她可吓呆了。

第六回

铁面见亲心语瞒鹦鹉
蛾眉存侠气问典昆仑

原来江太太坐在的地方，是当了窗子外的阳光，在她右手比较阴暗之处，还坐了一位江老先生呢。小菊只管同她说话，却没有理会到还有人坐在这里，当自己正要把那手绢递到太太手上去，恰好一阵呼噜噜抽水烟的声音惊醒了她，这才看到主人翁正端端地坐在围椅上，正抽水烟呢。于是把手缩了回来，慢吞吞地就要走出去。

可是江老先生一声大喝道："为什么又做出这鬼鬼祟祟的样子？手里拿了什么东西？放下来！"

小菊一声不敢言语，就把那手绢放在桌上。江太太道："这快嘴丫头，她总是无中生有地多事，滚出去吧！"

江老先生可就拦住了道："慢来慢来，我还有话问她呢。"

这样说着，小菊只好不走了。

说到这位江老先生，那是三十年前的典型父亲。他单名一个浩字，号浩然。他以为自己有了宇宙浩然之气，是一位大正人。同时，他是地方上一位大绅士，很多和政治人物接触的机会，也知道闭关自守，已非其时。张之洞这批人物所提倡的中学为体，西学为用，这是他取赞成的了。所以一方面送小姐进女学堂念，一方面又要小姐走三从四德这一条旧道路。他又知道自己的小姐性情温和，也是很愿走这条路的。可是她对于已经成局的婚姻，总有些不满意，常是为了一点小事哭哭啼啼，或者藏在屋子里生闷气，闹成了一位林黛玉式多愁多病的姑娘。这种人在现时早已落伍，在哪里也很不为老先生所喜。因为那并不合于妇德妇容妇言妇工四个条件。这日，正为了小姐的事，来和太太谈心，现在小菊送上这一块眼泪湿透了的手绢，他如何能不问？

他见小菊果站在太太身边，便问道："好端端的，小姐为什么哭了？"

小菊道："小姐在床上睡觉，没有哭。不过我看到她手上捏着的手绢，是透湿的，我猜她哭了。"

江浩然又吸了两袋烟，眼睛对手绢望着，于是道："太太，你对于女儿太娇惯了。这样好的手绢，让她拿去擦眼泪？"

江太太笑道："也许是她洒的花露水。"

江浩然道："你看，这就是你的不对。小菊都说出来了，她已经在哭，你还替她遮盖。说这手绢上洒了花露水，你闻闻香不香？"

江太太道："唉，小孩子总不免闹一点脾气的。男孩子顽皮，女孩子喜欢哭，家家如此。不理她也就完了，何必追问？"

浩然摇了摇头道："不是那样说，今天这一哭多少有些原因。刚才你不是说，把新做的衣服让她试过了吗？你还说，她穿了衣服，还照了一照镜子。我就不相信这话。小菊，你去把小姐叫了来，我有话问她。"

江太太也板了脸道："女儿的婚事，只要父亲做主就是了，那些枝枝节节的小事，全是娘的事。一个做父亲的，怎好去同她说话？"

浩然道："现在吃午饭了，也该叫她下楼。她来了，我不过问她几句话，和她讲一点道理，绝不骂她就是了。"

小菊站在桌子角落里，慢慢地向后退。退得全无路可走了，只管低了头，把两只眼珠乱转。浩然将两个指头尖拍了桌子沿道："叫你去请小姐的，你还在这里做什么？"

小菊望了一眼太太，太太对她微微点了两点下巴颏，小菊这就一步一步挨出房门，然后一溜烟地跑上楼去。

梦兰被她的脚步声惊醒，坐起来揉着眼睛。小菊走进来，先伸了一伸舌头，然后笑道："我惹了祸事了。"

小菊轻轻把刚才的事告诉了一遍，梦兰皱了眉，把脚一顿道："你真多事！"

小菊道："我也是好意，看到你把手绢也哭湿了，很可怜的。我想告诉了太太，让她心疼心疼你。"

梦兰听说，倒不由得扑哧一笑，于是道："这倒成了那句成语，猪八戒照镜，里外不是人了。好吧，我下楼去，若是挨打的话，看你也过意不过意？"

小菊道："老爷虽是厉害，可没有打过小姐。"

梦兰道："唉，你懂得什么？我情愿挨打，也不愿过这种日子呢。"于是站起来，到洗脸架子边，就用凉手巾擦了一把脸，又把小梳子拢了一拢头发，回头问小菊道："我衣服睡得有皱纹吗？给我牵牵。"

小菊道："你换一件吧，衣后襟让你睡起好多皱纹了。老爷看到又是一顿说。"

梦兰倒不反对她这句话，自取了一件衣服，到帐子里换好，然后站到镜子边，对了镜子把纽扣一个个都扣好了，又摸了一摸衣领，扯了两扯衣襟，一切都已安排妥当，这就下楼到母亲屋里来。

只走到房门外，先就站定，叫了一声爹，然后缓步走了进去。这时江浩然那一脸的正气完全都摆了出来，每一个毫毛孔里也找不出一丝笑容。未曾说话，他板着脸，先对梦兰仔细看了一看，梦兰自是静静地站着，微低了头下去。浩然微微地点着下巴颏，道："你坐下吧。我有话向你说。"

梦兰看看父亲，又看看母亲，就在对面一张椅子上半侧着身子坐下。江太太道："你爹叫你出来，也没有什么要紧的事，不过有几句做人的大道理同你说说。其实你读书很明理的，做人的事，当然也知道。不过提醒提醒你就是了。"

梦兰听母亲所说的话，很觉得不自然，她心里不怎么安稳，也可想而知的。因之自己更是把头低着，仿佛是像在礼拜堂里做祷告一样，这颗心全舒贴在上帝的脚下了。

浩然咳嗽了两声，才接着道："我先要声明一句的，我并不是年轻人所认为的那种顽固父母，要不然，我肯送你到学堂里去读书吗？不过我想一个人要守点旧道德，凡事退一步想，才能够处世泰然，得一种乐趣。譬如我们这个家庭，比那些大富大贵的人家，自然相差得很远，然而我们能够退一步想，想到不如我们的，连吃饭穿衣全照顾不过来的，我们心里头也就坦然了。听到说你心里不痛快，常常地发牢骚，我不知道你这牢骚是从何而来。我想，你出门去是一位女学生，进得家来，是一位大小姐，还有什么事是会让你发牢骚的？"

梦兰低了头，绝不答应她父亲所问的一个字。浩然见她不作声，就抽了两袋水烟，屋子里只有那呼吸水烟的声音，一切都寂然，约莫有两三分钟之久，浩然又接着道："若说你不愿意的，我想就只有婚姻这一件事是你所认为不顺心的。可是据我想，也找不出什么你不满意之处。刘家的婚事是我在你小时订下的，但是我老早就看到那孩子很好。便是到现在，他还在上海学堂里读书，将来他总可以自己找一条出路。至于他的家庭呢，是我们的世交，论他的门第只有比我们更高。你既是读书的人，对于夫家的财产当然不会去计较，而况刘家的家境也比我们好得多。除此之外，我是想不出你还有什么不能满意的。"

梦兰当父亲说话的时候，也曾偷眼去看了一看，只见他的面孔依然板得一点笑容没有。若要回答父亲的话，第一总觉得有些害羞，第二这一肚皮委屈也绝不是三言两语可以说完的。当自己心里万分难过的时候，这些话也没有勇气可以说出来。心里头把这点意思连打了几个翻转，便决定念头，还是不作声的好。因之将手捏着衣裳角，把头更低了下去。

浩然说了一大篇的话，女儿总是不答复出一个字来，这就对江太太道："我说的话，也就不过是这些，晚上无事，你可以找着她到房里来，细细地谈一谈。再说，她虽是好静，一个人住在楼上，这样久了，也容易造成她一种孤僻的性格。"

江太太笑道："这一层，你就随她去了。家里头有的是空房子，谁也不等着到楼上去住，何必把她搬到楼下来？一个女孩子家，让她爱静一点，也没有什么要紧。"

浩然笑道："你总是偏爱你的女儿，把一个女孩子惯得成了通草扎的人，风吹不得，似乎也不大妥当吧？"

江太太笑道："要照你这样的说法，那就太难了。若是好动一点，说她没有女孩儿样，太静了，又嫌着她有孤僻的毛病。"

浩然笑道："这完全是你偏疼她的话。"他说着话，捧了水烟袋，已是慢慢地走到堂屋里去了。他那副笑脸子，似乎是十分宝贵的，昙花一现的，只能让他女儿稍微看上一看，立刻把笑容就带走了。

江太太坐在椅子上，直等浩然的背影都转过这进屋子的前壁门了，这就回转脸来向梦兰道："你父亲的颜色虽是不大好看，但是他的话倒是很有道理的。他叫我劝你，我劝得出什么来？我所说的，也不过这些。"

梦兰对她母亲看了一眼，似乎有许多话要说的样子，可是她只看了一眼，立刻又把头低下去了。

在这个时候，已是晚饭摆上了桌子，娘儿俩的话打断不再提。梦兰为了免除母亲疑心起见，打起精神来，吃了一碗半饭。饭后，还在母亲屋里坐了半个小时，才回楼上去。

次日，恰好是星期日，自己虽是很愿意出去散一散闷，可是身体疲倦，总打不起精神来，因之也就只堆了几本杂志在桌上，随便翻阅着。

正看得有点趣味，忽然有两只手伸了过来，把自己的眼睛遮住。抬起手来，拨那两只手，只觉软绵绵的，还有一个戒指。于是笑道："我一猜就着，你是李友梅。"

那人放下手来笑道："你怎么知道是我？"

梦兰站起来笑道："这么大姑娘，还是这样淘气。人长得像薛宝钗，性格又像史湘云，你是个两全其美的美人。"

友梅笑道："你还说人？丢了正经书不念，在家里只可偷看《红楼梦》。"说着，她挽起梦兰的一只手，同在床沿上坐下。

梦兰看她穿了一件浅红色的纺绸夹袄，下面系了一条长长的青湖绉裙子，露出一双白帆布鞋来。在袖口里露出她那丰润的肌肤，真是可爱。也是一张长圆脸儿，大大的眼睛，在两腮上透出两块红晕，同那头上乌油似的头发又得颜色调和之美。

她忽然地笑道："你老看我做什么？"

梦兰道："夏天快到了，你脱了衣服越是好看。"

友梅笑道："你爱看，你就看吧。我听伯母说这几天你很不自在，怎么你见了我又这样快活起来了呢？"

梦兰听说，不由得叹了一口气，友梅握住她一只手道："这样说，你倒是真有些不高兴了？你为了什么事？"

梦兰道："无从说起。"说着摇了摇头。

友梅道："我们这样的好朋友，你有什么心事不应当瞒了我。我这人最喜欢多事，说不定你感到困难的事，恰好只有我能帮忙。"

梦兰听到这话，不由得突然站了起来，向她脸上望着道："什么？你能帮我的忙？你怎么帮我的忙？"她说着这话时，脸上可就红了。那红晕起得很猛，好像并不属于害羞方面。

友梅道："你还没有说出来为了什么困难呢？我怎能说替你帮忙的话？"

梦兰道："因为你说恰好你可以帮忙，我就疑心你知道我什么困难。"

友梅笑道："那是你误会了我的意思了。我以为你的事，也许用得着我的。"

梦兰对这话就不再往下提了。她在桌边椅子上坐下，用手托了头，微微地叹了一口气。

友梅站到她身边，轻轻地拍她的手臂，笑道："我猜着，你这份愁眉不展的样子，事情总是有点事情的，不过你能不能把我当个知己的朋友说出来，这倒是难说。"

梦兰道："你不必用这激将的法子了。在一个星期以前，我就打算告诉你的。不过我一念到这件事，是现在过渡时代应有的现象，在我心里头腐烂掉罢了，又何必去惹别人的眼泪呢？所以我仔细想过之后，还是不说。"

友梅听着，就走上前来，握住她的手，低声笑道："那你还是告诉我吧。我愿意陪你流几点眼泪的。"说到了这里，她就挨近了梦兰，紧紧地靠着，又低低地道："你说，你说。"

梦兰道："你今天在楼下来，看到家父没有？"

友梅道："看到的。"

梦兰道："他老人家的脸上带得有笑容吗?"

友梅笑道："他老人家总是那样铁面无私的。"

梦兰道："那么,你想吧,我还说什么?"她说这话,把嘴向前一努。

友梅向门外看去,见那走廊上有一个人的衣裳角,便道："那是小菊坐在那里,不知道拿了什么针活在做。"

梦兰于是将桌上的纸笔写了一行字,"含情欲说宫中事,鹦鹉前头不敢言"。写完了,把笔一丢。

友梅对于她这份难言之痛,倒有些惨然。站在椅子边,对了桌上那张字,倒很费沉吟。将鞋尖在楼板上连连地点了一阵,便低声道："既然如此,你就什么话不提,我心里也就明白了二三。你若是有什么事要我做,还是那句话,我一定帮忙。"

梦兰道："帮忙是少不了找人的。不过我希望你不要对第二个人说。"

友梅道："你的心事,也没有对我提过一个字,我对人说些什么?"

梦兰道："有要找你帮忙的时候,那我不用人说,一定会来找你的。只是我想着真到了那样一天,我的身世就不可问了。所以我想着,我或者不会有那样的一天。"说时,她摇了摇头。

友梅道："听你的口气,心里头倒是真有一肚子苦水。"说着,微偏了头,紧紧地皱了眉头子,将眼睛向她斜瞟着,脸上也现出沉吟的样子来。

梦兰倒微笑起来,向友梅微微点着头道："你不用猜了,我的心事,神仙也猜不出来的。"

友梅笑道："我虽不是神仙,但我也可以猜出你多少心事来的。"

正说到这里，小菊捧了一把茶壶进来，对着两人微笑。

梦兰道："你笑什么？你躲在外面听我们说话呢，你怕我不知道吗？"

小菊将桌上的茶杯分斟了两杯茶，不说什么，只是将嘴皮抿着笑起来。

梦兰道："你看这丫头，也不知道她捡着了什么值钱的东西，只管是傻笑。"

小菊道："我是偷听吗？我老早就在栏杆边上坐着的。我只听到两位小姐叽叽咕咕地笑着说话，究竟说的是什么，我也没有听到。"她交代完了，放下茶壶，自走出去，却拉着门，伸进半个头向两人张望，而且眼看了友梅，却伸出一个食指，对梦兰连连指了几下。

梦兰笑道："滚下楼去吧，鬼头鬼脑地做什么？"小菊伸了伸舌头自走了。

友梅听到楼梯叮咚叮咚响过了一阵，便道："她已是走远了，你有什么话可以告诉我了。"

梦兰将两手抚摸了胸口，于是皱眉道："我要是能说，我早就对你说了，何必要你再三再四地问？"说毕，微微地叹了一口气。

友梅两只手同摇起来，笑道："我不问你了，不要为了我问你的话，倒惹起一身的毛病。"

梦兰笑道："其实我没有心思专对付哪一个人谈话，你尽管对我的耳朵里送了许多话来，但是我的心，倒会注意在另一件事上。所以我微笑也好，叹气也好，坐在我对面的人，尽可不必理会。我这种态度倒是与当面的人无关。我也不知道我为什么要这种样子，说一句时髦点的话，也许是我没有灵魂了吧！友梅，我很抱歉，对了你这样好的朋友谈话，我倒是爱听不听的，我未免在老友面前失礼。"

友梅笑道："你倒与我抱歉起来了。这样说下去，小姐你真可怜。非惹得我陪着你掉下几点眼泪不可？"

梦兰道："我倒并不要你可怜我，要人可怜，那是一种怯懦的人做的事情。"

友梅笑道："越同你说着体己的话，你是牢骚越多。我不说了，你在家里好好地休息吧。"说时，将手按在梦兰的肩上，轻轻地拍了两下。

梦兰道："怎么？你要走开吗？"

友梅道："我觉得你精神恍惚，应该好好地休息一下。我在这里，你不能不陪同说话，未免分了你的神。"说时，握了握她的手，人向外面走了去。

梦兰也不怎样地挽留她，牵了她的手，一直送到房门口去。友梅走下了楼梯，还露着半截身体，又回转头来，向梦兰笑着招了招手。梦兰莫名其妙地对她笑了一笑，也没有说其他的话。友梅下楼去了，梦兰又有些恋恋不舍的意味，站着靠了楼栏杆边，对下面望着。友梅站在天井里，又回转头来笑道："不用发呆了，好好地去睡吧。"

梦兰听着这话，点点头自回房去了。在这日下午以后，梦兰自己也不知道是得了一种什么病，只觉得是坐立不安，勉强地拿起一本书来看，那书上是些什么字迹，也全是分辨不出来。为了省事起见，只有推着有病，在楼上可以不下来。家庭对于自己是否有什么态度表示，也就在所不问了。

这样闷守了两天，闹得除了父亲而外，男男女女都到楼上来问她的病。可是见面之后，除掉看到她两眉深锁而外，只有脸上不擦脂粉，略带了焦黄，还算是病态。大家也就明白，她的是心病。不过这心事大家还只猜到一半，以为她是那几件嫁衣促成的而已，能猜着多一点的，还只有那位女同学李友梅女士。

到了第三日下午，李友梅又来了。一进门看到梦兰手撑了桌子，托住了自己的头，身上穿了一件极简单的八成新青湖绉夹袄，越是显出那单怯怯的样子来。在房门口就站着笑道："林妹妹的病可好些了？宝玉来了。"

梦兰回过头来看到，就笑道："你还没有进门，先就同我开玩笑。"

友梅进来，两手同时握住她的两只手，对了她脸上望着，于是微皱了眉道："你脸上的病容倒是很浓厚。"

梦兰笑道："在你未看我以前，你倒以为我是假病吗？"

友梅笑道："我们的江小姐怎么开口就老言中带刺？"说着，又用手轻轻地拍了她的肩膀，于是笑道："但是我并不怪你。你满腹全是不快活，那牢骚是一触即发的呢。"

梦兰同她斜把着一张桌子角，苦笑着坐下，问道："你怎么知道我病了？大概因为我三天没有上学，特意来问我的吧？"

友梅笑道："不，我还有一点私事，来请教于你。"

梦兰笑道："你所知道的事情比我多之又多了，倒来请教于我？什么事？"

说到这里，小菊捧着茶来倒茶。友梅且不答复她的话，将桌上的纸条抽一块到面前，然后提笔在上面写了五个字：昆仑奴磨勒。接着用笔在五个字旁边，密密地圈了一路圆圈，仰着脸笑问道："这个典故我不大明白，你能不能告诉我？"

梦兰见小菊斟了两杯茶在桌上，已是站到一边，看了人微笑。

便道："小鬼，下楼去吧，你又打算在这里听些什么新闻？"

小菊看看两位小姐，也没说什么，自走了。

友梅把墨笔套起来，将墨笔套不住在字上点着，道："我有一篇论说，打算要用这样一个典，又恐怕用得不大妥当。"

梦兰一手把笔夺了过来，就向瓷笔筒子里扔了下去，撞着当的一响。笑道："你不用闹这些圈套了。一位大小姐做文章，能把昆仑奴三个字用了进去吗？"

友梅笑道："那么，你猜猜我是什么意思哩？"

梦兰摇摇头道："我猜不着。"

友梅道："真话？我问你，像我这样的人，若是自告奋勇出来替人做昆仑奴，你想够资格不够？"

梦兰笑道："我又不是教书的老师，你问我这话干什么？"

友梅笑道："你这孩子太狡猾，我好好地问你，你倒是东闪西躲。你未免对我太没有诚意了。"说到了这句，友梅已是把脸色板了起来。

梦兰将一个食指在她脸腮上点了一下，笑道："你还装腔作势，在我面前来这一手呢！"

友梅笑道："并非我装腔作势，你既然知道了我的心事，你愿意也罢，不愿意也罢，你为什么不给我一个回答？你不要以为我是个女孩子就没有办法。我以为我们要争取自由，就是流血也要试上一试的。就算黄衫昆仑奴这种人，也没有什么大不了的，不过有点侠气而已。你料着我就一点侠气也没有吗？"她说着话，可站起来挺了胸脯子，只看她横竖了双眉，两腮红红的，就带了一股子侠气。

梦兰笑道："好啦，就算你是侠客吧。你坐下，我给你说昆仑奴这个曲。这不是唐朝一段小说故事吗？说有一个姓崔的，去看贵人的病，那贵人吩咐一个叫红绡的歌伎伺候崔生。那崔生钟了情，生了病，昆仑奴就背他进了贵人的府第，同红绡见面。后来又把他两人一块儿背了出来。不就是这么一回事吗？你这个譬喻，根本有些不大确切。我就不愿比那个红绡，我自己也不应当成了一个奴才。"

友梅道："比方哪分什么上下？只要事情大体相像就行了。现在你也不能譬红绡，我不能譬昆仑奴，我要很冒昧地问你一句话，无论对与不对，你不能生气，这不过是假设之词罢了。这宇宙之间，是不是还有这样一个人，不能比崔的少年哩？"

梦兰的脸腮上不免泛起了一层红晕，友梅将一个食指点着她，笑道："我有言在先，不许生气。"

梦兰强笑道："我的身世你还不知道吗？我同你是好朋友，我的心事也常常告诉你的。但是我自问守身如玉，绝没有一点不道德的行动。"

友梅道："这是你误会我的意思了。我并不是说你做了什么不道德的事。但是我们生在这个时代里，不能像以前的女子，听凭别人去支配一生的幸福，做一辈子的家庭奴隶。假使你有这点意思，在社会上又有这种同情于你……不对不对，我这话不应当这样说。社会上有人同情于你，你怎么又会知道呢？我的话是很随便地说出来了。让你一问，倒问得我无话自圆其说。"

友梅说到这里，自己反把两个脸腮涨得紫血灌了，坐了下来，将桌上一张小小的白纸块只管折叠个不休。梦兰对着她看了一看，于是道："我不妨对你说实心话。我的婚姻是从小就订下的，现在是已成事实十几年了。我若要推翻的话，人事上要发生一种很大的变动。我的父母都很疼爱我，那我非伤尽二老的心不可。但是我心里也很明白，我们一生的幸福，不能为了顾全家庭的体面断送干净。

可是我又糊涂了，不知道是受了旧书的毒，还是受了宗教思想的毒，我简直没有这个勇气可以抵抗旧礼教的压迫。为了这一点缘故，我自己怨恨我自己无用。理智和情感终日地起着冲突，闹得我就成了这种林黛玉式的姑娘。其实那种诗礼人家害肺病的可怜虫，绝值不得我们去学她。至于你所说到社会上和我同情的人，那或者是有的……"

她说到这里，把话顿了一顿，接着道："但是我还不知道这种人在什么地方。"她说话的时候，全是正正经经的样子，说到了这句话，却在脸腮上微微地露出了笑容。

友梅笑道："你这倒是心眼里的话。但是只要你认为社会上还有这种人，那倒不必去管他。假使有那种机会……"友梅又笑了起来，摇了摇头道："因为你这人还是很古道的，我不便随意地说话。"

梦兰脸上很正气地对她点了点头道："你对我所说的话，都出于至诚，我是很感激的。不过我有一点私见，第一，无论做什么事，我要顾全我的人格；第二，我自己虽不能做无谓的牺牲，但我也不愿牺牲别人，来成全我的私图。"

友梅听她如此说着，将左手撑住了桌子，托了自己的脸腮，右手摸了桌上的一支铅笔，反过笔头子，只管在桌上敲打着。眼看了摊着的一本《江南》杂志，只是出神。

梦兰因为她眼光注视，却不明白是什么意思，于是道："这是最近出版的一本，你有了吗？"

友梅道："我不像你有杂志迷，我得闲就买一本看看，误了期没有买看，也就算了。但是你何以这样热心？"

梦兰道："也并非我对杂志格外热心，只是我终日在家里闷坐着，十分无聊，只有借了这几本杂志来解释胸中的烦闷。"

友梅道："你是喜欢看这杂志上的小说呢还是喜欢散文？"

梦兰道："当然是喜欢看小说。"

友梅道："现在杂志上的作家，你最崇拜哪一个？"

梦兰道："我看杂志不过是走马看花，看完了，就丢到一边去。谁好谁不好，我都不搁在心上。"

友梅笑道："比较你看得印象深一点的，那是谁呢？"

梦兰道："你怎么老追着问这一件事？我倒有点奇怪了。"

她说完了这话，脸上就不那样自然。这倒是她一个失着，友梅却反是有些疑心了。

第七回

手足情高匿函怜弱妹
诗书气重窥影笑寒儒

女孩子们的秘密对父母兄弟全不能吐露一个字的，对于她们的女朋友，却肯原原本本地说出来。这原因自是很复杂，而最大的原因，还是朋友里面能发生一种同情心。

当时友梅只管问梦兰的话，本来也不便硬逼她的口供。后来提到杂志，她倒说得有些躲躲闪闪的，这却引起了友梅的疑心。一面说话，一面向梦兰的脸上看着。于是道："你若要知道这里面几位写文章的人是些什么性格，是怎样的身世，我倒知道一两位。你若问我，我可以告诉你。"

她说着，又做出那很自然的样子，又不注意到梦兰的脸上，随手把那本杂志拖了过来，翻了两翻，翻出了一页短篇小说前面，两手把书页慢慢地按着，把书页按平了。

梦兰虽是坐在她的侧面，眼睛一扫，当然也就看明白了。却是微侧着脸，对着墙上悬的一幅山水小吊屏只管出神，不大经意地答道："我要注意这些人做什么？看他的作品，我并不要知道他为人。"

友梅见她不大爱理会这些话，就凭目光所到，把那篇小说看下去。将页面翻过来，倒有一件奇异的事叫她在大海洋里发现一线陆地，就是文中的句子说得哀婉一点的所在，全有铅笔的影子在上面画着圈圈。把这篇小说草草地审查一遍，其中大概有十几处全是铅笔圈过的。再把全册杂志一看，长篇短简，都没有一点圈点的铅笔痕迹。便道："这杂志的上一期在哪里？看了下文，没有看到上文，我一点摸不着头脑。"

梦兰指下书架子道："我所有杂志都在这里，你去翻吧。"

友梅和她是极熟的朋友，当然用不着客气，就站在书架边，将书看一本翻一本，在这样不经意之间，她又发现了自己所觉察出来的并非神经过敏。就是每本书上，凡是章唉天的小说，都经过了一次严密的检阅。词句好的所在，都有了铅笔的圈圈，而其他的诗词小说，却没有一篇是用铅笔圈过的。这是很显明的证据。她看这些杂志，无非是注意章唉天的文字。

友梅站在书架子边，斜斜地靠着书架子，手里翻着书，心里便不住地在想着心事。她将两三本杂志一齐翻着，忽然得了一个感想，立刻把书合上，顶着下巴颏底下，微垂了眼皮，做个沉思的样子。

梦兰因为她很久没有作声，偶然转过头来，看到她那样子，便问道："梅，你想什么？"

友梅依然低了头道："我觉得章唉天的文字最感动人。可是他那样很年轻的人，前途自有无穷的希望，为什么不说些发愤有为的话，倒是在文字里面满布了颓丧的意味呢？"

梦兰对于她所提的这个疑问并没有答复，依然是微昂了头，做个沉思的样子。不过现在不是看着墙上那山水画，却是看到窗子外面天空上的白云了。

友梅放下了书，坐到原来的椅子上，索性对她做一个进一步的质问，望了她道："你看着章唉天的文字也不少了，你以为他哪一篇文字作得最好？"

梦兰被她眼光逼视着，不敢向她回看，却微微地一笑。在这一笑里，是给了友梅一把钥匙，把她多日不能捉摸的疑团完全打开了。便笑道："据我想，你对于他的文字，篇篇都认为可以的。还有一件事，你绝对猜想不到的，我们还是亲戚。"

梦兰倒不免愕然，向友梅看了一眼道："什么？你们是亲戚？"

友梅道："是的，我同他是亲戚。他和家兄常有往还。他的老太太是个极慈祥的人，一年我也有几回到他家里去。他母子两人相依为命，度着清寒劳苦的日子。但是章唳天这个人很有点美术的意味，屋子里收拾得整齐干净。就是他所住的房子，也是他有意挑选的，颇有点古趣。"

梦兰笑道："哪个问你这些？"

友梅道："你觉得我和他是亲戚有点冒充，所以我就举几条证据来，证明我不是撒谎。"

梦兰道："他除了卖文而外，还做什么呢？"

友梅道："他在这附近的进德中学教书。他担任的是高小二、三年级的功课，大材小用。他倒是很闲的。"

梦兰道："那么，他不应该清寒了。"

友梅道："你想教书能挣多少钱一月？卖文更是有限的稿费。"

梦兰道："我想他满纸哀怨之词，并非是为了钱吧？"

友梅道："那倒不是。他是一个孤子，自幼是母亲抚养大的。他对于现在的政治、现在的社会，都觉不大相投。可是他为人性情极和平的，他那满腹牢骚无可发泄，就专门作哀情小说。其实我很知道，他到现在大概还没有意中人吧。"

梦兰笑道："你们是亲戚……"说了这五个字，她忽然地把话顿住了。

友梅撇了嘴道："你这人太岂有此理了。"

梦兰笑道："我怎么是岂有此理了？"

友梅道："你自己说的话，含的是什么用意，你当然知道，还用得着我细说吗？你说这话是什么意思？难道……"说到这里，自己也红了脸，把话突然地停止，好像是有一点笑容要发了出来。可是她不等到那笑意露着，却又把嘴噘起来，鼓了腮帮子。

梦兰笑道："你对于我这句笑话还放在心上吗？"

友梅这才扑哧一声笑了，于是道："哪个把你的话放在心上？我不过同你闹着玩罢了。而况你现在正是心里难受的时候，我还要找你的错处，那也于心不忍。"

梦兰听到，也只微笑了一笑，没有说其他的话。彼此把话说到这里，友梅到这里的原因就不能接着向下说了。闲谈了一些别的话，她自告辞而去。

不过这样一来，梦兰在心里却生了一种很大的感触，觉得自己的命运万万不如友梅。她有那样文明的家庭，有那样自由的环境，而且还有那极健康的身体。自己却是把哪一点去比她呢？为了这一点，心里极端不舒适，仿佛又有一点病了。当日睡在楼上一天，也不曾和家里打一个照面。依着自己的心境，是不愿意到学堂里去了的，可是转念到国器在这几日之中，不能没有信来。这信不寄到家里来，当然就寄到了学校去。在三五天之间，这信放在号房里，不会出什么事，若是日子太久了，却也怕信落到别人手上去的。因之勉强挣扎着，又到学堂里去了。

说起来是一件极端矛盾的事，凭着梦兰自己的表示，是不愿同章国器有书信来往的，可是老不接着国器的信，心里头又像有一件事放不下。这叫自己也解释不过来这是什么理由。

在她这盼望的时间，国器总算能不负她所望的，在每个星期里，总有一封寄到梦兰手上来。在这种情形下，另外还有一件奇事，但是他尽管来信，两人在路上遇到的时候，只是远远地看上一眼，到了近处，还是低头走了过去。在国器方面，梦兰不知道他是什么意思，在梦兰自己，是觉得一个做女孩子的人，不能无故和一个陌生的人说话。民国初年的时候，和现在虽只差二十年的距离，可是这在最近的中国，就仿佛隔了两个世纪。那个时候的社交如何闭塞，今日二十岁附近的青年他们绝不相信。所以江章两人通信到了两三月，见面不下百十次，依然是一个不敢先开口说话，一个不能先开口说话。好在这秘密还没有第三个人知道，两人也就不妨慢慢地进行。然而这秘密能够永远地保持着吗？天下可没有这事。

在通信后第四个月的时候，就出了事故了。国器给梦兰的信向来是寄到学堂里的，但是到了六月尾上，已是放暑假了。信寄到学堂里去，不知道要多少天才能到梦兰的手上。他在梦兰的回信上，也揣想出来了，她是有很多女同学书信来往的，因此把信封上的字迹，也写得更秀丽些，当了女子的信，向江家寄了去。起初有两封信，也照样地投到梦兰的手上。

一天，梦兰随了母亲嫂嫂到亲戚家里去了，男子们却反是全在家里。就在这个时候，国器有一封信投到江家来，接这封信的人是一个不识字的女仆，她毫不犹豫地就向老爷屋子里送去。浩然戴着眼镜，两手正捧着一本书就了窗子边的阳光坐着看。女仆说了一声信，便直向浩然面前送去。浩然的大儿子梧轩正站在他身边有话要说，一眼看到信封上的字是妹妹的名字，而下款又署了章寄两字，心里忽然一动。记得前四五日，妹妹在堂屋里坐着，老妈子从外面拿了一封信来，她曾迎到天井里去接着，那情形似乎有点异乎寻常。再看这封信上，写的是章寄。她的女同学里面，似乎还没有这样一位姓章的小姐。在梧轩如此转念头的时候，他已经是很快地把那信由女仆手上取了过去。

浩然放下书来，问道："谁寄来的信？"

梧轩答道："是我的同事一封信，托我转交的。"

浩然正在看书很有趣的时候，就没有再问，依然捧了书看。梧轩在父亲面前站了一站，然后退了出去，到了自己屋子里，把这封信取到手上，仔细端详了一下，那笔迹虽然秀丽，但绝不是小姐写的字，而且这笔迹仿佛在什么地方也看过的。虽然拆看他人的信件是道德所不许的，然而这件事颇紧要，这封信若是有什么秘密的话，今天落到父亲手里，这问题就大了。于是掩上房门，拆开信封，慢慢地读着。读过之后，他静静地沉思了一会儿，自把这封信揣在身上。当天梦兰回家已是晚上二更天了，梧轩虽然是和她见着了一面，却是一个字也不提。

梦兰回房的时候，老妈子却送了一张字条进来，上面写着：

　　明天早六时，请妹偕兄往石观音庵读书台一带散步，千万勿误。

　　　　　　　　　　　　　　　　　　　　　　　兄梧白

梦兰拿着这字条在手上，却不由得呆了一呆。大哥向来没有约着一路出去过，尤其是这样一大早，约我出去干什么？

女仆见她两只眼睛盯住了纸条，只管来回翻弄着看，便道："小姐想着什么？我怎么去对大少爷说呢？"

梦兰连连点头道："我去的，我去的。你去告诉他吧。"

她这样说着，把女仆打发走了，可是心里兀自狐疑着，到底不知大哥为了什么事，若照着他的为人说，恐怕又是抬出一篇大道理来劝自己的婚事。好在这件事自己有一贯的主张，倒不问哥哥怎样盘问，自己明天还是照着板头对付，也不必胡想了，当时就安然地去睡觉。

到了次日早上，自己怕误了约，立刻披衣起床，随便梳拢了一把头发，不愿惊动用人，自到厨房里去倒水上来，擦过一把脸，就到前进屋子去会大哥。梧轩已有点等得不耐烦的样子，两手插在裤袋里，只管来回地在天井里徘徊着。梦兰到了面前，他才把脸上的忧容打破，舒着眉毛，透出一线笑意来，于是道："我们就去吧。天气很好，正可以到那空旷的地方去呼吸一点早上的新鲜空气。"

梦兰点了点头，自跟着他走出去。在南京城的东南角上，有一大片空地，向来是庄稼人在这里种了菜园子。靠城墙脚的所在，雨花台的支脉伸了一个小阜进来，这小阜并不是土质的，却是整块的大石头，由土里拱了出来。当着夏日，小阜的四周全是寸来长的绿草，像在地面上盖了一床绿毡子一样。虽然没有什么树木，但是种菜的人家篱笆上爬满了青藤，在那菜园短墙里一排一排的葵花秆、一堆一堆的瓜棚，却也很有趣味。那石观音庵在几棵稀立的树下，露出一带红墙，在晨光熹微里，镗然的几下早钟声。在这里放眼一看，总觉心里空洞了许多。

梧轩兄妹二人踏着早径上的露水珠子，彼此默然地走着，彼此也没有提到什么要紧的话。

梦兰站在路口上问道："大哥，我们到读书台上去吗？"

梧轩笑道："早上很清凉的，我们又何必上高下低，走出一身的汗？那老虎石上有两块干净石头，可以到那里去坐坐。我大概很有几句话和你谈一谈。"

梦兰听了，虽然摸不着他是什么用意，可也不敢回驳，只有随了他走。上了几层土坡，走到一片平坦石块地上，在那碎石缝里，兀自向外伸着丛生的短草。看那草头上的露水珠子还是一颗颗地鲜明挂着，表示着夜气未全收尽。因之走到这里，晓风吹到身上，还有点凉习习的。四周不见一个人影，只有鸟在天空飞过。

梧轩站定了脚步，向梦兰看了一眼，正色道："我到这里来，并非要你来玩。有一样东西要交给你。"说着，伸手到怀里摸索了一阵，摸出章国器那封信来。

梦兰看到这封信，立刻脸上飞起了一阵红晕，加之那信封又是拆开了口子的，这情形是不待细说。因之心里头便是像小鹿撞着一般，使劲地由里向外撞。

梧轩直把这封信递过来，她也只好接着。可是头早垂下去了，不能抬起来。哥哥脸上是怒悲是苦恼，全不得而知了。

梧轩等她沉静了一会儿，才道："大妹，你不要误会。我把你叫到这里来，才把信交给你，那完全是好意。"

梦兰没有作声，梧轩接着道："对不起，信我是拆开看了。但我看信里的言语，好像你同这位章先生还没有会过面。"

梦兰用尽了平生之力，微微答应出来了一个"是"字。

梧轩道："昨天下午，你不是不在家吗？王妈接了这封信，直送到父亲手上去。我在旁边眼快，看清楚是给你的信，我就撒谎夺了过来，总算不幸中之大幸。这封信落到父亲手上去，那可不得。"

梦兰微微地弯了一弯腰，口里仿佛说了一声："谢谢大哥。"

梧轩道："我对你的境遇很表示同情，但我也爱莫能助。所以你仅仅是用文字和人订交，我在良心上不忍反对。再说到这位章君，我也认识。倒是少年老成的书生，你和他做朋友，他在文字上所表现的，一定能安慰呢。而且我也想他绝没有什么不道德的行为。你有这样一个朋友，我正是替你庆贺。"

梦兰听了这话，也不知道他是由反面说来的还是由正面说来的，心里依然怦怦乱跳。可是很快地抬头向梧轩看了一眼，见他的颜色很是平和，并没有什么生气的样子，于是低声道："这件事虽然我自己做得不对，但是我实在出于不得已。因为章先生老是和我来信，叫我无法拒绝。那信上说的话也都是很大方的。我们一个有新知识

113

的女子，也不能就完全说人家不是。此外，他所说的，实在句句都打动了我的心了。大哥，请你原谅。我竟没有那种勇气，可以把他这种行为拒绝。因为他写信给我，我也拒绝过的，但是我拒绝他的话，并不怎样的严厉，所以他还是来信。我自己知道我是很错误的，但我……有什么法子呢?"她说到这里，声音是非常之低弱，两行热泪直流下来。

梧轩道："你不要误会了我的意思。假使我不愿意你所做的事，我拿了你的信，就径直地去报告父亲，何必今天老早地把你约到这里来说话呢?"

梦兰没有作声，只是低了头。梧轩对她周身上下看了一遍，觉得她这样地站着，很有些难为情，便道："我没有什么话说了。你若觉得我的话可以研究研究，你只管说。"

梦兰道："大哥对我所说的话，都是平常做兄长的人所不肯说的话，我还要研究什么?"

她说着这话，声音是加倍地弱，那头是益发地低着，差不多要垂到怀里去了。两手抚弄了一块手帕，只是翻来覆去地看着。

梧轩在她面前也静静地站立了有五分钟之久，才道："以后他有信来，你告诉他，不能再直接寄给你。万一信弄到了父亲手上去了，那是了不得的。假如你相信我的话，你可以通知章君，来信可以由我转交。至于你给他的信，你愿意让我转交过去，我也很愿做这一件事。"

梦兰听了这话，忽然身子向上微微震荡了一下，低低地道："我……"仅仅说得这一个"我"字，话又没有了。

梧轩在她面前缓缓地走了两个来回，便道："我想这个时候你心里颇不自在，或者不好答应我的话。我也不急于要你答应，过两天，你照着我的话试试看吧。"

梦兰站着低了头，将一个食指点了腮帮子，做个沉思的样子，却未去答复梧轩这话句。梧轩道："我倒又提起了一个法子。李友梅小姐她和章家是亲戚，我认得章君就是在她家一次宴会上开始的。你和李小姐的友谊是非常之深的，我想你对于……"

梦兰道："我自己觉得这件事，实在是一种痛苦。假如我能摆脱的话，我就摆脱吧，我又何必多告诉一个人呢？"

梧轩看着她的样子，依然是很苦恼，自己也呆着想了一想，这时，只见梦兰前额的刘海掩住了两条长眉，她的眼睛如何也不能看到。便点了点头道："走吧，我送你回去吧。"

梦兰也没说什么，悄然地随在哥哥后面，走回家去。梧轩到了家门口，低声道："我不进去了，你一切如常吧。"

梦兰虽受了这样的叮嘱，但是在心里头总算拴了一个疙瘩。到了中午，越是感着不安，便破例自动地到李友梅家去，要找她谈话。不想到了李家，他们的女仆答复得很可动心，说是到亲戚章家去了。梦兰想了一想，未便等候，扫兴而回。

这李家女仆所说却是真话，友梅也有点疑惑，为什么谈到章唉天，梦兰就有些不自在的样子？她虽没什么口风，到章唉天家去留心一看，就可以看出形迹来了。她有了这番意思，就借了家中一点平常的交际，独自到章家来。

在这天中午，天气已是很有夏天的风味了。友梅撑了一柄布伞在路上走来，仿佛觉得地面上有一股子热气倒卷上扑袭人家的身体。走到了章家，他们家天井里那两棵老树，倒是做了半院子清荫。虽然在树叶缝里，还透露上些阳光，散在青苔点点的砖地上做了白的花纹，然而先有一阵凉风向人身上拂着，叫人自然地把烦闷的心胸先清爽一下。友梅收了布伞，站在天井里，先叫了一声伯母，章老太觉得这样长的夏天日子不可白费了，手捧着一件旧衣服在窗户底下有凉风的所在缓缓地缝连着。回头看到是友梅，叫了一声"李小姐"，便迎到院子里来，笑道："堂屋里坐呢，还是房里坐呢？女学生是不怕人的，堂屋里风凉一些。就在堂屋里坐吧。"

友梅到了堂屋里，眼睛早是在四周一射，这就看到国器的房门外垂了一幅髹漆的竹帘子。帘子外看帘子里是不大清楚的，但微微地闻到一股沉檀香香味，由帘子里透了出来。而且看不到这里外之间有一丝丝烟。于是道："伯母家里什么地方都收拾得最干净的，都可以坐。"

友梅说着，就放了下伞，斜侧了身子，坐在一把竹椅子上。眼光是随时可以看到国器屋子里去。同章老太闲谈了一会儿，却不听到那边屋子里有蚊子叫的声音，心里也就想着，那必然是国器不在家。恰好女仆将阴绿色的大瓷杯送了一杯菊花茶过来，友梅接着喝了一口，见杯子是堆花的双龙戏珠，于是笑道："这必定是表哥用的东西，我这种俗人，用他那雅致的东西，未免把东西糟蹋了。"

章老太坐在她对面的藤椅上，先向门帘子里看了一眼，然后笑对友梅道："他虽然事事都爱个干净整齐，可是他对人是不分什么界限的。我们现在仅仅有一碗饭吃，以前是更清寒得了不得。我们实在也不许瞧不起人。李小姐，你说是不是？"

友梅道："那是当然的。表哥不但为人很好，就是他的文章做了出来，也是那样令人羡慕。比如我们的同学，在杂志上看到了他的文字，也纷纷地议论他为人。有的也猜得对，有些也猜不对，我听了就好笑。有一个人那简直是表哥的忠实信徒，只要知道哪本杂志上有表哥的文学，她一定买了去看……"

说到这里，当的一声由房里传了出来，分明是压纸的钢尺落在地上，打了这么一下响。于是吃了一惊道："什么？表哥在家吗？"说着又微微地一笑。

章老太笑道："他在家也不要紧，你又没说他什么坏话，你不要看他自小就进的新式学堂，但是他总时髦不起来。他见了男子是很大方，他见了女人，比姑娘见了男人还要小器。"

友梅同章老太说话，眼光又向帘子里看了几次，果然看到一个白影子晃了两晃，便叫道："表哥在家用功啊？没得着你的许可，我又不便进书房来奉看。"

国器在屋子里答道："对不起，我因为赶着作一篇稿子，作完了，我就出来奉陪。"

友梅道："请你自便，我又不算客，还有伯母陪着呢。"于是转过脸来向章老太低声道："这样热的天，他一个人关在屋子里还这样文绉绉的，未免读书气息太重一点。"说时，皱了眉头子带些苦笑。

章老太笑道："本来不应当这样，我就常说他是一个书呆子。"

友梅连连摇了摇手道："我可不敢那样说，不过表哥思想很新的，态度可有点两样了。"说着，似乎听到屋子里有点笑声，友梅沉默了一会儿，还是向帘子里面连连瞧了两眼，笑道："表哥，你在屋子里做什么？我可以进来参观吗？"

国器在里面答道："请进来吧，只是不恭得很。"

友梅站起来向章老太笑道："伯母，请你陪我去看看表哥的书房。"

章老太笑道："国器这孩子他没有什么嗜好，就是喜欢布置屋子。虽然是很耗费时间的，可是倒不花费什么银钱，比什么嫖赌吃喝都强。"她说着话，脸上透着欢喜的样子，也就起身向书房里走来。

这里门帘子一掀，便见国器身上穿了夏布长衫，两手正在去系纽襻。友梅就点了头道："表哥也太讲礼节了，这样的大热天，何必在家里还穿上长褂子？"

国器道："李小姐是很少来的，总应当恭敬一点才好。"

友梅站在屋子中间，向四周看了一看，于是笑道："我记得去年冬天到这书房里来过一次，匆匆地拿了一本书就走。虽没有仔细地看，可是没有现在这样，屋子里绿阴阴的。"

国器道："冬天屋子里需要阳光，所以敞亮些。到了夏天，屋子里是不妨阴绿一点的。其实这也就是窗子外那三株竹子的力量。"

友梅看看他书桌边两个茶几都把白瓷盆子栽着高大的珍珠兰，虽然是日午，因为是在屋子里，还细细地有些清香。在窗户横梁上，一列悬着四盆吊兰。此外是书架上、书桌上，都摆有小巧的盆景，便笑道："表哥是最喜欢兰花的吧？"

国器道："李小姐何以知道？"

友梅道："因为在这夏天没有兰花的时候，还陈设着与兰花同名的东西，真有了兰花，岂能够不喜欢的吗？"

国器微笑着点了点头，只说"请坐请坐"。友梅随身在书桌边的藤椅上坐着，偶然回头，见瓷盆子里供着一块假山石，很是玲珑剔透。上面的青苔总有半寸长，细小的树秧，蒙茸的细草，配了小小的人物，颇也有趣。正这样注意着，却看到山石盆子边另有个四方蒲草盆子，在盆子下面压住一封信。那信封是阴白色的厚壳样式的，在信封的封口所在，有一朵堆起来的玫瑰花。因为这信是将反面朝上的，并没有什么字迹。但这信封却是在梦兰的书桌上看见过的。据她说，这种信封现在南京没有，还是由上海带来的。难道这样的巧，彼此全在上海带来的吗？

心里这样想着，但自己立刻警悟起来，参观人家的屋子，怎好去偷看人家的秘密？因之顺手就把那石膏的女神拿在手上看，笑道："这屋子里很古雅的，加上这样一个人像却是太时髦了。同这些陈设不调和。"

国器在远处藤椅子上坐下了，笑道："好些个朋友看到这东西，全这样地说。我也是每逢人就解释着。这是西方一种古老的神话，这女像是爱情之神，可是不幸得很，被厄运之神压迫，失了自由。她的名字叫维纳斯。我因为她的命运很苦，倒有些诗味，所以常把她摆在桌上，助理我的文思。"

友梅道："原来如此，表哥为什么不把自由之神的像摆在桌上呢？"

国器笑道："你以为这现时的中国，可以谈得上什么自由吗？"

友梅听到这话，放下了石膏神像，对国器的脸色看了一看，觉得他的脸上在这刹那间加上了一层幽郁之气。于是伸头凑着珍珠兰闻了一闻，笑道："表哥很喜欢淡绿颜色吗？"

国器道："何以见得？"

友梅道："因为兰花是淡绿。"

国器笑道："原来是这样推想下去的。其实我对于兰花也不过如此，我对于静而不过分妖艳的花都爱的。"

友梅道："花不是越美丽越好吗？为什么过分美丽的你又不爱呢？"

国器笑道："那就为的是李小姐说的诗书气重了。"

友梅看他虽是不住地说笑着，然而穿了长衣，端端正正地坐着，到底不能十分自然，尤其他额头上微微地冒了汗珠子，可以看出人家的不耐。这就站起来道："伯母，我们还是到外面堂屋里去坐吧。表哥，你还是做你的功课。"

国器道："外面屋子虽有风，可还不及这里边屋子阴凉。"

友梅笑道："表哥，我看你不必客气了。我在这里坐，你既不能脱长衣，你陪了我们到外面来坐，也得把长衣套上，做客的未免太不知趣。我倒有好些事，要在表哥面前讨教，只是下次来表哥不要和我太客气才好。"

国器倒找不出什么话来答复她，只有微笑，也不出来陪客了。

友梅到了堂屋里，隔了一道竹帘，还不住地对里面望着。那一条白衣服影子，先还有些闪动，后来就不见了，而且连同什么声音也都没有了。

友梅同章老太谈了两小时的话，太阳已是偏西，便起身告辞。章老太将她送到天井里时，她却回转身走到书房窗户边，先叫道："表哥，我走了，下次见。"

说着话，把悬着的竹帘子掀了起来，这却看到他伏在书案上，将一张很精美的洋信纸放在面前，用钢笔蘸着蓝墨水写信，而写的字还是英文。这一点学生们所认为很平常的事，偏是在她脑筋里留下一个印象，她自觉着是不虚此行了。

第八回

杯水盟心青灯话憔悴
勾金约指红豆报相思

李友梅这回的试探究竟不算白费，她已经在章国器家里看到了许多的痕迹了。回到家中，听说江小姐已经来过一次了，她就微笑着点了点头。这时已是下午，不能出去了。

到了次日早上，自己换了一套那里极时髦的蓝鸳鸯格子短褂，白地红梅点纱裙子，梳着光油油的头，向江家来。梦兰正因为学校停课三天，要举行期考，这就在楼窗下桌面上摊着书看。友梅站在房门口，伸了头向里面看着，然后站在门外，将手敲着门框，笑道："我可以进来吗？"

梦兰回头看到，就起身相迎，笑道："你今天为什么这样客气？"

友梅笑道："那我有我的原因。我在外面看到你在桌上写字，我想着，或者不应当冒昧进来。"

梦兰握了她的手让她在书桌边的椅子上坐着，笑道："你这话我有点不可解。难道我做的功课还怕你抄了去吗？"

友梅笑道："我不是指着功课而言。"说时，对了梦兰微笑。

梦兰却很大方地坐在藤椅上，对她的言语不怎么理会，却是对她这全身的花衣服倒打量了一番。友梅笑道："把我看了一个够。"

梦兰笑道："那也不怪我看你，你这周身上下花花点点的，倒活

121

像一尊活观音。"

友梅对自己身上的衣服低头看了一看，笑道："你是觉得花样时髦一点吧？但是我有我的想法。在我们这样青春年少的时候，能穿花衣服不穿，到了将来年纪老的时候，看到别人穿花衣服，自己倒是后悔，那就迟了。"

梦兰摇摇头道："我的思想与你不相同。我现在不想穿得太时髦，我一辈子也不会因没时髦过就后悔的。"

友梅在自己心里已是把说话的章法连连打了好几个稿子，这就笑道："自然，人的喜好不但和各人的性情有关，而且与各人的身世也有关。早两年，你是个天真烂漫而又聪明的小姑娘，你也爱个热闹，你也爱个时髦。这两年，你是慢慢地长老成了。又为了你有生平不愿意的事，觉得事事意懒心灰，所以把从前和我许多相同的地方都改变了。"

梦兰笑道："是啊，我已失去了我的天真，你还是那样活泼可爱。"

她这样说着，顺手把书架上一柄小巧的绢面宫扇摸了过来，在胸前要扇不扇地拂着。然后把扇子上边微撑了自己的脸腮，向友梅望着。

友梅笑道："你瞧你身上这一件淡蓝竹布褂子，洗得半新不旧。辫子上扎着青丝线，也不抹上一点油。刘海蓬松着。你再拿了扇子，做出这个样子，倒成一位病西施。"

梦兰笑着摇摇头道："我不赞成你这种话，我虽不能算什么文明种子，但我也绝不至于弄得像个千金小姐，多病多愁。"

友梅道："你自然不愿那样，但是你心境不好，就常常地会弄得振作不起来。你何尝不知道不应当这样？我和你做多年的同学，我把你看成自己的妹妹一样，你的事情我是非常关心的。我早就想破釜沉舟地劝你一番，可是你为什么这样，你不肯说，我又不能胡猜，所以我总搁在心里。现在我仔细想了一想，除了我，没有别人可以来劝你。所以我不管你听不听，我还是要来多事。"

梦兰听她这一大串话，究竟不怎样顺耳，一面把扇子上边顶住了自己的鼻子，微微地垂了眼皮，微微地皱了皱眉头，不作声地把话向下听。女仆已是送过来一杯茶，放在桌上。友梅端起茶喝着，向梦兰微笑。等女仆退去了，友梅将那盏凉茶咕嘟咕嘟一口喝下，像鼓励着自己的勇气似的，把杯子向桌上搁下，碰了一个响，似乎可以表示她放得很沉着，两眉一扬道："梦兰，我有一句心窝里的话要对你说一说。就是除了牺牲性命而外，你要我怎样帮你的忙，我都可以做到的。"

梦兰将扇子落下，挺胸对友梅望着，问道："你怎么一个人转笔，转到这句话上来？"

友梅道："我自然有我的理由。我先把我的话说了，再就可以问你的话了。我问你，你愿不愿有一位完全以道义关系的文字之交？"

梦兰猛然地脸上一红，不能答复出来。友梅道："我这句话问得是很孟浪的，但是我是一片好心。我埋怨我自己，学问不如你，所以在文学上，我不能做你一个知音。假使我的学问同你一样，或者比你更好，那我　定能安慰你。怎么说呢？你心里头那一万分的委屈，宇宙里面有一个人知道了。不过我既不行，我想在宇宙里面，找这么一个人也总不是难事。你对我说句实话，让我有帮你的忙。你在文字上，有什么心里头佩服的人没有？"

梦兰依然把扇子在脸上撑住了，对友梅望着。友梅道："我生平什么私事都告诉过你，你也告诉过我的。你现在总不以为我变了性情，不是你的肝胆朋友了？你那苦水，何必全闷在心里？对我吐出一点来也好。"

梦兰呆想了许久，突然地站起，走到她面前，握住她的手道："梅，你救救我吧！"只这一句，她嗓音也哽了，流出两行泪，在脸腮上，界破了浅浅的粉痕，向衣襟上滴着。

友梅立刻站起，一面拍了她的肩膀，一面反握住她的手，很温存地道："你只管说。我能救你的话，我决计救你。"

梦兰摇摇头道："我心都乱了，我只觉得我一时无从说起。"

友梅将她拉到藤椅上坐下，自己微坐着椅靠手，由身上掏出手绢来，在她两眼角上轻轻地按着，低声道："你不用伤心，我们生在这过渡时代的女子，总是免不了受牺牲的。可是人非草木，孰能无情？只要能够不受牺牲，岂不更好？"

梦兰等眼泪干了，这才道："我想着，我这件事是瞒不了你的。而且我大哥也知道了这件事。他很原谅，说是只有你能帮我的忙呢！"

友梅道："这不结了？可见我说能帮你的忙，绝不会是一句空言。你慢慢地说吧。"

梦兰道："你大概也知道几分之几了，不然，你不会这样来同我说的。昨天我去找你，你不在家，我就想着这事要被你知道了。并非像你这样好的朋友我都不告诉，实在因为我很后悔，我要逃出这一重罗网了。"说着，又悄悄地叹了一口气。

友梅握住她一只手，微微地上道："不要紧，你有什么困难，我会替你解除的。你的事就像我的事一样。我绝不能骗你，我们同学这么些年了，你我也共做过几件事，你看我……"

梦兰突然把她的手反握住，道："这是你误会了，并非我不信任你，只是我心里乱得很，一时无从说起。"

友梅想了一想，笑道："你那种境地，我也十分明了。你细细地想上一番，那也好，现在我不问你，晚上我来一趟，你在晚上再告诉我吧。"

梦兰笑道："这倒是一桩笑话，我要向你说，何分早晚？"

友梅道："自然是早上不便告诉我，晚上也不便告诉我。但是有个长时间让你考量一下。假如是不应当告诉我的，到了晚上，你就不必对我说了。"

梦兰默默地坐着，低头看了自己手上的一只金戒指，将右手的食指在左手无名指上只管摩擦着。友梅手握了她的手，又拍拍她的手臂，笑道："你不出神了，我下午再来，等你的回话。"说着，站起身来，就有要走的样子。

梦兰牵住了她的手，直跟到房门口，皱了眉道："你又何必走呢？天气这样热，未免要你多出两身汗。"

友梅道："假使你的事情有了办法，我就多出两身汗也不要紧。天下不出汗的事本也是办不好的。要不然，我就在你这里玩到天晚回去，也不要紧。可是我家的父母也像你的父母一样，我要是回去晚了，他们不放心。"说着，把雪白的手抬着和脸相齐，连连地对梦兰招了几下。

梦兰见她那种活泼的样子，心里是深深地引起了一种感触，觉得人生在世，本来是应当适时作乐的。若像自己，整日地只为了心里不舒服，就像生病一样，其实是要学学她才好。当时坐在桌边去，很是沉思了一会儿。家里人以为她赶着习功课，好去赴期考，因之她沉沉地想着，并没有人来打搅她。

到了下午，阴雨渐渐布着，却下起雨来。虽然是到了夏天了，但是这连日阴雨天气，重重的乌云，几乎压着到了屋顶上，因之在屋子里坐着，也是凉阴阴的。梦兰这就想着，像这样凉的天气，不在家里温习功课，那就错过机会了。自己的功课所最没有把握的就是几何一门，随便地在书上翻出一个问题来，都很恍惚。决趁着这

125

凉天，把定理多多地记下一些。于是把心事稳定了，就拿了一本几何学看。往日按下心来看，总可以把书灌注一些到脑子里去，可是今天越看着，却是越迷糊。于是把书且放到一边，随手在书架上拿了一本杂志来看，翻过来，还是几首充满了情感的小诗，看到之后，随便吟咏着，也觉得有味。吟咏之后，再加以仔细地咀嚼，更觉心里滋味充满。不知不觉把杂志看过一个小时之后，转又想起，正是温习功课的时候，怎好把时间随便消磨了？于是把杂志挪到一边，重新把功课拿起来看。就是这样的举动，翻来覆去，不能自主。

很快的又是晚饭以后，屋子里亮上灯了。正在灯下出神，今天要怎么来消磨这凄凉的晚上呢，却听到楼下有了友梅的声音。她道："你已经见过了江太太了，送着我到这里回去，也就交得了差了，你还跟着做什么呢？"

这就听着一个妇人答道："我也要上楼去，给江小姐请安呢。"

梦兰迎到房门外楼栏杆边，向楼下望着，笑道："你真是个信人，说来就来。"

说话时，在她身后发现了一名女仆，因笑道："梅，你还要人把你送了来吗？"

那女仆抢上前一步，昂了头，向楼上道："江小姐，我们太太说，我们小姐到这里来打搅你，请你不要太客气了。"

梦兰笑道："好吧，把人交给我，你可以回去了。"那女仆笑着倒真的走了。

友梅上得楼来，先握了握她的手，低声笑道："你看，家家的子女，父母都是这样担心管着的啊。"

梦兰点点头，于是两人同坐在桌子边，隔了一盏白瓷罩子的煤油灯互相望着。小菊送了壶菊花茶来，又摆着四碟干点心在桌上。友梅笑道："这样子，你也是料定了我会来？还预备了这些东西待客的。"

梦兰笑道："因为你在我面前的信用很好，所以我知道你会来，还用不着我怎样预料。小菊，你下楼去。"

小菊靠门站定，向她二人呆呆地望着。这就笑道："小姐不叫我，我不上来。好吗？"

梦兰笑道："滚下去吧，这又有你多嘴的机会了。"小菊笑着去了。

梦兰自取了两只御瓷细彩的杯子出来，先斟了一杯菊花茶送到她面前，然后将碟子里的松子糖和清油绿豆糕也拿了些送到她面前笑道："这是苏州带来的，吃一点吧。你也用心良苦，这不算酬劳，不过聊表寸心而已。"

友梅笑道："我什么事用心良苦？我倒有些不明白。"

梦兰道："你今天上午来，打扮得花蝴蝶似的，那为的是你好借题发挥。今天晚上来，你让老妈子送着，也是为了要借题发挥。交朋友遇到你这种人，真是让人由心里感激出来。"

友梅端起茶杯来，慢慢地呷着，眼睛注视到梦兰的脸上，梦兰也是低头喝茶，脉脉若有所思。这时外面又下起雨来，那雨点打在楼下树叶上，发出一种窣窣之声。屋檐下也是叮当作响。窗子外天色如漆，看不到一些什么，只有阵阵的凉气由雨林里送到楼上来。她不作声，友梅也不作声，在两个人很沉寂的当儿，觉得这夜雨小楼，令人有说不出的一种感想。这盏白罩子灯，仿佛也有点阴沉地带了些青灰的光色。在白天看梦兰的颜色，也不怎么消瘦，唯有在这晚间，灯光逼近了她的脸照着，就看到她双眉深锁，眼光下垂，脸上红晕减退，透着有几分憔悴。

友梅道："兰，你已经考虑一天了，现在你实说，是不是需要我帮忙呢？"

梦兰道："当然是需要的。"

她说着这话，表示了是很坚定，所以向桌上放茶杯的时候，同时也点了点头。

友梅道："我们相对枯坐，已经有这样久了。为什么你还是不作声？"

梦兰在碟子里拿起一块松子糖，在嘴里咀嚼着，似乎是想说什么，可是对友梅微微地笑着，又把头低下去。在这样低头的时间，脸上泛出一层红晕，才算她的颜色好看些。

友梅道："我很知道你的心事，准是怕把话对我说了，我会随便地告诉别人。其实我们自小在一处，什么话不说？我的私事你知道的也很多，为什么我就不怕你对人说呢？"

梦兰也不否认她这句话，也不承认她这句话，只把头摇了两摇，脸上还是带了很浓厚的笑容。

友梅把身子缓缓地站起来，两手按了桌沿，向梦兰脸上看着，脸上没有了笑容，眼睛注视着不转动，很久才道："你能不能吐出胸中的苦水来呢？"

梦兰叹了一口气，把头垂了下去。友梅于是走到她身边，挨挤着坐下，两手捉了梦兰的手，将脸贴了她的脸，低声道："你不大相信我吗？"

梦兰依然不作声，带点微笑。友梅于是又赶快地回到对面椅子上去，把那杯茶举了起来，高平了鼻子，对她道："梦兰，我们干了这杯，我若是对你有不忠实的地方，我没有人格。"她说着，举了那杯子，不喝，也不放下。

梦兰也只好站了起来，将茶杯子端着笑道："梅，你这是激将法呀！但我们这样好的朋友，你不应该用这种政治手腕呀！"

友梅依然把杯子举着，板了脸不肯答话。梦兰笑道："没有法

128

子，我就陪你喝干这杯吧。但不必当一种什么盟誓。"

友梅道："我自然喝，把这杯茶当为一种盟誓。你怎么样，就看你待朋友的情分了。"

她说着，真像喝酒的样子，把那杯茶一口气喝干，而且还反转杯子来，向梦兰照了照杯。梦兰出于不得已，也就只好同干了一杯茶，两个人相对望着，倒是默然了。那窗子外面的雨声却是沙沙地响着，激动着人的心弦。梦兰好像有了什么感动一样，放下茶杯子，跑到友梅身边，将她一只手挽着，拉到床上并排坐着，于是很沉着地叫了一声道："梅，我现在对你说了。你原谅我吧！"

说着这话，随时向友梅的脸上看去。见她把脸色沉下来，连鼻子里的呼吸都平缓了许多，她留心的程度是可想而知了。

在两小时以后，梦兰的话就说出了八成了。然后偏了头，听听窗外的雨，已不是那样沙沙地响，只是檐溜下滴滴答答地发出不断的雨点声。桌上的那煤油灯也像减少了许多威力，在白瓷罩子里发出那阴沉沉的白光，格外加增了一种凄凉的意味。窗户虽然是关闭的，但是在那玻璃上面，一条条地向下流着雨水的痕迹，似乎像人在流泪。窗子也微微地露着缝，在那缝里，向里面透着凉气。这凉气侵袭到了人身上，让人起了一种不可言宣的思想。

梦兰于是站了起来，将桌上壶里的凉茶斟了大半杯，端起来一饮而尽。当她斟茶的时候，那壶嘴子里的水向杯子里冲着，叮当作响。友梅交叉了两手，放在怀里，半侧了身子坐着，只是看灯光照着桌上的白圈，并不作声。等梦兰把茶喝完了，这就站起来，走向前去，两手握住梦兰的两只手，很沉着地道："照你这样子说法，你不是得着安慰，你简直是得着痛苦。你何乐而为此呢？"

梦兰道："我虽没有什么安慰，但我也不觉得有什么痛苦。因为我本来就是痛苦的。"

友梅道："他对你的身世都很明白吗？"

梦兰道："到现在为止，我和他不过是文字上的往返，而且来往的文字在我这拘谨的笔下，不能十分露骨，那是可想而知的。他的为人，大概你知道得比我详细，既是我去信很客气、很空洞，当然，他来信也不能着实。"

友梅道："他给你的信多吗？"

梦兰道："怎么能多？以前我就很怕来往的信落到旁人手上去，惹下祸事。所以家兄挺身出来，他愿意转信。这在家兄虽是十分坦白的行动，在我自己，究竟有些惭愧。"

友梅道："好了，现在有了我这个两边都可以说话的人了，以后你有信，只管交给我，风雨无阻，我亲自交到他手上去。同时，他有信交给你，我也交到你手上，万一来不及写信，我还可以向两边传口信。这样一来，信件来往，就安全得多了。你信任不信任？"

梦兰道："除非我自己惭愧，不便把这事去烦劳朋友，怎好说是不信任你？"

友梅摇撼了她的手，向她脸上望着，见她脸上深深泛出两块红晕，而且那范围很广大，连耳朵根子都是红的。晚上这样凉爽，然而她的身上却是一阵阵地向外冒着热汗。于是道："兰，你今天说话太兴奋，身上都出汗了。有话改日再说吧。我们可以休息了。"

梦兰道："我说话兴奋吗？但是我觉得我心里有许多要说的话都没有说出来呢。可是你不要疑心我还有话要瞒着你，但是我只觉得我心里千头万绪，一时不知说哪一句好。"

友梅缓缓地在旁边椅子上坐下，把手托了头，垂下了眼皮，想了一想，于是笑道："我虽没有经过这种境遇，但我仔细地想着，我要是你，我的情绪一定也是这样。心里的话简直是谈不出来的。因为你为人就比我安定周密得多，到了这个时候，你都是这样惶惶不能自主，我这样粗心的人，还找得出一个头绪来吗？"

梦兰道："那是你观察错了，你那样豪爽的人，不能像我这样优柔寡断，就不会有这样不可救药的境遇。在你自己，早想出一个解决的法子了。"

友梅已是把两手向上，撑托住了下巴，眼望了屋顶，点点头道："当然，我不愿在旧礼教上牺牲的。不过我的家庭比你的家庭也还高明不了多少。唉，我们早出世二十年也好，晚出世二十年也好，偏偏生在这过渡时代。既知道我们是有天赋自由的，但是又得不着自由。"

梦兰不接她的话，只是更深地叹了一口气。在这时，却听到楼梯嗑嗑地响着，梦兰便向友梅摇了摇手。小菊随着在门外叫道："小姐，我在门外呢。叫我不叫？我是把手指头塞了耳朵上来的，你们说话我听不到。"

友梅道："小菊，你现在还塞住耳朵吗？"

小菊没有作声。友梅道："你怎么不作声？这丫头好大胆。"

小菊道："我答应了，不是没塞住耳朵，听见李小姐说话了吗？"

友梅道："你现在作声了，到底听见我说话了没有呢？"

小菊笑着跳进门来，将两个食指塞住了两耳，笑道："李小姐，你看你看，我塞了耳朵没有？"

梦兰叹了一口气道："小菊，你的命比我好。你无忧无虑，什么也不知道。我们白读了上十年的书，一点也不如你。"

小菊撇了嘴道："那是天翻地覆了，小姐还不如丫头呢？我知道，小姐又在发牢骚了。"她两只手已是放了下来，不曾塞住耳朵，将右手食指一面划着自己的鼻尖，一面点着友梅笑道："李小姐对我们太太说了，一定把我们小姐劝得回心转意。你叫我不要告诉，我小姐待我好，我不能不告诉的。"

这一套话，说得梅、兰二人都咯咯地笑个不了。在这一阵狂笑中算是结束了两位小姐的谈话。

　　到了次日早上，友梅向梦兰告辞回去的时候，却握了她的手道："我第一次和你们传信的时候，希望你对他有一种切实的表示。"

　　梦兰道："你现在就要走了，我写信是来不及。"

　　友梅道："你就把你所爱的东西，让我带一个去，只要他看了你的东西，相信我的话，那就成了。"

　　梦兰道："你这话有点不能成立。难道我所用的东西，上面都盖有我的图章吗？不然，他怎么会认识？"

　　友梅笑道："哦，倒是你把我提醒了。你送他的东西不能模模糊糊，总要有个记号，才可以证明。"

　　梦兰道："有记号的东西，我怎么好送人？"

　　友梅道："记号当然分两层说法，若是较劲儿的，那自然不便让人看到。若是暗的记号，你就送出去也没有什么要紧吧？"

　　梦兰两手微微地摸着脸，做一种沉思的样子，微笑了一笑。友梅见她抬起来的那只手在无名指上戴了一个金圈圈的戒指，便笑道："你那戒指上有你的名字吗？"

　　梦兰道："名字虽没有，但上面有两个英文字母。"

　　友梅道："英文字母有什么关系？一个字母可以代表几十个字。你拿给我瞧瞧，是两个什么字母？"

　　梦兰对于她的这种要求，倒没有加以考量，很随便地取下来，就交到友梅的手上来了。友梅两个指头钳着，对戒指里面的字看了一看，笑道："一个 M，一个 L，这就是梦兰的缩写吗？老实说一句，若不是我从你手指上把这戒指取下来，我绝想不到这是你的。你就让我把这件东西带去吧。"

　　梦兰听说，啊呀了一声，表示很惊讶的意味。友梅道："啊呀什么？我觉得这并不是人情以外的事。"

梦兰道："论说送朋友一两样东西，这原算不得什么。不过金戒指这样的东西是不应当随便送人的。"

友梅道："当然，在我的意思，也不能认为你是随便的行为。倘若你觉得这戒指不便出手的话，我代人送礼的当然不能勉强。"说着话，就把手上这戒指放在桌子上。

梦兰将左手托住右手，看看自己原来戴戒指的那个无名指，微微地皱了皱眉，带着笑容，缓缓地道："到彼此意气相投，就送一枚戒指给他，不算过分。若说彼此的交谊，只是书信往返，那就太浅了。我可以送他这样自己佩戴的东西吗？"

友梅笑道："若是那样说，我又要班门弄斧了。以前我听过两个典故，有一个人会弹琴，让一个人听懂了，后来那人死了，他把琴也烧了。还有一个人，身上挂着宝剑，让朋友看到了，很想要，但是有君命在身，不能送那朋友。后来他公事完了，那朋友已死。他就把宝剑挂在坟树上。"

梦兰笑道："那一个人、那一个人，接着说了七八个，我都闹不清。"

友梅笑道："你听我说这话，你就当原谅我，我肚子里本来没有典故，逼得不能不说出来。你能不能学一学古人呢？"

梦兰笑道："只是你这两个譬喻不大吉祥。"

友梅道："所以呀，古人因为当时没有把宝剑送人，所以兆应不好。你立刻送出去了，就不像古人那样得不着好结果了。"

梦兰还是低了头看自己的手指，沉吟了很久很久，才道："既是那么说，你就拿去吧。请你告诉他，用自己佩戴的东西送人，生平还是第一次。"

友梅道："还有别的话吗？"

梦兰对于戴戒指的那个无名指更有了一番依依不舍的状态，只是将另一只手的食指来抚摸着。

　　友梅道："那么我走了，改天再见吧。"梦兰默然看了她将戒指拿了走去。

　　这戒指藏在友梅身上，总有四十八小时之久，她还想不出一个办法，应当怎样地交到国器手上去。自己是一位姑娘，根本就不便替人传来信物。第二，国器为人面皮最薄，在未说明情形以前，突然把这戒指送给他，他是很受窘的。最后她忽然一想，既然答应了给人做事，就当做去。只要居心光明磊落，又害什么羞？有了这么一个转念，就找了一个洋式小信封，将戒指封着，然后一个人到章家来。

　　这日中午，恰是章老太睡了午觉，走到天井里静悄悄的，没有一点声息。看看国器窗户外悬的那绿竹帘子，被风吹得微微地摆荡着，天井里那棵小树，在青苔地上，做了一个小小的圆阴影。友梅唤了一声姑母，国器立刻在屋子里答道："李小姐请进来坐吧。"说着，他披了夏布长衫走到堂屋里来，兀自扣着纽扣。

　　友梅道："老太太睡了午觉了吗？"

　　国器点头道："是的。"

　　友梅道："那我就不用进去吵她了。"说到这里，颜色正了一正道："我有一个同学，很钦佩你的才学，大概表兄明白，我和她是极好的朋友，可以说是患难相共，所以她有什么事，是不瞒我的。她也知道我们是亲戚，托我带一样东西交给你，至于详细的话，她一定有信通知你的。"

　　友梅说着这话，就把封着金戒指的这个信封送到国器手上。国器听了她的话音，虽是已经知道她此来的用意，但是猛可地出之，究竟还是摸不着她何以出此，所以顷刻之间，还不能答复她一句话。

134

手里接了这个信封，却是怔怔地望了她。友梅并不去多加解说，向他点了一点头道："我走了。"人随着这话，便已匆匆地走去。

国器赶到门外来相送，她老远地回转头来，连点了几下，笑道："她会有信给你的，用不着我多说了。"

国器对于这一层觉得有点稀奇，在这男女之间，何以会钻出一个第三者来？赶快回到屋子里，把信封拆开，等到取出来，看着是一枚金戒指，好像是种地的人掘得了一块金砖，虽然是可喜的事，但来得太突然了。自己疑惑是在梦里头，不能不发呆了。

他左手拿了信封，右手心托住那只金戒指，只是望着。偶然一抬头，见墙上所悬的镜子里，有一位穿夏布长衫的客人，站在身后，这才知道有客人进来了，立刻转身对房门口相迎。可是到了房门口，并不看到一个人，自己清醒过来了，却是周身汗下。哦，原来镜子里那人是自己的影子。送客已走，自己还没有脱下长衫呢。

自己发起笑来，把金戒指放在桌上，扭转身来脱衣服。但是只当扭转身地在解纽扣的时候，忽然有悟，两手在解纽扣，金戒指不在手上了。披着长衫，向地板四处张望，并不见踪影。莫不是落到地板缝里去了？他皱了两道眉毛，只是这样地想着出神。缓缓地转着向了窗户这边，这就看到桌上的洋式信封旁边，黄澄澄地有一粒金戒指摆着。这不能不说是自己健忘了，索性哈哈大笑起来。随着这笑，引起对门屋子里母亲的两三声咳嗽。假如这事让母亲知道了，却是不大妥当。这才自己定一定神，把长衫脱下，将金戒指取在手里，仔细看了一会儿，放到自己手指上戴时，却只好穿过小指。戴戒指的人不会戴在小指上的。这人的手当然很纤小，再看戒指里，有 ML 两个字母，正是梦兰两个字的缩写。这太好了，是自己熬得苦尽甘来了。她不瞒朋友，肯把这男女定情的东西相送，继续下去，必定可以达到爱情的最高峰。

自己已是忘了热，把这枚戒指戴在小拇指上，然后用手去慢慢地抚摸着，这也不知道是揣想了多少时候，但是抬头向窗子外看去，天井里已是没有了太阳。心里这时十分高兴，觉得这宇宙里，没有一样不是可爱的。天气不怎么热，去看看朋友，快谈一会儿吧。

这并不犹豫，穿起长衫，戴了草帽，就走了出去。那枚戒指还戴在小手指上，也不曾取下。走到街上，看见那少年男子就打量人家一下，不知他订了婚、结了婚没有，他如果是没有订婚的话，他想不到订婚那一种乐趣。看到女子，也就想着，不必对她们加以羡慕了，世界上最美丽、最贤惠、最能干的女子是属于我的了。心里这样想着，脸上是不住地发出微笑。路上的人也有看见他这种态度的，也想不出这个少年人有什么毛病，很斯文的，又很从容的，为什么走路会笑？

他自己是不明白这些的，只管顺了脚步走。等到眼前感到空阔一点，抬头看时，面前一列城墙，城墙下一片菜地，其中两口长了青芦的水塘，有几棵疏柳，夹了两个亭子。哦，这是门东的白鹭洲。为什么到这里来？再看看天上，半边天的红霞，和水塘里的青天相映，归鸦不断地由天空飞过，那么到白鹭洲去玩玩也好，晚景是很美丽的。

一面走着，一面又在想，自己不要太快活了吧！这里面也许有缘故。梦兰肯把这样秘密的事交给友梅代办吗？而且友梅是向来没提过。再说，今天的态度也可疑。这一转念之后，兴致索然，不要游白鹭洲了，转身向回头路走。

来的时候是很从容的，回去可就走到极快了。到了家里，自然是天色昏黑，桌上就有了一盏灯，在灯光之下，很显明地是铜尺压住了一封信。这封信的下款，今天换了花样，署着 ML 寄。这已经成了一把钥匙，解开了国器的烦闷之锁了。当时也不坐下，就拆开信来看。那信共有三张信纸，婉转地叙述着，都是说到送这枚戒指的事情。其中有一段说：

吾人始终为道义之交，则相赠物品，亦不妨认为朋友在道义上之馈赠，所以衬托精神，借存纪念。正毋须以世俗之眼光观之，而有所顾忌也。

这寥寥几十字，把国器所设想的情形可以说是完全解说。唯其如此，绝对是梦兰的口气。她出于本意，以金戒指相赠，是无疑的了。有了这封信，自是加了国器一晚的推敲。他觉得老撇不开"道义之交"四个字，是一种烦闷。但梦兰的真意何在和她到底有什么痛苦，又不知道，也不能说"道义之交"四字不是她万不得已说的。因之他在表面上决然不否认这"道义之交"四个字。

次日一早起来，把书架上一只小紫檀木盒子取下，打开来，里面有许多心爱的小物品。最好的是个长方的小锦盒，不过大拇指大，里面是白绒垫着，有两粒红豆。锦盒上有块玻璃，不必揭盖，就可以看到。盒底上蝇头小楷，写了一句古诗："此物最相思。"他取到手上把玩了很久，也找了个洋式信封，把来和盒子盛着，然后用了一句《诗经》的典写在上面"永以为好也"。办得妥帖了，另外写了一封信，信封上写明"敬托转交贵友明山先生"。这"明山"两个字，他也很费了一番斟酌的。他是用明山去暗射幽谷，由"幽谷"两字，再牵涉到那个"兰"字。这是只让圈子里的人可懂的意思。两个信封全放在书案上，他心里是很坦然了，这只希望传书的李小姐到来了。

静坐了一会儿，看看窗外的日影，又把昨晚所接的信仔细看了一遍，自言自语地道："这说得明白，她是今天上午来呀。"不过自己又转身一想，所谓上午，在十二点钟以前，都包括在内。现在还不过十点钟，当然还有一会儿。于是他按下了性子，捧了一本书看看，再磨了半砚池墨，写了两张大楷。这些全做过了，堂屋里的钟便当当地敲过十二下，上午之约，总算已失，这位李小姐是不是能把他两粒相思豆代送出去，就不可知了。

第九回

噩耗惊闻人如花落溷
芳踪频到心是絮沾泥

在十二点钟已过，国器觉得是传信的人不会再来，吃过午饭以后，拿了一本书，随便翻弄几页，更是增加了心里头一层烦闷。那微微的风将窗户外的竹帘子摇撼着不停，从那个动作里面，远远地有拉着很长的蝉声喳喳地送了过来。当那太阳强烈的白光照到天井里时，听了这种蝉声，便有日子很长的感触，人也情思昏昏地想要睡觉。于是移了一张藤椅，正对了窗户睡下。

也不知道是经过了多久的时候，耳边却听到咚咚的几下响，睁开眼时，看到门帘子外有半截花衣服，立刻站起来向外面点点头道："李小姐吗？请进来吧。"

自己这样说着，可是赶快把衣钩上的长衫取下要穿上，门外刘妈答道："先生，是我。"

国器的长衫已是穿起来了，这倒不好又脱下来问道："你敲我的房门做什么？"

刘妈笑道："哪个敲门，我是在壁上钉了两根钉子。"

国器道："不过你把我吵醒了也很好，我正要出去。"

说时，揉了揉眼睛，正待掀帘子出去，刘妈在门帘缝里看到，于是道："先生，你出去吗？家里有客呢。"

139

国器道："家里有什么客？"

刘妈道："李小姐老早来了，在老太太屋子里坐着。她说要和先生借一部书看，先生醒了，就招呼她一声。"

国器笑道："你说话不清楚，弄得我也糊里糊涂。你去告诉李小姐，要什么书只管来拿，我在这里等着，不出去了。"

说到这里，自己觉得格外有一种高兴之处，把刚才埋怨友梅失信的意思都给忘记了。摸摸领子，牵牵衣襟，也不坐下，静等着友梅进来。偏是友梅态度非常和缓，总在十几分钟之后，她才隔着门帘子，先叫了一声表哥，然后缓缓地掀了门帘子进来。大概因为天热的关系，她并没有梳长辫子，在头心上挽了一个蝴蝶髻。上身穿一件长长的淡青洋纱褂子，虽然她是个肌肉丰满的人，也透着身材苗条。未知她脸上是不是擦了胭脂，但是脸腮上已透出两块红晕。

她进来后，就向国器微微地一笑，鞠着躬道："表兄，今天没有出去吗？"

国器听了她这话，倒有些愕然，你不是让人写信通知我，约了今天来的吗？但也不说明，向她回点一个头道："天热，没有出去。刚才听到李小姐来了，我就恭候着在这里。"

友梅觉得他今天的话已经比往日活动得多，居然肯站着同女宾说上许多客气话了。站在屋中，向四周的书架上看了看，笑道："听说表哥又买了好些书。"

国器笑道："提到书，那可笑得很。连手边应用的书我都不够的。请坐请坐。"

友梅笑道："表哥留我在这屋子里坐，这是殊荣呀。你读书作文的地方，是很不容易招待来宾的。"

国器道："言重言重。"说着，在她斜对面一张小椅上坐了。

友梅坐在书架侧面一只白瓷凉墩上，将右手的食指，慢慢地扶着脸腮，对了书架子上的书，做个凝神的样子。

国器道："李小姐你要什么书？"

友梅道："表哥为什么这样客气？你就不肯叫一声表妹，叫我一声友梅也可以。"

国器笑道："李小姐为人豪爽，说起话来是这样痛快。"说完了这句话他又觉得语塞了，只好亲自起身斟了一杯茶，送到她手上。

友梅起身接过茶，道了谢，坐下去慢慢地呷着。先是向国器微笑着，然后正了颜色道："表哥，前天送给你的那一封信，里面有什么东西吗？"

国器也正了颜色答道："是有一枚金戒指。本来现在我们是共和国民，男女平等，交际公开，这事也用不着隐瞒。但是各人的家庭状况不同，我不能胡说。我同那位江小姐，仅仅是通过几封书信。我认为她是我的作品一个极忠实的读者，不过做文章发表的人，能得着忠实的读者，那也就无异于古人所谓高山流水的知音。所以我对于江小姐也只有谈到感恩知己这一点点。"

友梅听他说话时，只是把茶慢慢呷着，虽是把这杯茶全喝完了，还是将杯子捏在手里，做个要喝的姿势。最后便道："这一层梦兰也和我提到过的。她不但是中国书读得多，就是英文书也看得非常流利，她有个不醉心自由的吗？只是她的身世和我们不同，自小儿就戴上了一把锁链。"

国器听到这话，便是猛可地一惊，立刻身子向上一挺，对友梅望着。

友梅看到他这份注意的样子，故意先镇定了一下，把茶杯放到茶几上，从容地坐了，微笑道："表哥和梦兰通信以来，还不知道她的身世吗？"

国器道："我在信上，怎么能够问人家的身世？"

友梅点点头，默然地坐着。国器的脸上倒有点透出红晕了，自己也不解何故，心里已是有些跳跃，便道："刚才李小姐说，她自小就套上了一把锁链，这话怎说？"

友梅道："论起来我是不应该告诉你的，这也并非是她的什么隐私，不应该告诉你。只是告诉你以后，你心里头更会加上一层烦恼的。"

国器听说，脸色是更透着颓丧一些，点点头道："这也无所谓，我老早也就知道，她是一个伤心人。"

友梅道："我实对表哥说，在她的眼里，大概只有我可以算她半个知己，聊可谈心。此外，她自己认为这一辈子找不出一个好伴侣了。所以如此，就是幼年间，父母给她加了一道锁链的缘故。表哥现在心里头明白了吗？"

国器道："那么，是她父母已经将她与别人指腹为婚了？这是中国社会上一种极恶劣的风俗，不想轮到她的头上，不幸得很。"说毕，叹了一口气。

友梅道："虽不是指腹为婚，但那订婚的日子她年岁是很小的。她是一个世家，很不容易打破旧习惯。她不愿意为了她一个人的事情，让全家的人不痛快。而她又是知道现代女子是应当怎样做的。在新旧思想冲突之下，她是非常苦恼。我们做朋友的也没有法子给她拿主意。"说到这里，友梅把声调压了一压，又向门帘子外看了一看，意思是怕章老太太听到了，才接着说道："她万般无奈，才是到书本上找法子消遣。不料表哥的文字是合她的脾胃，又不想拴住在南京城这一个角落里……说句迷信的话，也许这是造化小儿故意弄人。我在旁边看到，是很替她可怜，愿在相当的范围内给她帮一点忙的。"她说到这里，又停顿住了，昂头想了一想，向国器微笑道："对不住，我嘴笨得很，有许多话是需要我说的，我全说不出来。不过，哥哥那样有学问的人，用不着我说什么，你也会明白，我完全是好意。"

国器道："我早就说你原来就很豪爽，当然这是你一番侠气，只是……"他把话音拖得很长，预备接着说一句较婉转的话。那一句话一时未曾想出，他就望了帘子下所透出窗户外的一线日影。

友梅道："只是表兄绝想不到她是这样的身世吧？我本来不愿把这事告诉你，但梦兰的意思，以为这事不便形之于楮墨，她又不愿欺人，所以示意于我，让我转告。我想告诉表哥也好，这才证明彼此是道义之交。而且表哥对于这样一个文章知己，要怎样地去安慰，也明白多了。"

国器无故地微微一笑，又叹了一口气。友梅道："至于那枚戒指，完全是我的意思。我以为书信往来，全靠邮寄，太不妥当，我愿出来替双方通消息。但是让我在双方面传信，必须有一样东西让我带给你，才可以证明。自然我一边是亲戚，一边是最好的同学，我也愿二位的交谊更是坚定。表哥的感想怎么样？"

国器道："是我先写信给江小姐的。我虽不能帮助人家什么，也不能去增加人家的痛苦。我本来预备了一点东西回答她的，这样说来，我不必送了。"

友梅道："为什么呢？表哥得了这个消息，心里很不痛快吗？"

国器道："我在她文字里，老早也就知她是不幸的女子，就彼此以文字道义之交相约。既然如此，得了这个消息就不痛快，也只是为她可惜罢了，绝非是我自己有了什么不痛快。我所以要送她是给她一个纪念，现在我觉得她不必要纪念品了。"

话谈到了这里，气氛觉得很是紧张，但是国器的态度反而是很悠闲。在书桌抽屉里，取出了一柄湘妃竹柄折扇，展了开来，慢慢地在胸前扇着。虽然那把扇子是自己常用的，对于那扇面上的书画好像也是初次看到一般，将扇子挥动了几下，就托着扇子看看。脸上虽然有那惊慌的样子，但是他借着看扇面的行为来把这惊慌遮掩过去。

友梅斜坐在他对过，也是将胁下纽扣上掖的一条手绢放在大腿膝盖上，缓缓地折叠着，她那苹果似的脸也加增了一层红色，把眼皮垂了下来，一笑道："我说这些话好像多事，但是江小姐托我把她的身世告诉给表哥，我不能不说。"

国器点点头道："李小姐又重言以申明之了。交朋友要诚实，她这种态度是对的，李小姐的话也是对的。"

友梅抿嘴微微一笑，似乎她也带有一点羞态了，将脸扬着向了天花板，于是道："表哥对于这个消息有什么感想？哦，我问过了，又重问一句，嘻嘻。"

国器也是一笑，将折扇收起，在手心里微微地敲打着，放出很沉着的样子，皱了眉道："小姐们有了这样的事，当然总是不幸。不过江小姐的对方不知是怎么一个人？若是相配得过，纵然婚姻不是自己的意思，究竟还不差什么分寸。"

友梅道："这个我虽不十分明白，但是听说那个人在上海读书，很贪玩，读书只是挂幌子罢了。表哥想想吧，浮浪子弟，和梦兰怎能说到一处？古言道得好，名花落溷，我看梦兰也就成了落溷之花了。"

国器笑道："那也太言重。"

友梅道："虽然我比得厉害一点，但是我替她可惜起来，觉得还不止如此。"

国器微微地叹了一口气，友梅笑道："我是来拿回信的，表哥的回信呢？"

国器道："像我所送的那点东西，已经不用送去了。这信……"

他说着这话，眼睛望到书桌上，友梅是随了他的眼光看过来，便笑道："照样也是这样的小信封。"

国器脸色正了一正道："李小姐，我们虽不常见，你必能了解我，我不是那种损人利己的人。江小姐现在既是这样苦恼，我若再送东西给她，那是说友谊进步。同时呢，彼此友谊进步，反显着她的婚姻不圆满。那不是去安慰她，反去加重她的苦恼。"

友梅就突然地问上一句话道："那么，表哥对她的友谊打算就从此终了吗？"她问话的声音是提高了一点，胸脯子也随着向上一挺，表示一种语气加强的意味。

国器原来的话是说得很顺嘴的，一气直下。到了这时，也突然语塞了，竟是向友梅望着说不出话来。

友梅道："不但如此，梦兰既然不避嫌疑，送了表哥一样很珍贵的东西，怎么表哥倒是安然受之，并不回礼呢？"

国器道："我觉得……"在这三个字下面，他又无法继续，只是把折扇展开，在胸面前很缓又很轻地挥着。

友梅看他那样子，又对他微笑了一下，便站起来又半侧着身子向他看了一看，于是道："表哥，你桌上这个小小的信封，可以让我拿走吗？"

国器对了那桌上的信封望着，不说让友梅拿走，也不拦阻。友梅缓缓地走近了桌子边，把那小信封托在手上，轻轻地掂了两掂，笑道："这里面是什么东西？我倒有点猜不出来。"

国器笑道："这也无非是千里寄鹅毛，物轻人情重罢了。"

友梅听到他这句话，这就看透他的意思了。看看那信封上写的"永以为好"四个字，便含了微笑，向纸包点了点头。

国器道："这是我用《诗经》上的成语：投我以木桃，报之以琼瑶，非报也，永以为好也。本来我引用这话，就有些不通。人家所送的金戒指，比桃子要贵重千百倍，我送人家两粒红豆，那比上琼瑶，更差千万倍。我只重在'非报也'那三个字罢了。"

友梅并不理会这个，于是笑道："原来是两粒红豆？这东西回答得很雅致。"

国器虽然极力地镇静着，面孔也有些红晕了。友梅将这纸包做个向衣袋里收藏之势，于是道："我拿去了。"

国器点点头道："你太热心。"

友梅道："刚才表哥说，她已是无须这种纪念品了。我倒有点不服气。回头我见了她，看她是否需要。"

国器道："我觉得我待朋友，这一颗心是至诚的。至于朋友能不能谅解，我可不敢说。"

友梅站定了脚，却半斜着身子，向他身上看去，微笑道："表哥，我走了。你还有什么话吗？"

国器道："我没有什么话。"说着这话，向她身上看去。见她两腮上擦的白粉已透着潮润，端坐久了，也不曾给人家预备扇子，人家有些香汗涔涔了。便两手抱住折扇，向她高拱着道："倒劳累你了。"

友梅笑道："我们还客气吗？表哥。"她就在这叫表哥的声中，点上一个头，匆匆地走了。当然她面前过去的时候，身上还落下了一阵微微的香气。国器也不免对她起了一点感想，觉得她与梦兰一对比，那简直是两个世界的人。但她这样为朋友帮忙，那是难得的。不知道如果她有了这种境遇，梦兰能不能这样去帮她的忙呢？只是她是一个既文静而又见人先腼腆的人，恐怕做不到这样爽直利落。也唯其如此，所以她就吃了这一点性情温和的亏，不免如友梅所说，成了落溷之花了。怪不得在她书信往还之中，满布着忧愁的情绪。可是她所含藏着的忧愁情绪，是她的恨史羞史，不能对人吐露一个字的，自然不好对一个新认识的朋友去说了。

心里只是这样估量着，也忘了身在何所。手上拿了那柄折扇，打开了扇扇，扇过之后，又折叠了，在手掌心里握着，只管昂头向天上望了去。很久很久的时候，摇了摇头，身后却有刘妈插言了。她道："先生，你不出去了吗？"

国器回转头来向她笑道："我觉得天气热，我不去了。"

刘妈笑道："既是天气很热，你在屋子里怎么把长衫穿上了？"

国器啊呀一声，忙着把长衣服脱了下来，笑道："我是会客以后，接着又想出去，所以忘了脱长衣了。"于是左手把自己的短汗衫牵着，右手拿了折扇，极力地对了怀里扇去。

刘妈站在房门口，向他看着，笑问道："先生刚才穿了长衫，站在这里，只管想什么似的。手里捏了扇子，一动也不动。现在脱了长衫，倒是比以前更热了。"

国器道："你们做粗工的人哪里会知道？念书的人，想起做文章来，在冰雪里也不会知道冷，在大太阳里，不会知道热的。"

刘妈好像很领会他的意思，对他微笑了下，自走开了。

可是在这日下午起，他真合了那句话，不知道热，也不知道饥渴，就是这样地呆坐在书桌边的藤椅上。刘妈屡次由这里进出，全不曾介意。后来过了有两小时了，看到国器坐着不动，还是那个样子，便远远地站定，向他脸上张望了一阵，于是问道："先生，你身体有些不舒服吗？"

国器还是昂着头，看那窗户外的天色，经刘妈连问过两次，他才醒悟过来，回转头来笑道："你看我哪里像生病的样子？你这话不是问得奇怪吗？"

刘妈被他碰了一个钉子，不敢多说什么，自走开了。

一会儿工夫，章老太可在门外叫道："国器，你又在屋子里想文章吗?"

国器啊呀一声,站了起来。章老太走进房来,对着屋子四面全看了一看,于是笑问道:"你真是个书呆子,这样大热天,无论在什么地方,也少不了拿一把扇子扇着。你尽管坐在屋子里想什么?"

国器笑道:"我也是在这里乘凉。有道是心静自然凉。我坐着这里不动,用不着扇扇子,也很凉快的。"

章老太道:"今天算了,到了明天,你起个早,出去散散步吧。这大长天,终日在家里闷坐,也会闷出病来的。"

国器想到母亲的话,虽是出于疼爱,可是心里头十分苦闷,也要出去走走才好。因之依了母亲的话,次日老早地就走了出去。

一个极烦闷的人,突然由屋子里走到空阔的所在来,也可以偶然舒服一阵的。所以他出来了以后,却玩到十点钟方才回家。在夏日的十点钟,已到了半上午的时候了。走回书房去,却看到桌上有一张字条,用砚池压着。这分明是有朋友来留下的,立刻拿起来看,上写道:

表哥文鉴:

所交之件,已转送前途矣。梅适因事未与详谈。明日当再前往,听取回音也。兄清晨出门散步,此为夏季之良好运动。梅窃好之,愧未能奉陪耳。

即颂

文祺

友梅留存

再者:梅午后回舍,或仍旧经过府门,当可一谈也。

148

又再者：梅一时左右，准到府上，请表兄稍候为盼。

国器始而拿到这封信却有点莫名其妙。后来把两道再启者看过了，才明白她留字叫人等着。以她为人而论，是很热心的。而对于双方传信的事，是她毛遂自荐的，更会热心上加着热心。这字条上说着"未与详谈"，大概就是这"未与详谈"四个字里面有了文章，不能不当面说说。那么，就在家里等着她吧。心里想着，两手捧了那字条，就只管站了出神。

正在这时，有人在天井里问道："章先生回来了吗？"

正是李友梅的声音，便隔了窗户答道："李小姐，我在家里等着呢。"

友梅笑道："我是来碰碰看的，这回倒是碰着了。"随着这话，她已是走进门来，向国器点头笑道："表哥一早回来了？我刚才来了一趟，和伯母很谈了一些时候。"她说着话，拿了一柄七寸长的小花扇子，在胸面前不住地挥着。

国器再用心看她时，身上又是焕然一新。除着穿了件白地红花波浪纹的花褂子而外，又系着那同样的一条裙子。在辫子梢上，长长地留有五寸上下的散发。她头发既多，而且又乌滑光亮，所以她面前蓄的那长刘海罩到额角下眉毛上来，对她那雪白的脸蛋是更加上了一些妖媚。因见她苹果似的两腮上，透出一层红晕来，便笑道："这样的大热天，累你跑来跑去，我心里很不过意。"

友梅笑道："据表哥这样说，大热的天，只有坐着不动。那社会上的事情全应该停止了。"

国器笑道："正当的工作自然要做。不过为了朋友的事这样累，那就很叫受者不敢当的。"

友梅道："我们还不只是朋友吧？而且我也没有什么朋友，我们

149

是亲戚呀!"说时,脸上的红晕更加深了一些,对着国器的脸很快地睃了一眼。

国器道:"李小姐,你请坐吧。"

友梅向国器身后看去,昨天坐的那把椅子还放在书架子边,也笑道:"我还坐我的老地方,我要看看宝架上有我所能看得懂的书没有。"

国器道:"我这两架子书,连自己手边应用的书都不太够呢。"

于是两人对坐,默默地看了一会儿。国器这就想着,这不是奇妙吗?她是有要紧的事来和我说的,冒了炎暑跑到家来两次,只说几句话。莫非这里面还有别的事情吗?只是人家不曾说出来,自己也就不好先去开口问她。于是一回头,看到那张字条在桌上,这就借了这字条为由,问道:"这张字条我看到了,多谢你。有了这张字条也就可以了,何必还要你跑两次呢?"

友梅道:"我想着有些话是非我当面交代不可的,所以想了一想,虽然留下了字条,还是来一趟吧。昨天我送东西去的时候,她家里正有亲戚来了,我不便在她家打搅,只好走开。不过我看她的颜色都是很高兴的。"

国器道:"多谢你的盛意。我很觉得无以为报。我哪天上大街的时候,把好看的杂志挑着买几部送你吧。"

友梅笑道:"这样说起来,表哥也把我当了一位文字知己了?"说时,眼向国器一睃,立刻两手同摇起来,笑道:"我可不能这样高攀。"

国器道:"李小姐一客气起来,就什么话都感到是客气了。"

友梅笑道:"这并不是客气。有道是宝剑赠予烈士,红粉赠予佳人。把什么东西送人,就是把人抬举着当了一种什么高尚的人。表哥送杂志给我,那就把我当了一个爱好文学的了。"

国器道："李小姐还能说不是爱好文学的人吗？不是爱好文学的人，像我这样的闲事，也许不会管的。凡管这种事的人，都是有一点书呆子气味的。"

友梅抿嘴笑着，把身子一扭道："我呆子是个呆子，不过够不上回一个书字罢了。"

国器向来就没有那种勇气敢同女人说话，和友梅这样对面而谈，一来因为她十分豪爽，不带女子的羞涩之态，二来彼此是亲戚，已经见面惯了的。以前说了些郑重托付，或感谢的话，还不怎么难措辞，现在彼此渐渐说到笑话了，这又感到词穷起来。便也在书架上拿了一柄折扇，在胸前缓缓地扇着。屋子里静极了，那窗户外悬的竹帘子微微地摇撼着，瑟瑟有声。

友梅将眼光放到书架子的书上，好像有一份很注意的神气，然后笑道："表哥这书架子上的书，大概要以诗方面的占多数啊。"

国器道："谈不上一个多字，不过就那书架子上的书比较起来，是关于诗一方面的要多上几本。"

友梅道："表哥的诗作得很好，改天我送一把折扇过来，请表哥题两句诗在上面，可以吗？"

国器道："我哪会作诗……"

底下一句婉谢的话还不曾说出来呢，友梅回转眼珠，向他很快地射了一眼。国器只好把话忍了下去，立刻换转口风道："假使李小姐不怕我写坏了扇子，你就拿来吧。"

友梅听了这话，似乎得着一种什么可爱的东西一样，眯了双眼，对书架子上笑起来。

国器也不知道她今天前来，到底有什么用意，若是为了江梦兰传话，这次根本无关，若是为了她自己有什么事相求，可是亲戚之间，向来很疏淡，不会在这个时候突然有什么事要来相求。纵然相求，大概也是些银钱物件移动的家常小事，不会来找自己的，只要找老太太好了。可是她既来了，又不开口说有什么事，徘徊踌躇，也叫人看不出她是什么意思。因之国器坐在这屋子里比坐在围城里还要受窘，自己不知道应当说出一句什么话，才可以把困难解了。

正是为难着呢，刘妈却送了一封快信进来，要他盖图章。他这才有了机会掩盖手足无措的窘相，背转身看信。

友梅笑道："我要回避吗？"

国器笑道："啊，没有什么，不过是上海书局催稿子的信罢了。"

友梅静静地坐在一边，等他把信看完了，于是笑道："表哥既是在上海有许多地方要你做文章，你何不到上海去住？"

国器道："我想我还要用功看一点书。上海不是看书的地方。"

友梅道："表哥，上海写快信来催稿子，一定等着要了。是要笔记吗还是要小说？"

国器道："笔记也要，小说也要。"

友梅道："来了信就写，表哥不觉得材料缺乏吗？"

国器道："小说是由我去幻想出来的，倒没有什么。笔记要有事实在笔下搬运，有时倒也感到困难的。"

友梅道："我家里有许多太平天国时代的信件，据人说，若是整理起来，也是好笔记。表哥需要这种材料吗？"

国器道："那是现在最时髦的文字了，哪有不需要之理？"

友梅笑道："既然如此，我帮表哥一个忙，明天我把这些材料清理出来，送给表哥，好不好？"

国器笑道："那太好了。我不敢掠人之美，将来在稿子上我要注明一笔，是李友梅女士供给的材料。"

友梅笑道："我倒不在乎此……"这是未完成的一句话，下面应当解释着：自己到底在乎的哪一点。但是她只说了这半句，微微一笑，把话就了结了。

国器扇着折扇望了她，她却牵牵衣襟，理理鬓发，觉得没有什么可说明的了，只好起身告辞。她这一来，真给予了国器一种不可言宣的意味。这是有意呢还是无意呢？还是有所商量呢，还是并无什么商量呢？

这个疑团还不曾打破，次日上午，友梅又来了。今天穿的是学校里白竹布制服，还夹了一个白布书包，简直是个上学的样子。她也来得熟了，进了大门，口里喊着表哥，径直地就走到了书房来。

国器看到，要伸手去取衣钩上的长衣时，友梅横了两只手臂，将他拦住，笑道："表哥，你若是这样，就见外了。我是天天来的人，像一家人一样，何必这样客气？你不看我，就是穿了随便的衣服来的，并不以为到这里来是客。"

国器道："我也不算把李小姐当客。若把李小姐当客，这屋子里就招待不周了。"

友梅似乎也觉得客气话太多了，是近于无聊的，便把那书包放在桌上，带了笑容打开来，笑道："我在书箱里一找，大大小小就是这样一包。至于哪些可以做材料，那些是废物，我不知道。请你自己挑选吧。"

国器听她说果然带了许多太平天国的史料来了，很是高兴。也忘了避嫌，立刻抢上前把那些稿件拿起来细看。其实不用细看，只远远地看了那纸的颜色，就当失望了。原来那全是红或桃红的八行信笺，上面所写的楷字，无非是恭贺年节的一些老套话。虽然那年月都是咸丰同治年间的，但只是清廷的小官向上宪去的请安信件，并没有一个字提到太平天国打仗的事。其间纵然有些扫平贼氛的话，也不是史料。接连看了一二十件，都是如此。

友梅当他在看这些文件时，并不说什么，自己站在旁边，静悄悄地拿了一柄扇子在手上摇着。虽然她是为她自己扇风取凉的，然而那扇子所扇出的风，一般地向国器身上送来。国器始而在看信件，还不知道，后来偶然停顿一下，却明白了，不过心里虽然十分感激她，可不便明说出来。于是向她笑道："东西太多了，我一时看不清楚。"

友梅已忘了神，还是自己扇着扇子，又带向国器扇着，笑道："不要紧，这些文稿舍下也没有人翻弄过一回，就放在你这里吧。什么时候不看了，什么时候还我好了。我这东西不是我私人的，若是我私人的，我就送给表哥了。"

国器有什么可说呢？只是向她道谢。自己也正感到词穷，不知要对她说什么。却好章老太来了，向友梅笑道："昨天国器告诉我说是托李小姐找做文章的材料，我就说他，天气太热，不宜要人家一趟一趟地跑着。"

友梅笑道："没关系，假使伯母不嫌我来得啰唆的话，我还要拜表哥做老师，跟他学国文呢。"

章老太道："自己亲戚，客气什么？你有什么要问他，尽管问就是了。好在我总是在家里的，也没有什么不便。屋子里热，堂屋里凉凉去吧。今天是上午来的，总不必要我挽留，可以在这里吃了午饭走了。"

友梅笑笑，答应着，因为老太太站在房门口守候，只得同她一路到堂屋里去。饭后本来还想到国器屋子里去坐坐的，不解何故，总觉心里含着一份惭愧，不便借什么题目来说。因为老太太曾问过刘妈几点钟了，自己心里也就想着，许是人家说我坐久了吧。这才告辞而去。

第二天隔了一天，第三天上午，国器正把作好的文稿要到邮政局寄出去，走出大门不到十丈路，友梅迎头来了。国器也不曾考虑，向她点了点头，照着普通见面的话问了一句："李小姐到哪里去？"

友梅站住了脚，把扛在肩上的一把绿绸遮阳伞向后倒了一倒，笑道："到一个同学家里去。表哥，你猜我是到谁人家里去呢？"

国器低声道："是到江府中去吗？"

友梅道："是的。表哥要出门去，改日再见吧。"

国器和她告别了，走着路心里可就想着，这位李小姐是什么意思？见了我羞答答的，说话又是吞吞吐吐，莫非她对于来往传信这件事不愿担任吗？这是她自告奋勇的，又不曾去请求她，她不愿担任就不担任好了。不过要自己谢绝她传信，也是很给她面子下不去，以后只是不写信交给她就是了。好在仅仅让她传送过一回红豆，也不曾怎样为难过。如此忖度着，觉得是把李友梅的绳索解脱了。

次日上午，出去拜会了几位朋友，下午方才回家。到了书房里，却看到自己书架子上的一本《李义山集》放在书桌上，还有把铜尺压了书面，分明是有人在这里看了书。因为这本诗集自己很久没动，不会到书桌上来的。在那书页中间，还有一小截字条露在外面。将那字条抽出来一看，上面倒有墨笔写了七个字，乃是"此身恰似沾泥絮"。看那笔迹，分明是友梅写的。这七个字大可研究。她说她是"沾泥絮"，还是身有所属，不能再飞呢，还是把我当了泥，她已经沾上了呢？但是这两说都不通。她身有所属，我又无心于她，何必告诉我？若说为我所沾，我自己还不知道这件事。不过她居然留下这七个字来，那是有意思的。怪不得天天到这里来了。自己本已为了一个江梦兰坠入情网，难道又招上这位李友梅不成？

他捧了这张字条，只管在手上看了，念念不绝。随着刘妈进来，报告了他一个消息，于是他更如有所思了。

第十回

素帕寄缠绵奇文铸错
黄花对憔悴秋信添愁

章国器在这两个月以来，他魂颠梦倒，都在那江梦兰小姐身上。不但第二个少女不会放在他心上，就是花瓶里所插的花枝、鸟笼里养的小鸟，向来是当着吃饭穿衣一般重视，现在有时花瓶忘了换水，鸟笼忘了上食，至于素无情感的女子，当然不会移转他的视线。这时他看到李友梅在桌上留下来的那张字条，心里头好生疑惑。想不到她会钟情于我，彼此本是亲戚，她果然有情，为什么以前她不留心到我呢？

心里正犹豫着，那刘妈可进来了，问道："先生不要打水洗把脸吗？"

国器手上捧了一张字条只是出神，刘妈的话并没有听到。刘妈站在旁边，看着他手上拿了那字条只是看着，便笑道："先生，啊，我还忘了告诉你一句话。那位李小姐她又来了。她在这书房里坐了很久，没有人陪她，她也没有说什么话。我进来给她倒过茶，问她有什么话吗，她说没有什么话。"

国器道："你为什么不引她到老太太屋里去呢？"

刘妈道："老太太到巷子口上王家去了。我说要去请老太太回来，她又连说不必。我想家里人全跑了，把客人一个人丢在家里，那太不知道礼节，所以我只好在堂屋里坐着相陪。"

国器道："她坐在这屋子里同你说了什么？"

刘妈道："她没说什么。"

国器道："她翻过我的书吗？"

刘妈道："她也没有看书。"

国器道："难道说她就呆呆地坐在这屋子里吗？"

刘妈道："是的，她就是呆呆地坐在屋子里。后来她不知道想起了一桩什么心事，自己说了一声不必等了，就在桌子上留下这张字条，向我微微笑着就走了。走到门口，她又回身转来对我说，不必告诉老太太她来了，免得老太太过意不去。照我看，她总有点事。"

国器随手把那纸条捏成了一个小纸团，便扔在桌子角上字纸篓里，问道："据你说，她有什么事呢？"

刘妈道："这我可不知道，若是我知道，我就对她说破了。"

国器笑道："当女学生的人，比平常千金小姐不同。她们像男人一样，无事就可以到外面去拜会朋友的。我们又是亲戚，她高兴天天可以来玩，要有什么事呢？"

刘妈听说答应了一声是，看看先生脸上，还有一点犹豫的样子，自己就退出屋子去了。

国器坐在椅子上出神了一会儿，后米又想着，"此身恰似沾泥絮"这话到底用意何在？想到这里，把字篓里那张字条重新捡了出来，将字团慢慢地展开，放在桌上，而且用手慢慢地抚摩平整，对了那七个字，很是注意了一会儿。然后把它夹在那本《李义山集》里，将书归了书函。自己背了两手，在屋子里踱来踱去。心里只念着怪事，然而他也不过觉得怪而已，并不因为友梅这番举动移转了他的视线。因为在这日下午，已接到梦兰一封来信，信上说，那两颗红豆已经收到了，向来在中国诗词里面，常看到这种东西的记载，可没有得着这种真东西。现在得了这真的红豆，足慰数年来的渴想，比琼瑶之赐还要珍贵十倍。

在她这些话里，真给予了国器一种莫大的安慰。心里也就想着，有了梦兰这么一个人做终身伴侣也好，做朋友也好，就是这样一个文字往来，自己作品的读者也好，在这一生实在是一种极可安慰的事情。自己是一位文字苦工，所得的仅仅是母亲仁慈之爱，朋友虽有几个，各人身世不同，各人性情不同，各人所学又不同，总难沆瀣一气，成个刎颈之交。现在有了梦兰这个人，这个缺憾就弥补了。想到了这里，也就觉得精神焕发，于是坐到桌子边，陈设纸笔，文不加点地写了一篇非文非诗的散句。那文字是：

　　我之精神为伊而兴奋，我之思想为伊而敏锐，我之生活为伊而甜蜜，我之环境为伊而繁荣。我亦不解伊何以如此有大造于我，但我经伊清朗之双眸一照，便如十字之架，加福于我灵魂；杨枝之水，加润于我肺腑。我对伊尊敬之则如佛，而不见其严肃；我对伊爱好之则如花，而不见其娇艳；我对伊独赏之则如月，而不见其遥远；我对伊亲近之则如雪，而不见其寒冷。总之，我之一切，已为你所支配。但觉不识此人以前，我是一种人，识此人以后，我又是一种人。我何故如此，我不自知，唯有问之于造化，然而我固未与伊一通语言也。

自己文思汹涌的，一口气也不知道怎么就写了这多，真到那个"也"字，把语完足，方放下笔来。自己重看了一遍，也仿佛得意，便微微地笑了。因为是一时高兴所写，不忍丢了，也没怎样地去考虑，把这张纸折叠着，随手放在抽屉里。当日下午，因为一些别的事牵扯，把这事搁下。到了次日，更忘记了。至于梦兰的信，因为已得着她的报告，由邮政局寄信去很是危险，因之自写好了一封信也放在抽屉里，并没有寄出去。自己心里也就想着，友梅既是留下了这张字条，总会日日来的，且等着吧。

可是一等两天，并没有消息。到了第三日上午，又是学校里来了通知，开学务会议，商量下学期学务改进的事情。国器是学校里一个重要教员，不得不去。天下事是那样巧，他出去了，友梅就来了。今天友梅进来，不像往日那样豪爽，悄悄地进门，在天井里站了一站，看到了刘妈就低声笑问道："老太太今天没有出去吧？"说着这话，她那苹果一般的圆脸已烘出了两个很大的圆晕。

刘妈道："我们老太太难得出去，在家呢。"

友梅这才缓缓地走到章老太房门口，先伸头向里面看了一看。章老太坐在竹椅上，将一叠白手绢缓缓放在大腿上折叠，笑道："李小姐来了？我正念着你呢。"

友梅心里一动，这位老太太为什么念着我？便笑道："我常来，不打搅你老人家吗？"

章老太笑道："你来了，说说笑笑，正好陪着我。怎么说是打搅？请坐吧。"她说着，起身让座，把手绢送到衣橱里去。

友梅道："你老人家是清洁，手绢也预备下了许多。"

章老太笑道："这不是我的，是我给国器预备下的。大热的天，擦汗的手绢总应该多预备两条。他是个书呆子，除了书本子上的事，别的他全顾虑不到，我只好替他预备下了。"

友梅笑道："伯母这话，正是说颠倒了。你以为表哥是个书呆子吗？他无论做什么都细心极了。只看他书架上的书摆得整整齐齐的，不歪斜一分。桌子上摆的笔墨小玩意儿，没有一样不精致。我这人的脾气就是喜欢整齐，他那份细心，我真愿意和他学学。"

章老太笑道："依然这样说，可是他的本领还是在书本上。我在家里也闲着无事，不妨给他料理料理一些。"

　　说到这里，刘妈捧了一碗茶，双手递给友梅，笑道："我总是这样说，我们先生快一点娶一位能干的少奶奶就好了。一来老太太有了伴，二来这些也就不必老太太过问了。"

　　友梅接着茶杯，只把眼光望到茶杯里去，似乎在想着什么事，就没有理会到刘妈的话。章老太见她这样子，便和刘妈丢了一个眼色，意思是叫她不要多说。自然，刘妈含着微笑就走了。

　　友梅在章老太屋里很谈了一会儿，后来才说要到表哥屋子里去，借笔墨写几个字。这自然章老太不拦阻的。她就从容地走到国器书房里去。在房门口还站着问了一问："表哥在家吗？"然后走进屋子里。

　　看那书桌上擦抹得干净，砚池水盂摆置得端端正正的，便也在他那椅子上坐下，对小蒲草盆子里的草尖用手拨拨，把维纳斯的石膏像用手摸摸，自言自语地道："这个人实在是斯文极了。"

　　随着低头看去，见正中抽屉开了一条缝，不在意地把抽屉拉了开来，这就有一封信放在纸件浮面。信封正面写着敬请转交知君。拿起来看时，那信已封了口，但是这不用猜的，知道一定是托寄给梦兰的了。托在手里掂了两掂，依然放下，刚要把信放手，一闪眼看到有一张字条，露了几个半行字在外面，乃是"我对伊尊敬之则如佛……我对伊爱好之则如花……我对伊独赏之则如月……"，友梅心里一动，这字条放在抽屉里，岂不送给我的吗？于是在心房怦怦乱跳之下，将那张字条两手捧起来看。由这张字条头上起，虽没有注明是给谁人留的，可是他这屋子里，还有哪个女子来到？他那种高远的眼光，又岂把平平常常的一个女子看在眼里？友梅越向下看，越是快乐。看到还有两行不曾完的时候，刘妈却送了一碗茶进来了。

友梅没有想到她是不认识字的，立刻把那字条一把握着，就向她点点头笑道："何必这样客气，我刚喝过茶的。"

刘妈把茶杯放在桌上，问道："李小姐要扇子吗?"

友梅道："你不用客气……好吧，你取一把来也好。"

刘妈转身去了，友梅也不敢再看那张字条，只是折叠好了揣在衣袋里。刘妈取了扇子来了，友梅接了扇子笑道："你看，我是要到这屋子来写字的，坐到这里，倒是发呆，一个字也没写。"

刘妈道："忙什么呀? 先生没回来，位子空在这里，你爱写多少时候就写多少时候。"她说着，也自走了。

友梅不敢开那正中的抽屉了，在旁边的抽屉里，取出一张八行，先放在面前，看着出神了一会儿，然后磨墨抽笔，全缓缓地做着，眼可望了窗台外的日影，手里握了笔，将笔管顶端不住地碰了自己的嘴唇。最后，她终于是把意思想得了，在纸上写着道："佛自然不敢当，花也，月也，雪也，亦非平常之人所敢比拟。但盛意已可感矣。"

写完了，自己两手捧着，斟酌了一番，觉得除了学国器的样，上下都不落款，没有别的法子。因之把那张八行做双层折叠着，就放在中间抽屉里。那封信的旁边本来那一封信友梅可以拿了走的，但是拿到手上掂了两掂之后，觉得不妥当了。信封上说的是知君，这知君不一定就是江梦兰。于是依然把那封信放下，将抽屉关上，站起身来，便待要走。可是心里头第二个感想跟着上来，他抽屉里稿件很多，随便折一张稿子在这里，他回来之后，怎么会知道?

于是缓缓地坐下来，将手摸着右边的脸，想了一想，究竟她心里得意的事，她也很容易想法子。这就在身上摸出一块花绸手绢，在空中抖了两抖，有一阵很浓厚的香气，送到鼻子里来。自己先笑了笑，拉开抽屉，把手绢就向里面一塞，可是把手绢塞进去后，立刻想到颇不妥当。这种做法很容易让人看去是失落在抽屉里，不是故意放在抽屉里的。于是把抽屉拉开，取出那手绢，折了个四方块子，放在抽屉里。在那手绢下面，就是自己写的那张字条。国器对于这手绢能够惊讶一下的话，这字条立刻就可以达到他眼睛里去了。

扶着桌子出了一会儿神，似乎还是感到不妥。这又第三次把抽屉打开，将那条花绸手绢的一只角缓缓地拖了出来，搭在抽屉口上。这一关抽屉，花绸手绢就有一部分在外面了。这样安排妥当了，友梅走开桌子几步，偶然回过头来，做个很不在意的样子，果然的，那花绸手绢角很显然地看在眼里。把一百二十分不自在的心事，这算是安定了。到了房门口再回头看看，也就很高兴地走去。

她这种做法用心良苦，总是很有效验的。当这日下午四点多，国器由外面回来了。进房之后，先是不曾介意，后来刘妈端了水进来，告诉他李小姐又来了，在书桌边坐了很久，写了一张字条。国器听说是写了字条，这就向桌子上看去，见砚池移动了地方，一支套着笔帽的笔也架在砚池上，于是联想到上次她所留下的那张字，这或者她又有什么用意了。在这样揣想之下，同时也就看到了正中抽屉里露出来的那只花绸手绢角。等刘妈走了，这就去把抽屉打开，只看那白绸绢子，上面有红蓝相间的花格子，这就猜出是女子的用物。那很浓厚的香气，是不用说了。接着手绢下那张字条，也很显明地看到了。

捧起来读了两遍，始而是不解所谓，后来仔细想着，分明是自己写的那张字条让她看到了。同时，那张字条也不见了，不由得暗暗在心里喊了两声糟糕。这字条与她有什么相干？她何必这样情意缠绵地还留下一条手绢呢？那字条上的字大约还记得，那最后一句是表明自己态度之处，自己曾说着同我所钦佩的人并不曾说过一句话。她也不想想，那绝对与她无关吗？她自己误会了，那还不能怪人，若是让别人知道了，未免要生是非。尤其是江梦兰听不得这个消息，彼此友谊那要完全断送了。但是这个误会又不便向友梅解释的。和她说着，她不很是难为情吗？现在正盼望着她从中帮助着，以便和梦兰通消息，把她也加入了这爱情之网里，这消息无法让她再知道了。不然，事情越纷乱了。

国器得了这样一张字条、一条手绢，倒反是增加了不少的烦恼，而且自己又缺乏对女性说话的勇气，假使她一天天地误会跟着深了下去，到了将来，她也是照梦兰这样书信不断，如何处置？而且她还能到自己家里来的，难道见了她的面，径直地对她说并不爱她吗？无论自己不忍出口，也就不好意思出口。更有一层，她有了这误会，也许来得更密，恐怕自己的母亲也要认为事情可疑了。当天想了大半天的心事，也想不出一个办法来。

到了次日，一会儿想出门去躲开她，一会儿又想躲开不得，躲开了对她所误会的就无法解释了。一会儿又想，留封信在抽屉里，让她自己去看吧，一会儿又想，她看过了信之后，以为是翻来覆去地戏弄她，她要生气呢。还是像昨日一般，不能解决这个问题。可是这日完全过去，友梅也不曾来。最后国器预备了许多要和她说的话，那算白费了气力。

直过了三天，也不见友梅来。抽屉里搁置的给梦兰的信，还不曾交出去，又不敢再冒昧地由邮政局去寄。这在国器实在有些烦闷。到了第四日，已经不能忍耐了，就把刘妈叫到书房里来问道："李小姐那天临走的时候，她说了一些什么吗？"

刘妈道："她没说什么呀。"

国器哦了一声，他坐在书桌子中，拿了一本书，就随手翻弄着。眼睛望了书本，好像不在意的样子，又问道："她……她……"说到这里，脸上不免带一点红晕。

刘妈笑道："先生若有什么事，也不为难，我到李小姐家里去一趟就是了。"

国器没作声，只管翻弄着书页。刘妈道："这没有什么为难，吃过午饭我就到李公馆去。"

国器道："其实我也没有什么事。"

刘妈站在桌子一边，带了微笑，向国器看了出神。

国器道："去不去听凭于你，你果然去的话，可不能让老太太知道。因为我也并没有什么事。"

刘妈听不出他的话音，但是揣测他的意思，好像并不反对自己到李家去。当时微微地答应着，自走出房去。

国器对于这件事好像不大介意似的，自在桌上看书。午饭以后，睡了一场午觉，醒过来时，刘妈却捧了两本书进来，交给他道："李小姐说，借着先生的书，让我带回来。"

国器接过书，书面上有封信，便道："好吧，我知道了。"当时且把书放在桌上，等刘妈走了，才把信拆开。

信封里只套了一张八行信纸，上面寥寥几个字，乃是："梅因中暑，数日未能造府问候，歉甚。如有转达前方之信，请着刘妈送任何一部书来，将信顺便带到。梅为人向来郑重，绝不误事。"

国器看了这信，自己思索了一番，心里十分明白，这必然是她回家以后把那张纸条看得仔细，是她自己出于误会了。再要来，反是有点不好意思。一个男子要碰了这么一个钉子，心里也很难受。一位小姐却误会着写了情书给人，这岂不是一件无大不大的笑话？国器想到这里，也很替友梅难受，只是这件事只有含糊过去，自己若去对友梅写信，说是出于误会，不必介怀，那更让她难过了。

当日仔细盘算了一会儿，到了次日下午，就拣了一部书，将给梦兰的信重新修改了一回，照原样让刘妈带到李家去。过了两天，

164

梦兰根据了这封去信，已有答复。友梅已是把信送去，那是无疑的了。但是友梅自那次误会以后，始终不曾来过，却是对于两人的信件，依然继续地传递着。

光阴容易，几十天的暑假一混就过去了。国器依然到学校里去教书，梦兰也依然到学校里去读书，彼此常经过的那一条巷子，现在又复原相遇了。国器在未恢复常态的三天以前，心里头已经想着，有两个多月没有看到梦兰，不知道梦兰是瘦了还是胖了，或者依然不改原样。而且有了这几个月的友谊，彼此的情感格外要进步些，有见面的机会，一定相处得很好，总可以畅谈几句话了。如此想着，唯有极力盼望那日的来到，以便瞻仰这进一步的成绩。

好容易熬到了这一日，算准了时间，向这条路上出发。在这种情形之下，也可以说是心心相印，当他走进巷子的这一头，梦兰也就走进巷子的那一头了。国器在前些日子就预备好了，在这次遇到梦兰，不必慌忙，先站定了脚，接着取下帽子，最后是一鞠躬，这就笑着说："江女士今年下半年，还是在原来的学堂求学啊？"她应答之后，大概不会提到彼此通信的话，可是她一定会赞许自己的文字几句。那时就笑着回答她，毫无足取，虽然发表的文字不少，仅仅是一种苦工而已，以来的话是不能预测了，只有到那时候，相机答复。但预备了这些话，把初次见面的仪节也就完备了。

心里很坦然地顺了巷子向前走着，及至两人走着可以看到了，国器的心房就怦怦乱跳，脸皮飞起一阵红晕，直红到耳朵后去。脚步越向前走，头就越向下低，低得只能看到脚前头两三尺路。真到两人只相距三四尺路，自己怯懦的心思，究竟为自己的一种情好之心所战胜，就停了脚步，向对过的人看了一眼。那梦兰由远处走来，步子走得很慢，差不多到彼此可以相抵触的所在，她猛可地站住了脚，两只亮晶晶的眼睛向国器注视着。国器正由她脸上移着目光向脚下看去，恰好避开了她的眼光。自己也莫名其妙，不知道这是有意闪避，或者是无意的。只在刹那之间，两下就相差过去。等到国器醒悟过来，梦兰已走得很远了。

这一个说话的机会已经失掉，第二次会面就不能再开口。一次顺着一次，这样地下去，就依了以前的规矩，还是每日地老远盼望着，到了两下里相会的时候，却是至多行个注目礼，彼此就走开了。

又过了一个多月，已是到了深秋了。有一天下着细雨，梦兰撑了一把小伞，西北风由雨丝里吹透过来，将衣服鬓发都吹得拂动着。把书包夹得紧紧的，只觉身上冷飕飕的，有些难受。脚按着石板走，也感到有些飘浮不着实。把小伞扛在肩上，自己深深地皱起两道眉毛，垂了眼皮子，只看着前面的地面上走。后来到了和国器见面的所在，他果然是来了，却见他也是面带了忧容，也是深锁了两道眉毛，穿了雨衣，两手插在雨衣袋里，微扛了肩膀，缓缓地走着。虽然彼此见面依旧是行个注目礼，可是他在注目的时候，并不像往常那样，在眼光里带着欢喜亲爱的意味，这时却是在心里头含了什么悲愁的意思一样，仿佛走近了，他微微地点了几下头，在他点头的当中，却在那里告诉人，我心里不大舒服呢。梦兰看到他这种形状，就知道他心里一定受着刺激，可不知道他为什么受着刺激，自也不免向他更深切地注意着。然而国器总是那样的，只要人家看他，他就低下头去。而且自己是个女子，绝不能先开口向他去问话，所以只是怔了一怔，让他过去。

自己回到家里，想起国器为人实在是一位不可多得的老成少年。虽然在文字里面还有一些情感过分的字句，可是在每次见面的时候，却十分郑重。他若和平常的人一样，相识到了相当的日子，总也要开口说说话。那么，今天他为什么愁眉不展，在刚才一见面就可以知道了。无如他是一个赋性特殊的人，总不开口。今天看他那一份忧愁的样子，虽不一定是为自己而发，但见了自己也不减去忧愁，那或者不能完全无关吧？

梦兰心里头存下了这样一个观念，由学校回家去的时候，脸上也就不免带了一种忧愁的样子。胁下夹了书包，两脚好像有几十斤重似的，一步只移动几寸，慢慢地向后楼走去。天下做父母的，对于自己的儿女那是寸步都会留心到的。梦兰这种情形，进家之后，首先就让江太太看到。在她上楼以后，小菊立刻紧随着她进房，笑问道："小姐，你身上不大舒服吗？"

梦兰把书包放在书架上，在书架上另抽下一本书来看。抽出一本书来之后，放在手上掂了两掂，做个沉思的样子，依然又放到书架上去。却把书包展开，取出一册英文放到桌上，却又自言自语地道："我哪有什么心思看功课？"于是重把书本放到书包里去，对了那书桌的光面子，却是发了一会儿呆。

小菊先问了她一句有病没病的话，她并不睬，这话就不敢跟着问了。因之静悄悄地垂手站在旁边，不时向她瞟上一眼。梦兰对了这光桌面子，是看不出什么意味来的，因之把眼皮抬了一抬，向窗子外面看去。首先送到眼睛里来的，当然就是那三棵高大的柳树，于是把两只手臂同弯过来，斜撑了桌子，又向三棵柳树看去。联想着国器寄的那几首诗中说的"愿做绿羽禽，巢君楼外柳。无复桃李嫌，终日窥户牖"这种一往情深的话，见了让人回肠荡气。据他信上说过，曾有一次月夜，独自走到这柳树下，对楼上的窗户呆呆地看了好几个小时，直等到露水洒满了衣襟，身上凉得支持不住了，方才慢慢地回家去。就这一件事看起来，他之"愿做绿羽禽"的诗，并非一种信笔写来的假话，实实在在为这番痴想。最近是有两个月没有见着了，想必是他那番痴心养成了一种心病，更由这种心病，养成了这愁眉不展的样子。若要解除他愁眉不展的样子，对症下药，只有解除他的心病，依了他的心愿，他就快活了。可是在自己的家庭和生活上，绝对办不到。正这样地想着，看到那衰老的柳树枝叶，在半空里不住地摇曳，那正可以表现出凄凉人眼睛里的凄凉意味。

小菊站在她身边，将两个手指头捏着衣裳角，瞪了两只小眼睛，只是望她，随着也向窗子外看看可有什么。可是除了蔚蓝的天空，浮了几片白云，实在没有别的东西。小姐为什么看得这样出神？倒有些不可解了。因之重重地又叫了一声小姐。梦兰这才回转脸来向她望着，问道："你又有什么事？我心里正烦，你倒来打搅我。"

小菊的话刚刚是到舌头尖上，被她这样一喝问，又把话拦回去了。于是伸着一个指头在嘴唇上放着，微笑道："太太叫我来看看的，说是小姐身上是不是有病。"

梦兰笑道："你看吧，我身上有没有病呢？好好的人，会有什么病？"

小菊噘了嘴道："又不是我要问的，你倒来怪我？"扭转身子就向门外走去。

梦兰道："你回来，你回来！"

小菊手扶了门，噘了嘴道："你老是叫我在身边，又老要骂我。"

梦兰笑道："我为什么骂你？不过你也不要那样多事，见什么说什么才好。"

小菊道："我才不愿多事呢。我看到你那愁眉不展的样子，我就害怕。我还敢多事吗？"

梦兰又道："太太为什么叫你来问我这句话？"

小菊道："太太也是看到你那忧愁的样子，疑心你有病。"

梦兰沉思了一会儿，又笑道："说到我这忧愁的样子吗？一年三百六十日，我都是这个样子，不能三百六十日我全是有病吧？你去对太太说，我没有病。"

小菊站着还看了她一会儿，见她还是那样对着窗户外面的柳树出神，心里想着，这可怪了，外面什么东西也没有，老看些什么？

梦兰道："你站在这里发什么呆？下楼去吧。"

小菊被她催着下楼，就径直地奔到太太屋子里来。江太太也正在和两位少奶奶谈心，看到小菊进来，连忙问道："小姐睡下了吗？"

小菊又噘了嘴道："还说呢，我一问这句话，就让小姐骂了。她说三百六十日都是这样忧愁，不能三百六十日全都有病。好像我是多这样一问。"

江太太笑道："这是你自己问话问得不妥当。哪有向好端端的一个人问她害病不害病的？"

小菊走近了一步，挨到江太太身边，低声道："吓，小姐怕是真有病。她不看书，也不写字，坐在桌子边，两眼直着对了窗子外看。其实窗子外面什么东西也没有。不懂什么缘故她看得那样出神。"

江太太道："照你这样说，她倒是发了痴病了？"

大少奶在一边插嘴道："母亲，你相信小菊这孩子胡说。"

江太太道："她倒不一定是胡说。梦兰这孩子，口里是满嘴维新，可是她多病多愁的，总弄成一个林黛玉式的姑娘。自然，有些事也让她不顺心的。不过像我们家里丰衣足食，事事顺心的人，也不应该这样终日地愁眉不展。"

二少奶到底年轻些，心里头不能十分藏着话，就向江太太微笑着道："我想，也就是吃了满口维新的亏。她那件不顺心的事，你老人家总也知道吧？"

江太太将桌上的水烟袋取到手上，却叹了一口气。小菊赶快点着一根纸煤，送了过去。江老太太吸着烟，没有答话。大少奶和二少奶正好面对面坐着，这就连连丢了两下眼色，于是这个刚开始讨论的问题，又停止了。不过在这样情形之下，倒打动了二少奶一点恻隐之心。当日把话停止，次日，却为梦兰想了一点安慰之法。

这日，正是一个阴暗的天，满空全是不分片段的阴云。梦兰下学回来，却见窗户上茶几上，都摆了几盆刚开的菊花，尤其是书案上这一盆最好，乃是宜兴瓷泥的小胆瓶栽的，瓶作猪肝色，红中带黝黑的颜色。大肚子，小小的瓶口，由那里伸出两茎菊花枝，左边伸出来较长，叶子长厚古绿，左右对比，不缺少一片。头上一朵细瓣淡黄的菊花，有小饭碗那样大。那花瓣的细，细得像一撮丝线，轻弱地下垂着。右边的一枝却是短短的，上面缀着冬瓜枣那么小的一个花萼。

她把书包向床上一丢，拍了两手道："好花好花！这是谁替我弄来的？"

小菊又是跟着上楼来的，就答道："二少奶在她娘家要来的。她说你看了这菊花，一定开心一阵。果然不错。"

梦兰伏在桌沿上，对菊花看着，出了一会儿神，叹着气道："还是嫂嫂是个有心人，倒送我几盆菊花替我解闷。可是'帘卷西风，人比黄花瘦'，看到菊花，那是更添了我一番憔悴。"

小菊道："小姐，你说什么？花不好吗？"

梦兰笑道："胡说，这样好看的花，为什么还嫌不好？你下楼去请二少奶来，我当面谢谢她。"

小菊答应去了，却是很久不曾来。梦兰坐在椅子上，四周看着菊花，见窗户台上放着一盆葛巾、一盆杨妃带醉，在轻风里面摇荡着，似乎有些不禁寒的意味。因为玻璃窗不曾关，风吹了进来，把书案上的这朵懒梳妆也吹得花丝飘动，随了自己的鬓毛，有几根飞舞。这倒很有点诗意，这就联想到友梅今天在学校里交来国器的一封信。于是先插上房门，然后在怀里摸出一个信封来，在信封里向外抽着，抽出两张信纸，一片折叠着的梧桐叶，那梧桐叶已有五六

170

分焦黄了。手上拈了梧叶，把玩了一会儿，然后把那信纸展开来看着。一张信纸是文，一张信纸却行书带草地写了一首七绝。诗是：

尽夜西风酿晚愁，搬将心事上眉头。
寒斋哪有佳消息，寄与知音一叶秋。

梦兰颠来倒去把这首七绝念着，在这二十八个字里，他虽没有说到心里头有什么怨恨，在那"寄与知音一叶秋"七个字里，也就把他的心事、把他的环境、把他的形容都暴露出来了。只看这一叶焦黄的梧桐，不是他有意寄来的吗？这菊花不坏，可是有什么法子送去呢？于是手撑了头，对花望着只管出神，沉沉地想去，久而久之便呆着，不知身在何所了。

第十一回

絮语感慈帏忏情殉孝
秋光黯翠黛触景书怀

直待楼梯咚咚地响过一阵，知道是二少奶来了，这就笑着迎到房门口，笑道："二嫂，你真细心，怎么想到送几盆菊花给我？"

二少奶握了她的手，笑道："我看到你老是愁眉不展的，想陪你出去玩，你又什么都不喜欢。后来我想到我家里人喜欢种菊花，你老是夸奖，所以我就叫老妈子回去，挑了几盆好花送来，你中意吗？"

梦兰笑道："太好了，不但是花有姿势，就是种花的盆子，也极其古雅。府上哪个人会种菊花啊？"

二少奶道："我父亲就会种菊。连我同两个哥哥全都学着知道一点。"

梦兰听说，不由得叹了一口气。二少奶握了她的手，望着她的脸，倒有些愕然。很久才说："你觉得……"

梦兰笑道："你不要误会，我并非是怪你送花送坏了，我觉得我现在当小姐可没有你当年做小姐那样闲情逸致。"

二少奶把她牵到床上坐着，用手拍拍她的肩膀，笑道："你不要这样发牢骚了，我们把什么比你呢？我当小姐的日子，关在房门里头不出，那是本分。你现在是时髦的女学生，要到哪里去，也很自由，我们怎可以比得上呢？至于……"

二少奶也觉得这话要跟着向下说，不大对，便伏在桌上，对了那枝懒梳妆的菊花，很是凝视了一会儿，笑道："妹妹，你看这盆景种得怎么样？据你二哥说，日本人的盆景弄得最好，比苏州人弄的盆景还要好呢。"

梦兰笑道："你是秀才不出门，能知天下事。我还不知道日本的盆景呢。"

二少奶见她脸上已经有了喜色，就把书桌边的那把围椅搬着掉了过来，向梦兰坐着，有意无意地就闲谈起来。那小菊好像是二少奶吩咐好了的，立刻泡了一壶茶，用茶杯子斟着，分递给姑嫂二人。

梦兰端着那茶杯子，见大半杯茶，颜色是绿阴阴的，在水面上起着旋纹的茶烟，有一阵细细的清香向鼻子里送了来。对着杯子里很凝视了一会儿，笑道："这是母亲屋子里的云雾茶，不能随随便便地拿出来的。"

二少奶手里拿了茶杯，也看了一会儿，笑着点点头道："对了，这是母亲屋子里的茶叶，大概母亲看到我们在这里赏菊，本应该送点酒来给我们喝的，可是想到我们两个人都不会喝，所以就送好茶来当酒了。"

梦兰鼻子里哼了一声，笑道："二嫂你可以说是一个女苏秦了。"

二少奶道："你这话怎讲？我不懂。你可别同我搬古董。"

梦兰道："你不会不懂的。这就是说的六国封相的那个人。"

二少奶笑着点了点头，道："哦，我明白，你是不是冤枉我，我且不说，你怎见得我就是个女苏秦呢？"

梦兰道："你先送我几盆菊花，让我高兴。跟着你上楼来慢慢和我闲谈，谈来谈去，就可以把你要说的话谈出来了。你此来，不但是你的意思，母亲也很知道。所以特地泡了一壶茶给我们两个人喝。"

二少奶端着杯子喝了一口茶，笑道："妹妹，你太聪明了。"

梦兰笑道："是不是一猜就猜着了？"

二少奶穿了一件蓝色的短湖绉夹袄，窄窄的袖口上，套了两只金镯子，越发是现出来她的肌肉丰满。她不端茶杯的手可不时地抬起来，去抚理她的鬓发。她圆圆的脸子，两只大眼睛，倒现出一点忠厚相来。见梦兰只管望她，才笑道："妹妹，你说这话，可不冤枉死好人吗？我向来就是这样想，你终日总是这样愁眉不展，要想法子替你解闷才好。你大嫂还嫌着我多事呢。我为什么还要替你加上烦恼呢？你说母亲和我事先约好了，那更不对。你这个精灵鬼，有事要瞒你还瞒不了呢，母亲肯在你面前露出马脚来吗？"

梦兰道："但是这茶叶的确是母亲屋子里的储藏品呀。"

二少奶放下，两手拍着，金镯子是叮当一下响，于是笑道："正是母亲屋子里的茶叶呀，她能够这样大大方方地送好茶你我喝，那才是一点假意都没有呢。"

梦兰端了那杯茶，慢慢地呷着。也呷干了，杯子还拿在手上，只管颠倒地看着。

二少奶笑道："妹妹，你仔细想想，我到底是不是女苏秦？"

梦兰笑道："算我说错了，你不要见怪。"

二少奶笑道："我只有可怜你的分儿，我哪会怪你？"

梦兰笑道："我也是中产以上人家的大小姐，你为什么可怜我？"

二少奶被她这句话顶着，倒不好怎样答复，看到那把茶壶还放在桌上，就把壶拿起来，先斟了一杯，然后又把梦兰的茶杯子接了过来，也斟了一杯递给她，笑道："这茶味还不错，你再喝一杯吧。"

经过这一打岔，算是把梦兰的问话给牵扯过去了。二少奶端了茶杯，坐在她对面，慢慢地喝着，向她笑道："母亲真是一个慈母，这茶叶留在瓷瓶子里有好几个月了，她老人家自己总舍不得喝一回。只一看到我们高兴，立刻就把茶叶拿出来泡茶给我们喝。"

梦兰道："母亲的确是个慈母，待我们儿女固然是仁慈，就是待两位少奶奶，也是别家所不容易找到的吧？"

二少奶微笑着点了两下头道："你这话一点也不错。我回娘家去，家母总对我说，你是前世修的，你的婆母实在是待下人不错呀。"

梦兰见嫂子这样夸奖母亲，心里很是高兴，把那杯茶喝完了，笑道："我们老喝清茶，也嫌着口淡。你在我屋子里多坐一会儿，我去买些点心来，吃着喝着，痛痛快快地谈一阵，我也好解解胸头的烦闷。"

她只这样交代了一句，就听到门外边有人答应着道："我到太太屋子里拿去。"交代已毕，那楼梯便是咚咚地响着。

二少奶笑道："我们只管说话，倒不知道小菊这孩子在外面藏了大半天。"

梦兰叹口气道："这也是个可怜虫。人家都说快嘴丫头，我以为那是先入为主的毛病，以为丫头说话总是快嘴。你总也能原谅我，现在我心里就是这样，不为一点芝麻大的事，就要发牢骚。其实我对于那件事倒并没有什么意见。譬如小菊这孩了，无缘无故地我就要骂她两句，骂完了我又要后悔。啊哟，我怎么拿小菊来打比方，把话又说错了。"

二少奶摇摇手，笑道："我们姑嫂们说话，哪里还留许多心？要是那样，不显着太生疏了吗？我倒觉得你这样好，心里有什么说什么，全比有话搁在肚子里强。"

梦兰笑道："你觉得我有话放在肚子里不说出来吗？我自己倒还不感觉。"

二少奶笑道："这倒不是我的意思，母亲就常常为这件事发愁。"

梦兰笑道："母亲倒为我的事发愁吗？"

二少奶把身子正了一正，把脸上的颜色也沉住了，于是道："妹妹，你是不知道，母亲和我们谈话的时候，常提到你，总说你心里有话不说，将来会闷出病来的。她怎么会知道呢？因为她自己就藏了一肚子的病。"

梦兰道："我母亲藏了一肚子的病吗？"

二少奶道："你是在今天才知道吗？她老人家身上的病还是不轻。因为她怕告诉了你之后，你心里难受，所以她始终是瞒着的。"

梦兰道："当真有病吗？怎么我一点影子也看不出来？"

二少奶道："你是聪明一世，糊涂一时。你想，母亲那样疼爱你的人，她可肯让你知道她身上有病？当你走近她身边的时候，她立刻就打起全副精神来，对着你不笑也笑，不说也说。你没有知道她的心事，你怎么知道她身上会暗藏着病呢？"

梦兰听到了嫂嫂这样的报告，脸上立刻加了一番沉郁之色，而且把身子坐得更端正些，表示她对于这件事的注意。这就望了二少奶问道："父亲知道这件事吗？"

二少奶道："也许略微知道一点影子。但是母亲绝不肯把真话告诉父亲的。因为父亲要知道母亲有病，一定会劝她吃药的。"

梦兰道："当然，谁也不愿吃药。可是良药苦口利于病，非吃不可。母亲纵然瞒着，两位少奶奶也可以在父亲面前透露一点口风。"

二少奶点点头道："姑娘，你怎么还是没有明白呢？母亲并非是有什么风寒虚食的病，她那个病，心里藏有许多疙瘩呢。你不把那疙瘩解了，只管叫她喝苦水，那有什么用？"

梦兰道："据二嫂嫂说起来，这情形倒是厉害得很。"

二少奶随了这话，也把眉头皱起来，于是道："严重倒是没有什么严重，不过老人家心是透着不大舒服似的。我想着，妹妹若是劝劝她老人家，那或者她心里要宽慰一点。"

梦兰道："何以我就能劝解呢？"她说着这话，脸上可多增加了一层红晕。

二少奶也把眼睛睃了她一眼，但是态度很镇静，微笑道："这个你有什么不明白的？做娘的人，总是和自己的姑娘亲近些。你若是能在老娘怀里打上两个滚，当然老太太心里就欢喜起来了。"

梦兰心里一块大石头方才落了下去，于是道："我以为你说我有什么灵丹妙药可以治老娘的病。原来就说的是这个？这个法子，无论我这么大的人不好意思做出来，就算好意思做出来，那也不过暂时引她老人家笑上一笑。要是母亲有什么心病，俗言道得好，心病还要心药医。"

二少奶倒是微微一笑，并没有把这话跟着说下去。梦兰说过了那句话，也是默然地坐着。楼梯板咚咚一阵响，小菊两只手在怀里搂着，却捧住了四个碟子。二少奶道："你看这孩子做事，不是找骂挨吗？四个碟子，怎好一下捧了上楼？"

小菊送到梦兰面前，让她接下，笑道："太太因为找钥匙开茶橱子，很耽误了一些时候，赶快把碟子装好了，就叫我快些送了来，免得二少奶同小姐老等着。"

二少奶看那碟上是两碟西式点心，一碟松子糖和一碟甜梅子。便笑道："我们不过要吃个香香嘴，母亲倒把我们当客待。"

小菊站在一边道："瓜子花生仁，家里也都有，太太说小姐爱干净，怕吃得楼上脏，就没有送来。小姐要吗？"

梦兰笑道："你以为真是待上宾吗？"说着，回转头来向二少奶道："这全是体贴入微的地方，她老人家就知道我所喜欢吃的不过这几样。"

二少奶道："那自然啊，哪有一个做娘的人，不知道姑娘喜欢什么的呢？这话又说回来了，做姑娘的人对于母亲也是一样呀！"

梦兰呆了一呆，叹口气道："若说到这层，我就是个罪人。我虽然知道母亲的脾气，我可不能替她分忧解愁。说句更踏实一点的话，增加她的烦恼却不少了。"

二少奶取了一块松子糖，三个指头夹着，慢慢地送到嘴里去咀嚼。只是望了梦兰，却不肯从中安插一个字下去。

梦兰见她吃糖，也取了一块在手，但是还不曾送到口里去吃，却又放下了。于是道："父母待我都是慈爱极了……"说到这里，却唉的一声，长叹了一口气。

二少奶笑道："既是父母全喜欢你，这是好事。为什么妹妹倒叹起气来了？"

梦兰道："我并不是说父母不该疼爱我，只是白疼了。"

二少奶道："这话怎么说？我倒有些不懂。"

梦兰道："二嫂，你真要我说，我就说出来吧。我就为了婚姻不自由，感到处处都不如意。也就为了这一层，常让两位老人家放心不下。要说我一点表示没有，和那些旧家庭的小姐一样，一切含糊过去，我又办不到。"

二少奶道："既是妹妹知道了，你何不就将就父亲母亲一点意思呢？"

梦兰低着头，又叹了一口气。二少奶这时已把那块松子糖吃下去了，接着又起身取了一块松子糖在手，缓缓地送到口里咀嚼着，当她送到口里去咀嚼的时候，两只眼睛依然向梦兰偷睃了几下，见她始终是微低着头，做个忧郁不言的样子，便笑道："这是姑嫂俩闲谈，无所不言的话。你既然知道这种情形，为什么不转转弯呢？"

梦兰微微地叹了一口气，摇了摇头道："这话是很难说的。"

二少奶笑道："我们无非是闲谈，管他难不难！你且说说看。"

梦兰道："我现在是两条路，一条是死，一条是听父母之命，一条是……这一条是不必谈了。二嫂，你知道我是相信宗教的，宗教对于一个人自杀，那是天地间的罪人，无论如何，我是不自杀的。至于父母之命，唉，我真不能说……"说着又摇了摇头。

二少奶道："既是这两条路都走不通，那么就是走第三条路了。这第三条路，到底是怎么一条路呢？你索性告诉我。我们反正是闲谈，要什么紧？"

梦兰道："唉，第三条路，那还用得着问吗？算是我完全降伏了，一切依着老人家去办。"

二少奶又走向倒了一杯茶，慢慢地呷着，在呷茶的时候，眼睛由杯子口上，射到梦兰脸上去好几次。把那杯茶呷完了，这就放下杯子来，向她笑道："妹妹是个新人物，可是很讲旧道德。"

梦兰道："我是个新人物？"说着微微一笑。

二少奶笑道："怎么着？你还不承认是个新人物吗？"

梦兰道："我假如是个新人物，我就不会弄得现在这样子颠颠倒倒了。你看我哪里像一个新人物？"

二少奶点点头道："我虽然不认识多少字，但是我也常听到你二哥对我说过，青年生在现在的时代，或者是新也好，或者是旧也好。唯有这思想新不新旧不旧的人，最是苦恼不过。因为什么呢？因为自己既然知道这思想要新，可是尽管向新的路上走，家庭也好，社会也好，全不免格格不入。说的话人家不爱听，做的事人家不爱看，甚至自己读的书人家也说要不得。若是抛开新的，专向旧的路上走吧，年纪轻轻的人让人家说上一句老腐败，心里也委实不甘。这就弄得新也不好，旧也不好，两头着实。妹妹你说我这句话对是不对？"

梦兰笑道："你的话对极了。不想你一个家里当少奶奶的人，倒懂得青年人许多痛苦。"

二少奶笑道："这就叫活到老学到老了。你二哥喜欢议论这些，我常在一旁听得多了，多少懂得一些。其实我所懂的，也就说出来了。我不曾说过的，大概我就不懂。你说我的知识不是很有限吗？"

梦兰带了一点笑容，也点点头道："二嫂句句话都说的是实话。大概二哥在背后也说了我许多不是吧？"

二少奶连连摇着手道："你二哥绝没有和我提过一个字。"

梦兰笑道："嫂子倒不要误会，我所问的，并不是说做哥哥的在我身后议论我什么短处，不过也像二嫂所说的话，我现在新不新旧不旧的，却不成个生活。"

二少奶因为坐得久了，衣服有了皱纹，就站起来牵扯了两下衣服，低头向着怀里，却撩起眼皮，对着梦兰脸上看着，微笑道："倒是母亲有时提到你，说是妹妹一年大一年了，说话就快毕业了。毕业之后，又怎么样呢？"

梦兰笑道："毕业之后怎么样我也不能做官呀？"

二少奶道："倒并不是为此。母亲的意思，以为女孩子长到一百岁，总也是人家的人。可是妹妹的意思，老人家一点也摸不着。所以为了这些，她老人家的病大概是不容易好干净的。越过越久，人家是越逼越紧，不定把老人家逼出一场什么病来。"她说到这里，就把眉毛皱了起来。

梦兰道："谁越逼越紧呢？"

二少奶本是在脸上堆满了愁容的，听了她的话，倒是微微地一笑起来了。梦兰在碟子里抓起一片松子糖，却又放下，对于嫂嫂脸上这番笑意是如何而来，大概很是明白，于是把糖放下，突然站起来道："母亲有什么为难之处，只管告诉我。我纵然不孝，也绝不能叫老人家为了我送掉老命。"

二少奶道："也不至于到那种程度，仿佛……"说到这里，把头偏着做个沉思的样子，接着道："听到说，刘府最近又送了日子来了。就在十月之间，并且附带着说明了，若是为了妹妹读书的事，不能准这个日子，那是小事。喜事之后，可以照样听便妹妹上学。母亲是没说什么，大概父亲是做主答应了。母亲几次三番想把话告诉你，总怕你不高兴。本来嘛，哪个做女孩的人舍得离开娘呢？母亲只管为难，所以身体老不大好。"

梦兰越接着向下听，脸色越显着苍白。坐着垂下头来，将手弄了衣角，很久说不出话来。二少奶也是偷眼看个不了，并不在这时候插嘴说话。

梦兰正襟坐着，向二少奶正色道："二嫂，你今天所说的这些话，是母亲叫你来通知我的呢，还是你自己无心中露出来的呢？"

二少奶脸上表示了惊讶之色，两手同时摇着道："我的妹妹，这话就这样一说罢了，不但母亲没有叫我把话告诉你，而且还叮嘱过我们，不许把这件事传到你耳朵里来。这也并无别意，不过怕你听着，又要无缘无故地发愁。你是不知道，你若有什么忧愁的样子，母亲看到了，就不免四处打听到底是为了什么。这一件事，明知道你听了是不顺心的，还有些日子呢，她肯老早就告诉你吗？妹妹，你是个聪明人，什么不知道？大概你读的书本子，比我们所认识的字还多。我们有那样大的胆，敢到你面前要什么花枪？好妹妹，我们这话一说一了，就到这里为止，不必再提了。"她说着话，并且站了起来，表示她诚惶诚恐、不敢负责的样子。

梦兰靠了桌沿站定，微咬了下嘴唇，眼睛看了自己的鞋尖，十指交叉放在怀里，只管出神。

二少奶道："妹妹，你怎么了？我只劝你不发愁，你还是老要发愁。"

梦兰叹了一口气，道："无论是谁，到了我这个境遇里面，也不能不发愁吧?"

二少奶两脚轻轻地在楼板上一顿道："哟，那是我的话说错了。"

梦兰摇摇手道："不，我揣情度理，老早的也就明白了。好比那死囚牢里的犯人，虽然不知道哪天去上刑场，可是我心里头雪亮，知道尽头的日子是不远。"

二少奶听她把话说得这样的严重，不由得把脸红了起来。

梦兰道："二嫂，你以为我这话说得太厉害吗? 我以为这才是心窝里要说的话呢。你索性告诉我，到底是哪个日子?"

二少奶苦笑着道："我说了，你倒苦逼我。"

梦兰斟了一杯茶，右手举着，送到口边。左手却托了右手臂的肘拐，呷了一口茶，向天花板上看了一眼，把那茶都喝完了，然后点了点头。

二少奶笑道："妹妹，你也觉得我所顾虑的不错吗?"

梦兰道："不是不是，我现在是另一种想法。就在今天，我要决定我应当做怎样一个人。或者是旧的人呢，或者是新的人呢? 这两种随便我挑一种人做。绝不应当徘徊在新或旧的路上。"

二少奶道："那么，我就不知进退地更问妹妹一句话了。你倒是愿意做旧的人呢，或者是做新的人呢?"

梦兰将喝完了茶的空杯子拿在手上，捏得很紧地摇撼了几下，在她那摇撼的时候，非常吃力，似乎那茶杯随时有捏破的可能。二少奶倒吓了一跳，只有怔怔地向她望着。她咬了嘴唇，沉思了很久，自言自语地道："为人难，我还是挑容易的做，做个孝女吧。"

二少奶把话谈到这里，觉得不能更向下问了，于是微笑道："妹妹，我是个直性子人，只管说得痛快，忘了忌讳，有许多话是不应当告诉你的。告诉过你以后，我又有一点后悔。母亲知道了，不是要说我多嘴吗？"

梦兰道："这个你尽可以放心，我绝不能说是你告诉我的。再说，我已死了心了，不想有什么出头的日子。纵然你告诉过我，也没有什么关系。"

二少奶站着，将手理理鬓发，笑道："我也不管你听了我这话打算怎么样，反正我说的是实话。纵然让母亲知道了，也不能说我造谣。我想母亲也早要把这事告诉你，只是说不出口来吧。"

她说着这话，还是手扶了桌沿，向梦兰注视着。脚虽向前微微地移了一步，但是她并不走开。梦兰道："你还犹豫着什么？还有应当告诉我的话没有说出来吗？"

二少奶注视她微笑着，接着摇了摇头，道："没有什么可说的了。"说着，还走上前来，握住了梦兰的手摇撼了两下，这才回头望了望她，缓缓地下楼去了。

梦兰坐在小楼上，把嫂嫂的话想了一遍，更增了无数的心事。在二嫂说话的时候，倒也不感觉有什么奇异之处，只是在她说完话以后，却是一而再、再而三地只管向人看着，好像还有一句要说的话不曾说出来。于是先靠了桌子，撑住头想想，随后又躺到床上，侧身抱了枕头，闭了眼想想。最后起来，靠了窗户，看着天上的白云，真等天上的云变了红色，一阵阵的乌鸦零落着由天空飞过。眼见这一天的光阴又是糊涂地消磨了。

但是到了这个时候，天空的风景越是值得玩赏。所以她还靠了窗子，向外张望着，不肯走开。后来小菊两手捧了煤油灯上来，放下了灯，也挤到窗边来站着，笑问道："小姐看什么东西？看到这样有趣，我也看一看吧。"

梦兰见她两手扶了窗槛，身子只向上撑，笑道："你看什么这样出力？"

小菊道："小姐看什么，我也看什么。"

梦兰将她摔倒开，把窗户立刻关起来笑道："你发什么傻？"

小菊退后两步，靠了房门，向她望着道："是我发傻吗？因为小姐挤着向前看，我才跟着向前看的。"

梦兰笑道："我是有疯病，你也跟着我害疯病吗？"

小菊尽可地将头一伸，对了梦兰的脸上注意着，于是问道："为什么小姐总是这样发痴发呆的样子？"

梦兰道："你要问这一个道理吗？你……你不会懂的。可是你不懂，就是你的福气。"

小菊望了她道："小姐这话什么意思？"

梦兰道："告诉你什么意思，你还不是懂了吗？你懂了就没有福气了。你还愿意没有福气吗？不要在这里发痴了，快点下楼去吧。"

小菊向梦兰看，低头笑着，下楼去了。

梦兰把灯芯扭大些，拿了一本书摊在桌上，正待坐下来看。小菊却在楼底下大声叫道："小姐快下楼吃饭吧，大家全等着你呢。太太吩咐我来叫的。"

梦兰这就对了壁上悬的镜子装出一种迎人微笑的样子来，笑了一笑，还怕是不怎么自然，对镜子连照了四五回，这就自言自语地道："大概可以了。"自己摸摸头发，牵牵衣襟，然后向前进堂屋里吃晚饭去。当自己坐在桌上的时候，总怕自己的态度不十分自然，因之故意地向母亲嫂嫂说笑着，现出一份高兴来。江太太在吃这顿饭的时候，果然是有异于平常，老是将两只眼睛在她周身上下打量。梦兰笑着把饭吃过去了，还不立刻上楼，又在母亲屋子里洗脸喝茶，很是谈了一会儿，方才回到楼上去。在吃饭的时候，二少奶最是放心不过，除了老把眼睛向她看着而外，而且还随了她的话音找话谈说，直待她上楼以后，方才把心事安定了。

但是梦兰的心事果真安定了吗？这是在家里如此，到了次日早上，自己上学的时候，那两道眉毛可又重新皱到一处来了。她是全家起来最早的一个人，她皱了眉毛，只有跟着起来伺候茶水的小菊是看到她的颜色的。她夹着书包出门去的时候，小菊也就跟送到大门外来，手扶了门框，站在那里对了她的后影看着。等她走出去了几步，却轻轻地叫了一声小姐。梦兰回头问她有什么事，小菊笑着说没有什么事。梦兰道："你这小东西，倒拿我开心。叫我做什么？"说毕，自向前走。

小菊随在后面，又追了几步，又笑着叫道："小姐，我和你说句话。"

梦兰道："有话你就说，鬼头鬼脑的样子干什么？"这才停住了脚，回转身子望了她道："有什么话？你倒是说呀！"

小菊将一个食指按住嘴唇，微扬着头，向她脸上望着，于是道："我对小姐说了，你更要发愁了。"

梦兰笑道："你怕我发愁，你就不必对我说了。"

小菊回转身来，摸了辫子梢，将脚在地面上画着道："小姐待我很好，我要是不说，我良心上过不去。"

这句话倒是引起了梦兰的注意，这就立住了脚没有动，向她望着道："你且说，有什么要紧的事？你总知道我为人，我绝不能说是你告诉我的。"

小菊回头看着自己门口，走近一步，靠住梦兰身边，低声道："小姐大喜的日子已经择定了，是九月二十四日。老爷的意思早就要告诉你。太太说是老早地告诉了小姐，老早地就要淘气。不如等到日子摆在眼前，再同小姐说。我心里就很替小姐难过，这样的大事，怎好不告诉你呢？可是我又胆小，不敢多嘴。因为昨晚上二少奶同

185

你说话，已经告诉了一半了，所以我索性把这一半也告诉你。"

梦兰听了，先是一怔，随后便道："事先你为什么不告诉我呢？"

小菊道："事先我怎么敢说呢？全家都不提一个字。"

梦兰点点头道："好，我知道了，你回去吧。"她交代了这句话已毕，微微地叹了一口气，掉转身来，自一步步地向学校路上走去。

她本来就是愁眉不展的人，经过了这一度谈话，更是在那清秀的面庞上加了一层忧郁的意味。去的时候，心里想着心事，是一步步地看了地面走去。散学回来的时候，还是这样一步步地量着地面走回来。不过在半路上，却不时地抬头向前面看去，这似乎冥冥之中起了什么感应。在她抬头向前看去的时候，章国器是在她这个姿态中出现了。平常两人相遇，梦兰总是装着毫无所知的样子交错过去，至多是向国器看上两眼。在那眼光一瞥之中，把千百句的言语都代表过去了。今天不然，她老远地看过两眼之后，还把脚步停止了。虽是她停着脚步不过很快的几秒钟，可是她显然地为着见着国器而停顿，国器是知道的。国器想着，她或者有了不堪抑郁的意思，要对人表白一番。那么，自己就站住了听她说什么吧。

国器是刚刚有了这点意思，还不曾把脚站住呢，梦兰可又低了头一步跟着一步慢慢地走了。国器果在巷子中间站定了，只是向了梦兰的后影出神。回想她的脸色是那样沉郁，眼光呆定，睫毛下垂，两道眉毛紧紧地要触到一处。更又想到她平常虽不敷脂粉，可是雪白皮肤上透出两块红晕，也像淡淡地抹了脂粉一样。可是刚才所看到她的脸色，带了有一份苍白，红晕是消蚀得一点都没有了。看她这情形，心里的忧郁似乎有极大的酝酿了。有好几天没有接着她的信，由这里看来，绝不是她对自己怎么淡下来，完全由于她受环境的压迫，心里别有所感。假使彼此已经通过言语了，恐怕她今天见面之下总有千言万语的苦恼要说出来。不看她那微弯的眉黛，好像有点颤动，而且眼睛角上，还藏着泪珠要滴下来吗？于是自己摇摇头，又叹了一口气，然后一步一步地走着回家去。

到家以后，也不同什么人说话，把房门口的门帘子放了下来，于是背了两手，在屋里来回地走着。走得有些疲倦了，就坐下来，把书桌上那个维纳斯像两只手捧住，左右动着，只管看去。随后把像放下来，自言自语地道："在封建时代，中西的思想都是一样的。中国人神话，是月里嫦娥嫁了那个暴君后羿，西方的神话，是维纳斯嫁了厄运之神。这不是偶然的，那目击以作的诗人文人，寄托遥深呀！"

于是把偶像放到原处，将一方歙砚移到面前，取出一方古墨，缓缓地磨着。当他磨着墨的时候，两眼向窗子外看去，窗子的砖台上列了几盆大叶秋海棠，开得娇艳欲滴。桌上蒲草盆子边，紫色小胆瓶里插了一剪白菊花，细细的花瓣，正是要开未开，便感到书案上面满布下秋气了。恰好女仆将一把阴绿的小瓷壶新泡了一壶香茶上来，更添了不少的诗兴。于是在抽屉里找出两张宣纸诗笺，提笔写起诗来：

　　　　　胜隔蓬山几万重，城西萧巷悄孤踪。
　　　　　相逢凄绝秋来意，瘦损双蛾画不浓。

　　　　　扫叶西风黯白门，青衫小步怯黄昏。
　　　　　秋波一转肠堪断，不见胭脂见泪痕。

　　　　　一度相逢一黯然，黄花微簇鬓云偏。
　　　　　可怜秀骨清如水，独步西风落照前。

当时相见柳姗姗，落尽梧桐一语难。

冷巷相逢三百日，只将泪眼向人看。

秦淮河北石城西，曲巷如廊有凤栖。

每日百忙还小立，背人遥看绿鬓低。

频见愁容近却难，唯将眉语询平安。

归来抛卷痴如石，坐对瓶花一剪寒。

　　国器把这几首诗文不加点地一口气写起来了。自己却站了起来，在屋子里负手沉吟，来回小步。还想找点新意思，凑成十绝。章老太却在那边屋子里连喊了两声，说是有事。国器这就放下了作诗的念头，赶快地到母亲屋子里去。这一度谈话，约莫也有十来分钟，再走回屋子里来时，却有个人迎面站定，连连作了几个揖，笑道："真对不起，万想不到你书桌上放了这些无题诗，我无意中都看了。"

　　国器看时，原来是好友朱小松。这位朋友才二十岁，是位世家子弟，他父亲是一位江南名士，从小就把小松训练成了个小名士。吟诗作赋，正是所好。当民国初年，社会上正欢迎着香艳文字，小松小小年纪，词华藻丽，在杂志界里已是一位红星，他和国器正是意气相投。今日穿了一件蓝镜面呢的夹袍子，头发梳得乌亮，鼻子上架起托力克的眼镜，倒是一个丰致翩翩的人物。

　　国器红了脸道："你怎么不声不响地就进来了？"

　　小松笑道："这几首诗作得很不坏，我看言之有物，绝不是向壁虚造的。"

　　国器笑道："你这人做事有点不对。"

　　小松道："你不用问我这事做得对与不对，我倒要问你，你这诗是作好了，预备刊在你小说稿子里用的呢，还是作了就算，并不发表的呢？"

国器道："我当然是要发表的。"

小松且不追问，又把桌上的诗稿拿到手上捧起来，又高声朗诵了一遍，点头笑道："'当时相见柳姗姗，落尽梧桐一语难。'这位先生太没有勇气，相见了这样久，怎么还不能够通话呢？'每日百忙还小立，背人遥看绿鬓低。'兴致不浅。这'遥'字为什么不用'偷'字？难道还是正大光明地看了去吗？最后一首，说到'坐对瓶花一剪寒'，都简直是你现身说法了。你看你这桌上……"说着，指了瓶子里的菊花，向国器微笑。

国器把那诗稿夺过来，立刻送到抽屉里去，将抽屉关上，笑道："这里又没第三个人，互相标榜着给谁听这些话？"

小松坐到椅子上，微偏了头，依然沉吟着，笑道："这一定言之有物。我来和你几首好不好？"

国器坐在他斜对面，昂头看了窗子外的天空，也带些微笑。小松轻轻地拍了掌道："据我看来，一定是你的本事诗。你……"

国器笑着向他拱拱手，又向墙那边章老太的屋子所在指了指。小松就低声道："依着我揣测，你遇到了这种事，一定是感到相当困难的。你何不把实在的情形告诉我？我也可以同你想点主意。至低的程度，我也要办到你两人可以说话。我想这位小姐，一定也是个诗人吧。黄花插鬓，一个人在西风落照前散步，漫说是本人，就是我读了这诗，也觉得意境惘然。何况你又说的是'瘦损双蛾画不浓''不见胭脂见泪痕'的人呢？"

国器被他说得有些情不自禁了，却低低地叹了一口气。他这一叹，不啻给予了小松一种暗示，告诉他所猜是对了。小松是个好事的少年，岂肯放过不问呢？这事情是不免透出一点消息来了。

189

第十二回

白版红笺空还两行泪
荻花枫叶独步半城秋

冷眼看热衷的人，大概是越看越清楚，反过来，热衷的人要逃冷眼，也就越逃越显得踌躇。这时，国器和朱小松对面默然地坐着，也就在脸上透着一点不自然出来。

小松笑道："就诗的字句里而去揣测着，我是觉得我的话不会错的。就算是错了吧，我问你，这几首诗要插在小说里，小说是怎样的布局？"

国器道："你在诗里面可以看得出来的，何必再问我？"

小松见他不露一点口风，这就捧了那张诗稿在手，又细声念了一遍，于是道："我猜是这样的吧？有一位青年，偶然碰到一位少女，就钟下情了。于是自那天起，每天就要等那位少女过去。无论怎样地忙，也忘不了这件事。但是那位少女并不把这少年放在眼里，由春天到秋天，无论这少年怎样注意她，她丝毫不睬。而且这位少女有些发脾气了，所以……"

国器摇着手，立刻止住他道："不对不对，若是那个少女生气，这男人还要去看，那等于无赖的行为。这两个人虽然不认识，但却是女子仰慕男子的文名在先。"

小松道："据诗上看去，分明两个人不曾通言。那女子何以知道所遇到的男子就是她心里所仰慕的那个人呢？"

国器道："那是由于通信所得知的。"

小松的脸上一点也不带笑容，眼光还是注视着那诗稿上，跟着很随便地问道："这却不知道是男方先向女方通信呢，还是女方先向男方通信？"

国器道："当然是男方先向女方通信，这是无待于问的。"

小松道："第一次信上，写了些什么？"

国器道："当然是很客气的话。其实直至现在，信上还是很客气的话。"

小松这就对他脸上望过去了，于是道："你不是说了，这是小说上的人物吗？怎么你又说到现在还是很客气？难道这两个人现在的情形你全都知道吗？"

国器说到"现在"两个字，本来想忍了回去的，不想话出如风，没有法子抹杀。心里也就立刻想着，要用什么法子把话兜转。小松一问他，先是默然地一笑。

小松道："老哥，你究竟是个老实人，说来说去，你也就把消息漏了。其实是空中楼阁也罢，真有其人也罢，甚至乎就是你也罢，这都是我所不必问的。我只有一个建议，在你这几首诗里，真个此中有人，呼之欲出。这样好的女子，令人可爱，因为她太富于诗味了。但是林黛玉式的女子，现在又不合乎时代了。你必定写得她战胜了不良的处境，和这个男人成为一对崭新的夫妻。就是说你作小说的话，假使真有其人，我们当出一臂之力，让她得着自由，不要'独立西风落照前'，一味地伤感。"

国器道："那很难写，写成了大团圆的结局，必是落于腐套。"

小松将诗稿放在桌上，也不知几时，女仆已是放了一杯茶在桌上，这就把那杯子捧起，慢慢地喝着，微笑道："你作小说，总是写哀情，那不好。至少你也应当写一对陪客，写得他们的婚姻非常圆满。"

国器笑道："我还找不着这种陪客，把你写上去吧。不过你所赏识的，全是《板桥杂记》的人物，我对于这一道又十分外行。"

小松似乎把这句话看得很认真，将茶杯放下，两手按下膝盖，向他望着道："你不要以为《板桥杂记》上的人物都是些下流的，这里也很有些可取的女子。你是不肯到这种地方去，假使你肯同我到这些地方去看过两次，你一定不能一概抹杀。"

国器拱了拱手，他虽然没有说什么，但在他带着微笑的脸上，分明是谢绝了。小松看了这情形，也没有把话再向下说。于是道："你这几首诗，我抄了下去，替你和上几首好不好？"

国器道："小说我还没有作成，你就要和诗，透着大家有点互相标榜。等我在杂志发表以后，你再和吧。"

小松笑道："据我看来，你这几首诗永远不会发表的。"说着，自起身把那张诗稿折叠了几折，放到抽屉里去，将挂在衣架上的帽子取到手里，向他作了半个揖，笑道："我想你要作的诗，还不止这几首。我在这里打断你的诗兴了。"说着，匆匆地向外面走去。

国器倒觉得他这一去，多少为了一点避嫌的原因，自己更是不安，就随着后面，送出大门口来，而且带着说话，向巷子口上送去。

就在这个时候，前面来了一位女郎，穿着一件鸳鸯格子的绿色夹袄，长长的青湖绉裙子，黑漆皮鞋走得地面上咯咯有声。她的前额垂下来很长的刘海，雪白的脸上，浅浅的两块大红晕，很是美丽。小松远远地看到她，就觉得眼光被她吸收住了，及至她慢慢地走到面前，她那一双大大的眼睛，把眼皮垂了下去，簇拥着两道睫毛在外，端庄之间，兀自带了一份媚态。

小松见国器看到这女学生，似乎有点羞涩之状，突然地将步子走缓了。这就联想到那几首诗所说的人，不要就是这位吧？在种种揣测不曾完全停止的时候，那位小姐已是走到了面前。她倒并不是像诗上所说的羞人答答，反是很大方地向人站定，对国器笑着点了一个头，又低声叫了一句表兄。国器对于人家这样大方的表示，当然也以大方还礼，随着点了个头，两下交错而过。

小松等她走得远了，才笑道："原来是你的令亲。"

国器道："对了，但是很疏远的。我们不大来往。"

小松心想，谁又问你来往不来往了呢？二人默然着走了几步，到了巷口，小松道："你还是上道有事呢还是送我呢？"

国器道："送你几步。"

小松道："那可以止步了。你回去把那诗多写几首，下次我再来领教吧。"

国器心里也就想着，刚才李友梅小姐走过，必是到自己家里去了。自从那次她误会过以后，大概是很有点害臊，始终不曾来过。女孩子面皮薄，当然在男子以上，自己还是回家去招待招待，把这段痕迹给遮掩过去。于是匆匆地走回家来。

以为友梅必在母亲屋子里，故意借了些事端进去，里面却是无客。默念着她是那样不避嫌疑，又到自己书房里去了？自己也稳定了态度，掀开门帘缓缓进去。他以为这样的从容举措，总不至于去惊动她的。可是走进去一看，屋子里还是不见人。这就奇了。难道她是过门而不入？唉，无意之中，又算负了一个人。

于是拿了那张诗稿，自捧着斜靠在椅子背上，缓缓地吟咏起来。耳边下却听到玻璃窗砰砰的有人敲着响，国器回头看时，一张粉白的脸闪了一闪，笑道："这不是李小姐？"

友梅在外面点了点头，笑道："我早就来了，可是看到表哥送了客出去，我也不知道表哥什么时候回来，所以在巷子里打了几个转身，见你进了门我才来的。你又在作诗？我来得不嫌冒昧一点吗？"

国器听她叫过一声表哥之后，已是站了起来。这就隔住窗户向外面连连点了点头道："李小姐请进来吧。我也正……"说到这里，猛可地把话止住。友梅对于这一层倒也没有怎样介意，已是绕着弯子由外面走进来，掀起门帘子向里面一跳，笑道："好久不来，表哥的书房又布置得雅静许多了。"

她说着，站定了脚四面张望着。其实在国器这屋子里，并没有什么新的点缀，不过是在书架子边上，加添了一小盆桂花。国器起身让座之后，接着就将桌上的小茶杯亲自斟了一杯茶，两手送到她面前。友梅接住茶杯，先点了点头，然后坐下来正色道："这是我失信了，许久没有到这里来。表哥所托我的事，我竟没有办到。"

国器道："李小姐是正在读书的人，我一点芝麻大的小事，当然不便来麻烦你，倒耽搁了你的大事。"

友梅捧着杯子呷了一口茶，低声道："这两天，她是终日满脸的忧容。在学堂里到处是人，我总没有机会问她的话。我打算明天到她家里去谈谈，有信带去吗？"

国器道："没有信。纵然有信，说来说去，还是这一套话。我想还是彼此心照吧。"

友梅道："表哥的心照我怎能够带了去？"说着微微一笑。

国器道："我心绪不定，话说得太笼统了一点。我知道，她的境遇现在一定是很痛苦的，但是不知道痛苦在哪一点。糊里糊涂地写信去，隔靴搔痒，也是无济于事。李小姐去后，知道她的痛苦在哪里，那时我再写信吧。"

友梅将一只空的茶杯子在手上连连地转着，看那上面的花纹，并不对别的所在看去。很久才道："现在她的情形我也略微知道一点，不过我所知道的，是不是传闻之误呢？依着我的意思，还是问明了再告诉表哥，免得报告错了，传话的倒有不是。"

国器笑道："那是李小姐客气。"

友梅又向这屋子四周看了一遍，好像是感到局促不安似的，于是放下杯子笑道："我告辞了，明天或后天，我再来拜访。"说着这话，她立刻起身要走。

国器当她来的时候，已看出了她是强为欢笑，现在她告辞，也是那种强自镇定的样子，便不再说挽留的话，一直送到大门外去。她垂头向巷子口上去，都是一直地走着。到了巷子口，才回转头来看看。她似乎没有料到国器还在大门口站着的，始而是猛可的一惊，后来才停住了脚，笑着点点头道："请回吧。"她料着国器还在门口站着的，就不再回头了。

她在这一度回头之后，似乎有了极大的感触，人与人之间，总免不了佛家所谓的那个缘字。有缘呢，共事也好，做朋友也好，以至于男女之间的婚姻也好，一拍即合。无缘呢，无论如何亲密的人，是不能做成功一件事的。国器对于梦兰，到现在为止，还不曾交过一回言，他们倒成了可生可死的交情。由此看来，什么也不能去强求，这时有个缘故呢，个人和彼此有缘的人去相助一把，倒也是一件事半功倍的事。自己和梦兰这样好的友谊，再去为他们努一点力吧。她这样想着，倒像是同自己轻了一身累。就决定了次日在学堂里会到了梦兰，一块儿到她家里去。

这样拿定了主意，次日故意地早些到学堂里去，希望在没有上课以前，就和梦兰有一度接洽。可是上午她没有来，下午还是没有来。散学之后，友梅索性夹了书包，就向江家来了。

一进门就遇到了小菊，她道："李小姐，你来得正好，我们小姐又病了。"

友梅道："又病了？那为什么？"

小菊笑道："害病就害病，哪里还要为什么呢？"

友梅顿了一顿，笑道："这倒是我说错了。我就直接到她楼上去，你不要去惊动别人了。"

于是放轻了脚步，穿过她家几进屋子，走上楼去。在上楼的时候，快到梦兰的屋子里了，大意着放重了脚步，皮鞋踏着楼梯咚咚响。这就听到梦兰在屋子里道："小菊，我告诉过你，叫你不要上楼来吵我，怎么又来了？"

友梅笑道："来的不是菊花，是梅花。你欢迎不欢迎？"

梦兰听说，直迎到房门口来，握住了她的手，苦笑道："我正是苦盼着你，你果然来了。好极好极！"说时，拉了她向屋子里走来。

友梅见她微黄着脸子，草草梳成的一把辫子，用了一小截绿丝线，扎了辫子根。身上穿着一件六七成新的蓝湖绉夹袄，越是显出一些单怯怯的样子来。

友梅挽了她的手，一块儿在床沿上坐下，低声问道："我知道你这几天的心里不大受用，到底是为了什么事呢？"

梦兰叹了一口气，友梅道："我也知道你的态度是非常的消极，但是你不该把读书的事也这样耽误了。你不知……"

梦兰连连地摇了几下头道："你不懂得我的心事，我不读书了，今天已经写信给学校里，我退学。"

友梅道："那你有点胡闹了。我们越是感到自己身世不好，越要努力求学。有了学问，我们才有竞争的本领。你为了各种黑暗所困住，不但不去找一盏较大光亮的灯火，而且把手里拿住的一根引火的火柴头子也扔了。"

梦兰道："这样做，我当然只有向黑暗缝里落下去的。这倒不必你来提醒。我已经明白了。"

友梅道："这奇了，你难道睁开眼睛向火坑里跳？"

梦兰道："不跳怎么样？因为我已经到了火坑边上了。站在这杀人的刑场边，看了是要死不死，格外难过，倒不如闭了眼睛，赶快向坑里一跳，死得快快的，免得在这火坑上战栗。古人说得好，丧欲速贫，死欲速朽……"

友梅两手同摇着道："不对不对！旧人物说的是读圣贤书所学何事，我们应当说进学校门所学何事。我们绝不能自暴自弃，这样戕杀自己。"

梦兰紧紧抓住了她的手道："梅，你你……你可怜我，不要用这些话来刺激我了。我已经死了心，就只一点旧道德的安慰。你这样一说，把我死了的心再煽动起来，我又不能革命，那更让我烦恼。你还不知道呢，刘府上已经择定了日子，把我夺去了。我为了家庭的体面、父母的信用，我绝不能反抗。那日子近一天，我的人生乐趣缩短一天。哀莫大于心死，什么也都完了。我还能做什么？"

友梅听了这话，倒默然了一会儿，许久才道："你这样说，我也没有了主张。我绝不能叫你去反抗家庭，违抗父母。只是……不说了，不说了，我说着徒伤你的心，那是何必呢？我昨天在一位朋友家里经过，他托我致意你……"

梦兰点头道："我知道了。这文字之交也应该断绝了，你来得正好，我写一张字，托你带给他。"

梦兰说完，好像是很兴奋，立刻把书架子头上一只紫檀木盒子捧了放在桌上，打开盖，取出一盒玉版笺精印的仿古信套，上面印着碧叶兰花，又取出一盒玉版信纸，上面描了极细的栏格，角上有苍松白鹤。

友梅在手上展玩了一会儿，笑道："这很好，是哪里买的？"

梦兰道："这是北京来的京货担子送到家里来卖的，我就挑了这两样。我用这好的信纸信封写信给谁？请你把这两样东西送给他吧。"

友梅道："我倒明白了。信封上的画是隐藏着你的名字，信纸上是隐藏了他的名字。你对信纸信封的选择都如此用心，那么文字上你一定写得很深刻。"

梦兰道："你正猜着一个反面，我在文字上却是极空泛敷衍之能事的。这并不是我没有诚心对人，我实在是难于下笔。"说着，她依然把紫檀箱子送到书架上去了，而且找了一张大些的白纸，把信纸信封一齐包上。

友梅道："怎么？你不是说要写几个字让我带去的吗？"

梦兰道："我原来是有这意思的，但是看到了这样好的信纸随便涂上几个字，把东西糟蹋了。若是叫我工工整整地写，我实在按捺不下这番心绪。不如就把这白纸送给他吧。"

友梅道："这叫'不着一字，尽得风流'。不过我这样交给他，他怎么能相信是你的东西呢？你不如拿一张纸写上几句诗吧。"

梦兰道："你看我几时作过诗？"

友梅把那纸包打开，抽一张纸放在桌上，用铜尺压了，接着打开砚台盖，自己伏在桌上擂了一阵墨，把一支羊毫笔由笔筒里抽出，取下笔帽送到她手上，笑道："写一点，写一点。"

梦兰虽是接住了笔，皱着眉道："你不知道吗？一个人心里的话太多的时候，转是一句话也写不出来的。"

友梅拖了她的衣袖，让她在椅子上坐下，拍了她几下肩膀道："写两句，写两句。"

梦兰道："叫我写什么好呢？"口里沉吟着，手上只管伸了笔在砚台里蘸墨。

友梅道："你不用作诗，也不用抖文，写两句白话在上面，可不行吗？"

198

梦兰也不理她，点了点头道："有了，前日我在一本杂志上看到有几首诗，倒和我的意境差不多。我套着写上二十字吧。"于是提笔写道：

玉版桃花面，朱丝血泪痕。

寄将一百纸，聊以报君恩。

写毕，将笔一掷道："不写了，你告诉他，我以前抽纸写信的时候，常常是掉眼泪。信纸上的花纹，有走了痕迹的，那就是我的泪珠变的。大概这一盒信纸这样的还不少。我很想把这意思写出来，无奈我没有学过作诗，写不出，请他代我写吧。那二十个字是一个女人寄手绢给人题诗，我稍微改了几个字。"

友梅道："这话你何必还交代一遍？"

梦兰道："这没有什么，我表示我不掠美而已。"说着，站起来，两手扶了椅背，向友梅注视着道："请你告诉他，从此以后，不必书信来往了。我已经没有心力回信。他来一次信，我心里就要感到不安一次。大概他写一次信，也不少的感触。我们到这世界上来，是找快乐的，不是找苦恼的。纵然苦恼是人生避免不了的，但我们只能说碰上了苦恼，无可奈何，绝不能自己去找苦恼。"

友梅道："你这话也是对的。不过世上有一部分人，他反以苦恼是一种快乐，拼命地到苦恼路上去找苦恼。你和他都是这样。"

梦兰道："我不承认你这句话。我的苦恼只能说句迷信的话，归之于命运。我自己并不去找苦恼。"

友梅把脖子一扬，表示她的理直气壮，语调格外强一点，望了她道："把苦恼归之于命运的人，是不肯去逃避苦恼，那也和自己去找苦恼差不多。一个人眼见苦海在面前，还一步步向苦海里走，我真有点不明白。若说自己是个无知识的人，不知道苦海是苦，犹有可说……"

梦兰走向前一步，同时握住友梅的两只手，很惨然地望了她道："你不要用这些话来刺激我。你是好意，想把我鼓励起来，成为一个有作为的女子。只是我不能，你越激我，我越伤心。我辜负你这一番好意了。"

她说完了这话，两行眼泪再也忍不住了，就流了下来，而且眼泪流下来的时候，势子是很猛，她自己要忍住着，反是哽咽起来，不得已立刻伏在桌沿上，哭得吟吟有声。友梅先是站着望了她发呆，过了几分钟，自己也就落下泪珠来。于是掏出手绢，将眼泪擦干，轻轻抚摸着她的肩膀道："兰，你不要这样。好在还有几个星期的时间，慢慢地想法子吧。你这样一哭，闹得楼下人知道了，还以为我到这里来把什么话得罪了你呢。我们找一件什么可乐的事，先快活一下吧。"

梦兰这才站直了腰，将手绢擦着眼泪，摇了摇头。友梅不敢提这件事了，只是说了一些同学们的事情。看看天色黄昏，友梅不便同她下楼吃饭，怕是露出了泣容。将她送国器的信纸信封放在书包里，那张字却折叠了放在身上，约了过两天再来看她，依然悄悄地走去了。

次日，友梅就把东西转送给国器，而且两人所谈的话也都告诉了他。当时国器在苦恼的脸色上，还勉强带了一份微笑，却一个字没有加批评。友梅去后，自己把那信纸信封展玩了一会儿，心想，梦兰是个洒脱的女子，她说人生是来找快乐的，不是来找苦恼的，这非常之对，自即日起，打点着精神，只寻快乐，不想苦恼的事。

心里很苦恼地又过了一个星期，吃过午饭以后，不免在天井里徘徊。天空里呼唔有声，抬头看时，正是一排雁字，由北向南飞去。

心里猛可地一转念，是啊，秋深了啊。这还在家里苦闷些什么？于是对母亲说了一声，要出城去玩玩。换了一件单薄些的长衣，带些零钱，独自一人走着。

秋日干燥，约莫有十天上下不曾落雨，因之天空上仅仅飘荡几片白云。清风迎面吹来，不但不凉，反觉精神为之一爽。于是留意挑着荒凉的小路，向城北走来。当年的南京繁华处在城南，城北只是一些菜园和野竹林子。国器满怀的抑郁，自己本不知道如何是好，虽然到外面来散步，然而散步是否能剔除胸中的烦闷，却也不得而知。及至踏上了萧旷的地方以后，这就不知不觉地把心里一切的烦恼都已忘了。人家的菜园子里，北瓜架、扁豆架都堆了焦黄而肥大的叶子，路上的草全长得有一尺长，虫子唧唧地在里面叫。几所菜园子以外，一定是夹着两三丛瘦竹林子，夏日长成功了的竹子，到这时候都是很老的枝叶了，风吹过去，窣窣有声。尤其是竹子根下，落了些枯黄的竹叶，很明白地指点了秋的现状。

他心里就有了一个感想，诗的意境总是和物质文明的所在不大吻合的。虽然六朝金粉的金陵到处是荒凉的意味，但这就很有诗境了。接着又想到秋的意境萧疏，能点缀这萧疏趣味的，又莫过于水，且到鸡鸣寺山上看看后湖吧，好在走的正是这一条路。

他眼里看着，心里想着，脚下走着，眼见一座鼓楼立在半空。也就现出了南京的城北，正是寻古的所在，更引动了他的兴致。每到一个十字路口，有三五家店户的所在，或者是人力车夫，或者是赶驴的脚夫，向他兜揽生意，他都谢绝了。一口气就走到了北极阁山脚下。那时这座北极阁的一座小山，虽远在极冷清的城角上，但是城里的仕女到鸡鸣寺来烧香的却是络绎不绝于途。国器走到鸡鸣寺山口，猛看到沿山十几家土茅棚的店家，全挂着香烛神纸发卖。有两家还在柜台上摆了烧酒坛子花生酱豆豆腐干之类，太阳地里，横门摆下两张四方桌子，有茶壶茶杯放在桌子中间。这倒很有那乡村店家的风味。来烧香的妇女都到那小店里去买东西。起先，国器觉得这很有点意思，不免远远地看着，及至走到了近处，觉得这全是些伧俗的女人，不必去留意。偏是那铺子里的人也出来兜揽茶客，国器不能理会，顺了山坡，向山门走去。

忽然身后有人叫了一声道："章少爷，你也来烧香吗？"

国器回头看时，一个短装的大脚女人左手里提了一串纸锭，右手捧了香烛，梳一把圆髻，在耳朵上鬓发边，插了一朵大红花。看她胖胖的身材、黄黄的脸，却是不很认识。她顺了山坡，也是向上走。

国器望了她点点头道："你贵姓？我倒有些面生。"

那妇人笑道："我是李家的陈妈，陪着我们二小姐也到过章少爷公馆里去过的。"

国器道："哦，我的记性太坏。你是一个人来烧香吗？"

陈妈笑道："是替我们太太来烧香。太太身上有点不舒服，自己不能来，我们小姐又不信菩萨。太太说，让她来了，反是不恭敬，所以派我来。章少爷当然是同老太太来烧香的。"

国器笑道："你看我空着两手，像一个烧香的人吗？"

陈妈道："我晓得你是游山来了。但是怎么也没有一个同伴呢？"

国器笑了一笑，却没有答她的话。陈妈见国器不大理会，走到山门里面，就各自散开。

山寺的正殿向东转，这里有一座山阁。阁是坐北朝南的，栏杆外面就是山石，山石外面是城墙，城墙外面是一片汪洋的玄武湖。在当年，玄武湖是很少人工的蹂躏，但看到三面是山，一面是城，把这一湖水围困住了。湖水里若断若续的有五块洲地，这洲上柳树参差着，带着一些茅檐屋角，烟水迷蒙中被太阳一照，不大看得清楚。唯其是不大看得清楚，倒有了很深厚的画意。在几块洲地边，出水的芦苇成片地在水面上漂着，湖水飘荡，将芦苇丛推得像水浪一般地摇动。秋天的水是最清的，秋天的山在天高日丽之下，也是十分清楚。东南角上的紫金山高立在天空，却又常常地倒影在水里头。水里头的青天和白云都是倒着向天上反映的，那紫金山却是倒着在水里也坠下去。湖水被风吹着摇撼起来，但看到水里的青山白云一齐晃动，真是有趣。

国器出门以来，便觉心里头空洞洞的，不是先前那般抑郁难受。现在看到这些风景，心里头更是舒贴些。这一座山阁，本是和尚附开的茶社，在栏墙下层层向里，都摆了桌椅，和尚看到国器凭栏闲立，只是赏玩风景，早就泡了一壶香茶，放在他身后的桌上。等他偶然回转身来，和尚举半个巴掌，向他打着问讯，笑道："先生，茶已泡好了，请宽坐一会子吧。"

国器本也口渴，就受了和尚的招待来坐下。在这栏墙外的山坡上，正有几棵小小的枫树，秋天深了，枫树的叶子都变成了焦红色。偶然有一阵风来，吹得那枫树叶子每片都飕飕地打战，看去也有趣味。国器一面喝着茶，一面静静地出神。忽然有几团毛茸茸的小白点子在眼前空中飘荡着，倒很像春天里飞扬的柳絮。这日子绝不会有这种东西的，顺便抬起手来，就抓了一点在手上，张开手来，放在眼前看。那个小小的毛茸点，还只是在手心里打滚。这就辨认出来了，原来是水边的芦荻花，开得正好，飞了起来，在空气里四面飘。这里虽然是在小山上，可是水面上的风，把荻花卷作了团子，也往天空里直冲。冲到了天上，再四处纷飞。虽然是在山坡上，可也能飞到个三点五点的。国器看来，那些荻花正像下雪一般，山下向上，一阵阵地倒卷着上来。看过之后，心里更觉得有兴致，背了两手，就挨着四面的墙脚慢慢走着。抬头看看墙上的诗条同对联，觉得也有不少的佳作。只管一层层地看去，也忘了身子在什么地方了。

后面又是那陈妈轻轻地叫了一声，回头看时，她站在一张桌子角边，手扶了桌沿，向他望了微笑着。国器道："你还有什么话对我说吗？"

陈妈低头微微一笑，又走近了一步。国器点点头笑道："那么，就坐下来喝一杯茶。"说着，自己先坐下来，把茶杯子移过来，提着茶壶，斟上了一杯茶，笑道："你先歇一会儿，走这样远的路，你也走累了吧？"

陈妈笑道："我怎么不累？但是为了敬菩萨，我是不怕累的。章少爷不也是一个人走了来的吗？"

国器笑道："我虽也是一个人走了来的，但不为了敬菩萨，带走带玩，倒不十分累。我不累的人还要坐着喝一口茶，你累了的人，口渴着那是更要喝茶的了。喝茶没有站着的道理。请坐请坐。"

陈妈见他如此说着，只好把靠近桌子边的方凳向外拖了一拖，挨着半边屁股坐下，笑道："我们小姐对下人已经是很客气的了。章少爷待人那是更客气。"

国器笑道："那是你错了。人生世界上根本就无所谓上人下人。我们出工钱找人做事，你们卖力气挣工钱，谁比谁高？谁比谁低？"

陈妈端了茶喝着，对国器脸上瞟了一眼，于是笑道："章少爷也不到我们公馆去玩玩。"

国器道："没有事，平白去打搅干什么？"

陈妈笑道："我们小姐倒是常到章少爷家去打搅的。"说着，喝完了那杯茶，自己拿起茶壶来，先向国器杯子里斟上一杯，然后在自己杯子里也斟上了一杯，笑道："你们老太太倒是很喜欢我家小姐的。"

国器道："你家小姐非常斯文，也不大出来玩玩。"

陈妈立刻放下杯子，摇了摇头，笑道："章少爷正是把话说反了。她平常就和男孩子一样，什么人也不怕的。章少爷家里是没有姑娘做伴，所以她不大常去。其实那些女同学家里，她是无家不到的。"

国器道："常碰到她走我家门口经过，她也是到同学家里去吗?"

陈妈道："是的，那是到江家去。"说到这里，她却不禁叹了一口气。在这一声叹气中，国器又得着许多消息了。

第十三回

一曲琴挑秋波窥槁木
几声珍重花烛照啼痕

男子对于女子们有所亏负的话，他们是善于忘记的。不过有人提到某个女子的时候，他心里总不能不微微有些荡漾。友梅一个很大的错误，是把国器当作了情人，国器虽是把她的错误给纠正过来了，回想到女子认错了情人，这是多难为情的事？自己虽摆脱了那重情网，可想到友梅的心理，不仅是伤感而已。自己既不便去问友梅她存着一份什么感想，又不便用话去安慰她。这正是十分苦恼的一种情味。这时无意中碰到了陈妈，倒是自己一个极好探问消息的机会。所以在不大注意的态度中，就慢慢地和她谈起家常来。

由友梅身上又谈到了江家，国器不免把神志定了一定，于是笑道："你为什么叹气？"

陈妈道："章少爷，你是不知道，那位江小姐为人好极了，听说马上要出阁，嫁给一个十分不好的人。"

国器勉强笑道："十分不好的人？是怎样不好呢？是瞎子还是麻子？"

陈妈笑着摇摇头道："这个我倒不怎样明白，不过我们小姐回家去就替她叹气。小姐说，若是把她嫁过去，那就是像把她活埋了一样。江小姐本是一个文明人，倒不谈自由，这倒难得。"

国器道："听你这话，你分明是赞成她了。那你为什么还要叹气呢？"

陈妈笑道："我因为那江小姐比我们小姐脾气还要好，我们小姐老是和她抱不平，我就想着这一定是可叹的。"

国器道："你们小姐就很好，为人也爽直。小的时候，亲戚两方有些来往，我是知道她的。她向来不知道什么叫发愁。"

陈妈道："是的，我们太太老爷就因为这个喜欢她。不过在过去一个多月，她也很发了一会儿愁，终日闷在房里看书。天气热，乘凉也不出来。"

国器将手摸着碟子里的白瓜子，暗暗估计着时间，微微笑道："必定是要做什么衣服，没有顺心。"

陈妈正端了茶杯要喝茶，却把杯子向桌上一放，表示了很沉着的样子，微笑道："这个她不放在心上呢。我们老爷、太太把她当了一个宝贝，要星星不敢给月亮，还发什么愁？"

国器道："那么，她哪有什么不顺心的事？准是身体不大舒服吧？"

陈妈道："不，有两回我送东西到她屋子里去，见她捧了书本子，只管掉眼泪。我问她为什么，她摇摇头不说，而且还叮嘱我不许对老爷、太太说。我心里想着，或者是在外面受了一点委屈。"

国器的心房不由得跳荡了几下，正色道："你这话不对，她一个当女学生的人，不是平常的女孩子，哪一个敢欺侮她？"

陈妈道："我并不是说外面有什么人欺侮她，总是女同学的里面，言前语后的，有些不留心，又把她闹恼了。"

国器听了这话，倒有些默然，抓着瓜子，连连地嗑了十几粒。陈妈道："我也是胡乱猜的，因为我小姐那些同学，太太也认得很多。没有事闲谈的时候，总会提到那些人的。有时说同学的书念得好，有时说同学长得漂亮，有时也说同学家里一些新闻。"

国器看了自己的手，将手拨动碟里的瓜子，问道："你们小姐在家里，倒也常常提到她的同学。她也提到过我家的事没有？"

陈妈向他看了微笑，于是道："怎么不提到？她还说到了章少爷呢。她说像江小姐这样的人，能配上章少爷就好了。"

国器不由得啊哟一声，脸上红了起来。陈妈倒想不着这样一句话会引着他不好意思，愧悔自己失言，站起来牵牵自己的衣襟，笑道："我该走了，回去还很有些路呢。"

国器也就略略地起了一起身子，笑道："有车钱吗？"

陈妈笑道："不要客气。"

国器招招手把她叫到身边，就拿了几个银角子给她，低声笑道："回去看到你小姐，不要提到刚才所谈的这些话。"

陈妈笑道："这个我自然知道，还用得着章少爷说吗？"把银角子握在手心里，向他道着谢走了。

国器无意中听到陈妈这些话，心里头自然平增了无数的疙瘩，对了槛外一湖秋色，便又不感到什么兴趣，付了茶钱，很懊丧地回家去了。

到了家以后，为了免引起母亲的疑心起见，却也照常地看书写字，心里估计着，那陈妈虽然允许回去不报告什么，然而在鸡鸣寺彼此会了面，她总会说的。友梅听了这话，或者会盘问她几句，那么在最近两三日间，大概她会有信来。假使她有信来，应当在友谊上想一点法子安慰她。

果然，在一个星期六的下午，由邮局寄来了一封本城的挂号信。虽然寄信人写了张子清的名字在信封上，可是看那笔迹，的确是友梅写的字。自己一个人在书房里捏着那封信，在手里掂了两掂，分量很沉，在这里有千言万语可知。于是在抽屉里取出一把小刀子，慢慢地把信封口剔开，以免把信封给损坏了。

打开信封之后，将里面的东西用两个指头夹了出来，这倒不觉吃了一惊。原来全是上等的仿古信笺，上面并没有字，是何缘故却不得而知。把那些信纸展开来，才看到最里层的一张是有字的，上面写着：

白狼河北，丹凤城南，便是今后之文字因缘，其故不必言，亦不欲言也。玉版笺一匣，本留以通鱼雁，频频取用，已止剩此。留则徒以伤心，毁又过煞风景，敬以赠君，洁白可资存念。会心人自知之，不待词费。黄花老矣，时不我与。卷帘人瘦，西风断肠，草草成书，百难尽一。敬候起居。

负负生再拜

国器检查一遍笔迹，早就知道是梦兰写来的。不想她又用了一个男人的名字，叫作负负生。把信捧在手上很出了一会儿神，那"时不我与"四个字，似乎格外写得大些，尤其可以注意。坐在书桌子边，不免重重地叹息了几回。呆了很久，低头沉思，盘了指头，将日子算了一算。若是照友梅的消息，离她出嫁的日子那是不到三个星期了。在这种科学时代，不见得唐人小说上所说的会在人群里跳出一位侠客，将两人引到一处，这只有眼睁睁地望着嫦娥奔月了。往常接到了梦兰的信，虽然不免看几次，但是看几次也就够了，立刻会慎慎重重地把信收到箱子里去，和每次接到的信收藏在一处。今天却不然，把信捧着看了再看，念了又念。最后，不看那信纸，也就能把信上的言语一句一句地默念出来。于是把信纸折叠着，放在桌上，将手在信封上连连拍了两下，自言自语地道："算了吧，放下来就完事。天下哪有想得到就能得到的事情？"

章老太看到他拿了一封信进去之后，就悄悄地没有声息，很久很久，才有两句话。不免有点疑心，这孩子怎么了？又是和谁通信作诗，打起笔墨官司来了？于是也不惊动他，随着慢慢地走了进来。还不曾走到他身后，就听到他说"放下来就完事"，便问道："什么事把你累倒了？你要……"

国器回转身来，看到老母站在屋子里，很亲切地向自己注视着，不过两道眼光虽笼罩了自己全身，但是她两道眼圈下，却是满布了慈祥的笑容。便笑答道："并没有什么事把我累倒。"

章老太微笑道："你这孩子，现在也有点不老实了，怎么在我当面撒谎？刚才我站在你身后，清楚明白地听到你说'算了吧，放下就完事'。"

国器笑道："是的，是我有这种话。但是我并非说自己，我是描摹小说里面的人一种说话的神气。"

章老太对他看看，微笑着摇了摇头，她似乎悟到儿子有难言之隐，没跟着向下问，自走了。这一来，却给予了国器一种深刻的印象，自己言行不检，未免让老母担着忧虑，万一把这消息透露着一点，让母亲知道了，她一定是很生气的。现在第一个办法，是要把江梦兰这个人忘记了。唯其是能把她忘记了，才可以恢复自己平常的面目。

主意打定好了，当时下课回家，就在街上买了一支寸楷羊毫和一锭大墨带回来，走进书房，捧出一方加大的砚池，先擂了一砚池墨，然后就找了一册家藏的《定武兰亭》，摊开在桌上，临了一下午的帖。这总算把性子按捺下了，心里并不再想着什么。

可是到了送上灯火进屋来的时候，手腕已经写酸，不能再写，就躺在藤椅上稍事休息。这头是刚枕到椅子上面，自己就情不自禁地叹了一口气。随了这一声长叹，思想又跟着起伏不定。只休息了二十分钟，有点不能耐了，就将两手背在身后，在屋子里踱来踱去，直等母亲偶然走到堂屋里来，想到这种态度不妥，方才坐下看书。

到了次日，不写字了，买了一支笛子、一支洞箫，带进书房里来吹。在书箱里找出向不留意的一册琴笛歌谱，摊在桌上，摆出谱来，两手捧了笛子横在口上，看定了谱移动手指。这玩意儿还是小时候弄的，隔了多年，不但指法生疏，按放不灵，而且口风对不准，根本就吹不成腔。弄了一个时，吹得嗓子发干，兴味索然，也只好放下。

说话就到第三日了，拿了一本《法国革命史》，正襟危坐地放在书桌上看，自己还怕心不能定，手上拿捏一根印圈的象牙签，指一句，看一句，可是看了小半本书以后，书上的话是些什么，却是一个字也记不得。自己看了许久，也不知道如何才可以安定自己的思想。

这时，却听到身后有人叫道："好用功！下了课回来就看书。"

国器猛然地回转头来，见是好朋友朱小松，便起身笑道："你这人总是这样子的，悄悄地就进来了。"

小松笑道："你并不是大小姐的绣房，我悄悄地进来要什么紧？还有什么秘密会让我看破吗？"

国器道："虽然你这样进来是有一点失仪，但是你来了我很欢迎。这两天我的心绪十分不好，什么法子也都试验过了，却总安定不了我的心灵。"

小松把他看的书拿到手上，略翻了一翻，笑着摇摇头道："你不想轰轰烈烈大干一场吗？心绪不宁，倒要看革命史。"

国器道："因为心绪不好的人最容易落到消极的路上去。找这样

211

一本有血气的书看，或者可以补救一点。"

他是和小松面对面地坐着，说到这里，两手分别地撑着膝盖，把头低了下去。胸脯略略闪动着，有一口气要叹，又没有叹出来。

小松偏了头对他脸上注视了一下，笑道："这不妙，你的心绪还没有……"

国器连连向他摇了两下手，笑道："不要叫，不要叫，家慈听到了不妥。"

小松微皱了眉，把圆框眼镜取到手，在袖笼子里取出了手绢，将镜子抹擦了一顿，重复戴上，向国器望着。将椅子拖近了一步，才伸着头低声笑道："我知道你这个毛病，心病还要心药医。"

国器笑道："我说心绪不宁，自然是有心病。但是你所猜的绝不对。"

小松道："不管猜得对不对，你在家里很烦闷，我陪着你一块儿出去散散步，好不好？"

国器道："你以为散步就是治心病的药吗？"

小松道："散步虽然不是药，可是一种药引子。"

国器明知道他是猜不着自己什么意思的，但是随了他出去散散步，倒也无妨，就答应了"好吧"两个字。小松听说，回头看到他的呢帽挂在衣架子上，立刻取了下来，两手捧着交给他。

国器笑道："去就去，你为什么要这样子发急？"

小松笑道："我是一番好意，急于要给你治病。你怎么会不知道呢？"他说着话，一手还扯了国器的袖子就走。

国器道："你这样热狂，到底打算带我到什么地方去？"

小松笑了拍着手道："很对很对，你说我热狂，我正是有点热狂。你那种瘟病，非我这热狂的大夫下那狂热的药，你是活不了的。"

国器笑道："你这位顽皮的小兄弟，向来我是无办法的。现在我就由了你。"

小松也就不再说话，在街上叫了两部人力车子，吩咐拖到夫子庙。

国器在车上笑道："你把我当了一个小孩。我心里闷不过，你带我到夫子庙玩去？"

小松的车子在前面走，回过头来，对国器看了一看，虽然有点微笑，但是他依然不说什么。车子在一家酒馆子门口歇住了，国器笑道："原来你请我喝酒。我虽然不会喝，但是你的好意倒不可辜负了。我勉强陪你喝几杯吧。"

小松只是笑，将他引到最后面靠秦淮河的一间河厅上，靠了玻璃窗，找个座位坐下。

国器道："我们不过是两个人，何必还要这样大的房间？"

小松道："这个时候酒馆子里没有上客，我们落得占他一间屋子。"

茶房照例是送上一壶茶两碟瓜子来，小松斟了一杯香喷喷的热茶，笑着点了点头道："你觉得这种风味怎么样？不寂寞一点吗？"

国器道："若是煮茗清谈的话，两个人是最好的了。"

小松道："我再请两位客，行不行呢？"

国器道："你这话问得奇怪，假使你要做主人，你当然有随便请客的权利。"

小松笑道："既是这样说，那就很好，我要请客了。"

他说着话，已起身走到屋子正中那张桌子旁去。那桌子上有个小小的四方木抒盒，里面除了笔墨砚池而外，还有一叠印好的字条。国器认为这总是请客的便条，也不介意。小松走过去，提笔一挥而就，立刻将两张字条交给茶房。那茶房接着条子，正待有句什么话

213

要说，小松将手连挥了两下，笑道："什么话你也不用说，叫她们快来就是。她们看到了我的笔迹，自然明白。"

茶房对他望望，也不作声，带笑去了。

小松依然坐过来，和他相对坐着，喝了一会儿茶。这就听到门帘子外面有一片笑声，国器正是愕然，不想门帘子一掀，那笑声中却送了一位艳装的少女进来。只看她穿了宝蓝色的夹袄，细细的腰身和袖口，周身全沿滚了水钻的边子。额前的刘海长长的、浓浓的，左右分开两剪，直围了两鬓。脸腮上是不用说，是烂熟的苹果一般，擦着胭脂红晕。

国器心里想着，小松怎么好好的来这一套，这倒叫人行坐不安了。这个念头未曾想完，小松已是站起来，迎着那女子点了点头，笑道："想不到我请一位客人叫你的条子吧？"

那女子笑着，就走到他面前去，笑道："你总是这样掉花枪。"

小松握住了她一只手，笑道："你不要闹，我替你介绍介绍。这位章少爷，就是我以前对你说过的，一位多才多艺多情多义的少年。你现在看看，我所说的话不假吧？"

说着，又向国器道："这位姑娘是秦淮河上有名的角色，名字尤其是带有诗意，就和古人同名，叫作桃叶。"

国器只好欠了一欠身，说是高雅。但也只说出这两个字，面孔就已经红了。

桃叶对他睃了一眼，挨了小松坐下，抓了一把瓜子在手，慢慢地用四个白门牙嗑着，一面笑问道："你今天为什么这样高兴？"

小松指了国器道："啰，就为的是他。他在家里好好的，烦闷起来，我想请你来，不要像平常叫条子那样拘束，大大方方的，也和我们在一处喝两盅。假使你高兴，可以唱两支曲子，我们洗耳恭听。"

桃叶笑道："朱少爷怎么这样客气？我怎么受得了？"

小松道："你没有什么受不了，我想受不了的还是这位章少爷呢。国器，你觉得有点局促不安吧？"

国器笑道："为什么局促不安呢？人生行乐耳。"

小松道："你怎么忽然一下想破了？"

国器道："我老早就想破了。但没有到相当的时候，我不说出来。"

小松两手一拍掌道："那就好极了。现在你已经说出来了，分明是到了相当的时候。总算神机妙算没有错。"

桃叶瞅了他一眼，笑道："什么神机妙算？"

小松伸手连连拍了她两个肩膀道："你不要误会了我的意思，我们是至好至好的朋友，我岂能随便就让给别人？就是你觉得章少爷比我好，要把我丢了……"

桃叶将一双小拳头连连在他腿上捶着，笑道："你还老对我说讨厌俗套呢，你这种话不也是俗套吗？"

国器坐在对面的椅子上，微微有些笑容，但却又皱了眉头子。小松道："我对你商量一件事。回头有一位姑娘来，我介绍给你。你无论愿意不愿意，在人家当面，可不要板面孔。这位姑娘人很好的，不但没有青楼习气，而且还会拉二胡。倒真合了古人说的那个伎字，她是很懂艺术的。"

国器笑道："你这一番交代，倒形容得我成了一个不懂世故的人。"

小松倒站起来，垂了两只袖子，向他连拱了两下揖，笑道："这是我不对，说话太率直了。其实……啊，白莲来了，白莲来了。"

国器看时，门帘子掀着，又走来一位姑娘，在这种深秋的日子，她还穿了一件月白绸的夹袄，在白绸夹袄四周，滚了细细的桃红丝条，这更觉得娇艳。她长圆的白脸儿，乌油似的头发，并不梳辫子，由后脑挽到左边来。白绸古朴下面，露出两只墨绿绸裤脚管，白袜子青缎子鞋，鞋帮上只有几片绿线绣的竹叶。国器在极快极快的时间，细心地将她看过了，觉得果然和那庸俗的娼妓有些不同。

她悄悄地走进，先站定了脚，向小松点了点头，轻轻地叫了声"朱少爷"，回转来，也向国器点个头。小松站起来，把她让到国器身边坐下，又介绍了一番，然后笑道："她的名字本来叫白莲花。我以为这一个'花'字不但是多余的，而且也庸俗得很。我和一班熟朋友硬代为做主，把这个'花'字取消了。我们都叫她白莲。"

国器笑道："当时是你品题过了，一定是很雅的。"

小松招待过一遍茶烟，隔了桌面对他只是微笑。

国器道："你笑什么？"

小松道："在这种场合里面，你还能谈笑自若，真实在难得了。"

国器道："我刚才不是说过了吗？人生行乐耳。人生什么会合，都是一种因缘。强求不得，也拒绝不了，只有听其自然。"

小松忽然鼓起掌来，笑道："想不到，想不到。老章今天这样的凑趣。"说时，掉转脸来向白莲道："我告诉你一段消息。这位章先生不但花街柳巷他从来不到，就是平常看见一位女客，也十分害羞。我今天这个约会，事先是没有告诉过他，以为他一定要逃席。不想他这样随缘，十分同情我们的约会。照了他的话说，分明是你和他有缘了。"

白莲也回转头来，对他望着笑笑。

小松道："好，我高兴极了。今天我并没有约外人，就是我们四位，希望你两位女宾不要当我是平常的宴会，这是叫条子。只算我请两位吃饭吧。可以不可以？"

白莲笑着把身子欠了一次，道："这就不敢当。"

国器受了这一笑，正想找一句话答复人家，无如自己没有经验，不知应当说一句什么话是好，极力地思索着，不觉把脸子沉了下去。然而又感到向人沉着脸子，那是不对，又微微地对人笑了一笑。

小松自然看出了他这种窘状，就微笑道："这样的佳会，不能无酒助兴。来来来，我们先入座。"说时便要起身。

桃叶笑道："我看这样子。朱少爷今天是高兴过分了，你大概还没有向茶房要过酒菜吧。"

小松道："啊，这是我大意了。该打该打。这样吧，请白莲小姐先唱一段，回头你也唱一段。"说时，伸手拍了两拍桃叶的肩膀。

桃叶笑道："我虽然唱得不好，在朱少爷这样高兴的时候，我当然要献丑的。"

小松道："我们一面唱，一面等菜。现在我来开单子。"

他把茶房叫进来，商量了一番。正再回头看国器时，见他半侧了身子朝外，手捧了茶杯，喝着出神。白莲却斜眼瞅了他，带着微笑。小松便道："喂，老章，我背过身去了，你也该替我招待招待，怎么你回转身去，一字儿也不响？"

国器起身说了个"哦"字，依然笑着坐下。小松对白莲笑道："你的胡琴带来了吗？"

白莲笑道："在外面等呢。"

只这一句话，门帘子掀动，一个中年妇人提了二胡进来，两手捧着交给白莲。白莲在膝上铺了一块白绸手绢，将二胡放在上面，试了几下弦子，便笑道："章少爷，我唱一点什么呢？"

国器又斟了一杯茶在手，还是继续地喝着，只是看了人微笑。小松道："白莲问你愿意听什么，她好唱。"

国器道："你问我这话，叫我真没有法子答复。我对于这事完全外行。"

217

小松举起手来，搔搔头发，向白莲笑道："这倒不是假话。我们这位仁兄果然是外行。你看他这种人喜欢听什么，你总也会知道。你就照你心里所想的，唱上一段得了。"

白莲向国器瞟了一眼，微笑道："我唱一段《哭五更》好不好？"

小松笑道："你不看到我这位仁兄眉峰眼角全都带了愁容吗？再要对他哭个五更，那不是更让他发愁吗？"

白莲笑道："朱少爷不是叫我看着章少爷的情形唱吗？"

小松道："叫你看情形，那意思正是说他若发愁，你就应当让他发笑才对。"

白莲在胡琴弦上拉扯了两下，笑道："那么，我就唱一段《送情郎》吧。"

小松笑道："刚是相逢，你就要差别吗？"

白莲瞟了他一眼道："你为什么替章少爷占我的便宜？人家本人倒不说一个字。"

国器听到"送情郎"三个字，似乎有了很深的感触，便是默然地坐着喝茶。白莲轻轻地咳嗽两声，又端起茶杯来喝了一口茶，这就半侧着身子，拉起胡琴来。在她拉胡琴的时候，头并不转过来，却微偏了眼睛向国器望着。这《送情郎》的词句里面有一句"我的郎儿啊"，把音拖得很长，在声调里面是很能引动人的。白莲每唱到这一句，就向国器飞一度眼色。小松坐在对面，看得清楚，心里如何不明白？便回转头来向桃叶微笑。桃叶也回看了他，向他微笑着。

白莲倒好像没有看到这些人的做作，只管拉她的二胡，把一支小曲唱过了，将二胡弓子一架，向小松国器两人笑道："唱得不好，不要见笑。"

小松道："这样的曲子，又是你这样年轻的姑娘唱出来，再要说不好，那也天理良心。"

白莲微笑着，又向国器很快地射了一眼。桃叶见小松的眼光不时地向白莲飞去，白莲的眼光不时又向国器身上飞去，几乎要把自己冷落了。便笑道："怎么样？我也要唱两句吗？"说时，将胳膊碰了小松一下。

小松也就醒悟过来了，向她一抱拳道："当然，希望你唱两段。"

桃叶道："我唱什么呢？但是我自己可不会拉胡琴。那一比就比下去了。"

小松笑道："我们这样熟的人，还要彼此客气啦？"

桃叶道："并非是客气，这位章少爷是没有听到我唱过的，回头说是白莲唱，自己拉胡琴，我不拉胡琴，透着有点偷懒。"

国器笑道："你太客气，我怎能说出这样不识时务的话？"

桃叶见茶房站在旁边，就向他招招手道："你把我的胡琴叫了进来。"

只这句话，茶房引着个穿蓝色竹布长衫的中年汉子来，手里提了一把胡琴，退退缩缩地在雅座门口站着。后来，就由茶房搬了个凳子让他坐下。国器只看他那尖削的脸上满布着烟色，就有点不高兴。他拉起胡琴来，桃叶唱了一段大戏。她唱的又是老生，嗓子很大。国器总觉得这和白莲刚才所唱的到底有点雅俗之别，虽勉强笑了一笑，却没有说什么。

这里唱完，酒菜已是摆上了桌。小松见国器总是不十分快活的样子，也许他对于这种玩法不十分高兴，便邀大家入席，不再唱了。

在席上，国器是和白莲对面，白莲只管不住地偷看，国器只是微笑。有时索性放下筷子，掏出手绢来，将嘴唇握住。

小松道："今天这一会，倒是好几折昆曲。刚才是《琴挑》，现在是《小宴》，还有今天晚上，就是《惊梦》了。"

白莲笑道："朱少爷今天谈风格外好，还是和我开玩笑呢，还是和章少爷开玩笑呢？"

小松道："你知道《琴挑》是什么话？你也知道这是开玩笑？"

白莲道："那不是尼姑陈妙常的事吗？"

小松向国器道："老兄，你听听，此公却也很知风雅。你不可以把这样一个好朋友交臂失之。"

国器听说，倒不免心里动了一动，但是除了微微一笑之外，依然持着很镇定的态度。唯其是这样，小松也就感到词穷。大家把这顿饭从容谈笑吃过，也就是黄昏时候。桃叶白莲也都该出条子了，便笑着告辞。

白莲临走的时候，向国器笑道："章少爷，闲着有工夫的时候，也到我们家去坐坐。"

国器点头道："一定去。"

白莲本来已是走到门帘子外去了，却是叉了门帘子，回转头来，向国器一笑，低声问道："一定去？"

国器还不曾答复她的话，她已经放下门帘子走了。小松道："老章，我看白莲对你已是不免有情，你何以对之呢？"

国器笑道："你是一个惯在风流场中走的人，还有什么不明白？妓女对于客人这种情形，难道还是真的吗？"

小松笑道："这种话你也说出来，未免太煞风景了。"

国器已是下了席，双手捧了一盏碗茶，坐在椅子上慢慢地呷着，眼睛由茶碗盖下望了小松，微笑道："当然，我也愿意交这样一个风尘中的朋友，只是我们是一个穷措大，哪里有这些钱来耗费呢？不瞒你说，我要是看到青年男女结婚，我就有很大的感想。"

小松嘴角里衔了一支烟卷，背了两手，在屋子里来回地走着，笑道："你不过二十多岁的人，何至于见了人家就发急呢？"

国器道："你把我的话完全猜错了。我说的看到人家结婚，我是另有一种感想。我想到这一对夫妻现在是结合起来了，是不是两下都情愿呢？结合了以后，是不是会翻脸呢？"

小松两手一拍道："我倒想起来一件事。我们有一位朋友的哥哥结婚，下了你一份请帖没有？"

国器道："是谁的哥哥结婚？我没有理会。"

小松道："我们在中学的同学刘一士的哥哥刘雅士。你不知道这个人吗？"

国器怔了一怔，摇摇头道："我不认识这个人。"

小松道："那么江梧轩你总认得吧？"

国器道："这自然是熟人。"

小松道："就是他的妹妹嫁给刘家。我是接到双份帖子，江家有一份，刘家也有一份。"

国器道："我倒收着江家一份帖子。"

小松道："那很好，我们凑合起来送礼。那天去道喜的时候，也是我们一块儿去，你看好不好。"

国器道："送礼可以，只是去道喜那倒可以不必。"

小松笑道："你是觉着看过以后，心里头又要发生一种感想？"

国器忙道："倒不是为此。我觉得两家的交情和我都不怎样的深。去道喜的话，是不是过分？"

小松道："俗言道得好，礼多人不怪。难道你去道喜，还有人说你是多余的吗？"

国器喝了茶沉吟着，也没有置可否。小松是只把这事当了一种闲话，国器没有怎样答复，小松也不介意。殊不知这样一来，给予国器的印象更深，无精打采地就向小松告别回去。

也许是小松对刘家通知了一声的缘故，到了第三日，国器也就接着刘家一份请帖了。他接到那份请帖的时候，心里仿佛是热水浇了一下，拿着请帖出了一会儿神，两手平空撅着就要撕个粉碎。但这股子劲还不曾用出来，自己却摇了摇头，依然把帖子收下，送到书桌抽屉里去放着。

在接着请帖的日子，到道喜的日子，不到一个星期了。国器在这些日子中间，唯一的希望就是梦兰还有一次信来。但是邮政局里没有信寄到，友梅也没有来打过一个照面。看看到梦兰的婚期只有三天了，这日下课回来，就把平常所积蓄的款子揣了几十元在身上，坐了车子，直走到小松家里来。恰是小松老早就出去了。到什么所在去了，家里人也不知道。国器也不考虑，复又坐上了车子，直奔夫子庙来。到了上次叫条子的那家酒店门口就下了车。但是下车以后，看到上酒馆子的人都是三朋四友笑嘻嘻地走了进去的，又停了脚步不便进去了。一回头看到旁边有一家卖烧酒的小店，便自言自语地道："一个人喝酒也好。"便扭转身到酒店里来了。

这家酒店里果然和大菜馆子不同，有两个人喝酒的，也有一个人独酌的。于是找了一面小座头，悄悄地坐下。店伙走过来问道："你先生是一个人喝酒呢还是等客？"

国器道："就是我一个人。先来半斤花雕。"

店伙看他说话颇带一点负气的样子，猜不出是什么由头，就照他的话送了半斤酒到桌上来。国器斟了一大碗酒，先喝了一口，见桌上所摆的下酒碟子，无非是煮蚕豆咸鸭蛋豆腐干之类，便招招手把店伙叫到面前来，问道："你们这里就是这些下酒吗？"说时，向桌上一指。

店伙道："要吃热炒也可以，不过要到对过馆子里去叫。"

国器笑道："对过酒馆子可以叫条子，你们这里也可以叫条子吗？"

店伙道："可以当然是可以，但是这光喝酒的地方，姑娘不会来的。"

国器道："我不过白问一声，我也不叫条子。白莲花这位姑娘在钓鱼巷夫子庙很出名啊，你知道她家住在什么地方吗？"

店伙摇摇头笑道："我不知道。"说着，正是别的座上叫要酒，他转身去了。

国器微微叹了一口气，也只有喝酒。平常的酒量不过五六两，可是今晚上直把半斤酒喝了下去，也不知道醉。真把那酒壶斟空了，手里摇撼着酒壶，另一只手按了桌沿，自言自语地道："我还喝酒吗？"

当他这样说着的时候，正好店伙过来问话，这倒有点奇怪，喝酒的人自己要喝不要喝，倒来问卖酒的人。便笑道："我们卖酒的人，倒不怕吃酒的人量大。"

国器听到这话，才醒悟过来，于是笑道："我有点醉了。"说着，两手扶了桌子站起来，先就把钱交出来，付了酒账。然后晃荡了身体，走回家去。自己觉着酒力不错，总算没有醉，倒是敞着步子走回家来。

不想已是到了大门口，要跨进门槛了，突然地心里一阵恶心，哇的一声，肚子里的食物像放标枪似的，在地面上流了一大摊。虽然手扶了墙，还觉得有些头晕眼花。可是还连连地向大门里张望了几回，怕是这声音让母亲知道了。定了一定神，摸索走进了房门，勉强支持着坐了一二十分钟，才解衣上床。他的原意是要瞒着母亲，却是为了挣扎过分，更把身体累得疲乏了。倒上床睡了以后，半侧了身子，缩着两腿，呼噜呼噜地发出鼾声来。

次日早上，刘妈烧好了茶水，进房叫他上学校教书去。可是国器只微微地哼了一声，眼睛也不曾睁开。立刻把章老太惊动了，除把国器叫应，问明他是伤了酒了以外，而且还搬了一张凳子，坐在床面前，两手扶了膝盖，睁了两只老眼向床上望着。

国器醒过来的时候，已经半上午了。章老太第一句话便是："你心里不难受了吗？孩子，好好的，你干吗喝那些个酒？"

国器揉着眼睛坐了起来，微笑道："我本来也不要喝酒，但是……"

章老太道："在外面应酬上遇到那不知死活的人，总要找老实人灌酒的。醉过了一回也好，只要不逞强，知道的朋友以后就不再劝酒了。"

国器这还有什么话说？只好是对了母亲微笑。起床以后，也就极力挣扎着，做出平常没有喝酒时候的样子，捧了一杯茶，坐在书桌子边，慢慢地喝着。章老太倒是缓缓地走过来，两手按了书桌沿，偏过头来，向他脸上望着。于是道："孩子，你今天不必去上课了，写封信去请假吧。我看你坐在这里，样子是很勉强的。"

国器笑道："是的，我觉得这一程子脑力太差，也应该休息几天了。"

章老太道："今天礼拜五，明天索性再请一天假，可以等礼拜一上课了。"

国器点点头道："对了，我也正是这种计划。"

无论读书教书，国器向来是不知偷懒的。章老太因他直率地答应休息，倒有一些奇怪。这一天，国器果然是纯粹地休息着，连房门也没有出。不是伏在书案上，看看窗子外天上的白云，就是侧了身子躺在床上，闭了眼想心事。

到了第二天，情形就不同了，一早地起来，就对章老太说，要到朋友家里去坐坐，好谈着解解闷。章老太对于这个要求也同意了，觉得让他整天闷睡守在屋子里也不好。然而他一出门之后，也是个一整天。

到了第三天，那情形是更奇怪，似乎他有了什么重大的事解决不了，背了两手，在屋子里来回地踱了一会子，便走到天井里，抬头看看天色。这分明不是他所要做的事，站不到两三分钟，又很快地跑到屋子里去，只是拿了一本书在手上，侧坐在椅子上看。这样地看起来，他就是看书，也未见得是安心的。所以看书不到十分钟，他又转身出来了。

章老太看见，就问道："国器，你对我说实话，你有什么心事吗？"

国器皱了皱眉，向章老太笑道："有是有一点心事，但是现在我不能对母亲说，将来母亲一定会知道的。"

章老太问道："为什么不能说？"

国器道："我要说了，恐怕……你老人家不用问，过了一个月，我不说你也会知道。"

章老太如何肯答应，站在天井里，只管追问。国器也正在想法子要怎样去应付，门外却有一个人撞进来了，正是国器连找好几天的朱小松。他老远地笑着拱手道："我们早就该去和人家道喜去了，我以为你已经去了，走来碰碰看。不想你果然在家里。"说着话走进来，看到章老太，叫了一声伯母。

章老太道："朱先生，你来得正好，国器在家坐立不安，你同他一路出去道喜，解解闷吧。"

国器笑道："母亲要给人家道喜，这正是给我一种重大的刺激。"

小松笑道："伯母听到没有？也该替他早娶一位少奶奶了。他怕见人家娶亲呢。"

章老太听了这话，虽没有答话，却是微微一笑。国器笑道："你不用瞎说了，我陪你去走一趟就是。我心里十分慌乱，也许出去跑

225

一趟，心里倒安稳了。"

朱小松坐到他书房里，等他换过衣服，然后一同出去。婚姻喜事，在旧式家庭中，女方是没有多大的庆祝的。所以章朱二人先到江家去打了一个转身之后，跟着就到娶亲的刘家来。

刘家的情形却是在江家的反面，大热闹而特热闹。他们来的时候，虽然婚礼已经行过了，但是他们家里宾客盈门，非常热闹。前后左右几所客厅里全坐满了人。国器糊里糊涂地随着小松到喜堂里去行过了礼，他所谓的那个同学、新郎官的兄弟刘一士穿一身新衣服，红光满面地由人丛里挤了出来，手握了小松的手笑道："劳步劳步，不想你也有工夫来。"

小松道："漫说是礼拜日，就不是礼拜日，遇到这样珠联璧合的喜事，我也是应当来的呀！这不算奇，我介绍你一位朋友吧，多年不见面的老同学，你还认识吗？"说时，指了国器给他看。

一士对国器望了一望，上前和他握着手，啊哟了一声道："这是国器兄呀，杂志上常常拜读你的大作。你可了不得，成了文豪了。"

国器笑道："在杂志上投稿，偶然发表几篇稿子，这也算不了什么。"

一士笑道："我去告诉家父，他一定是很欢迎的。先请到内客厅里坐吧。"

国器心里也估计着，不来就算了，既然来了，就得多坐一会儿。于是由一士招待，在小客厅里坐着。先是主人翁周旋一阵，然后新郎也来周旋一阵。国器看到新郎穿了一身挺括的西服，雪白的瓜子脸上很少见着血晕。倒是见着什么人都笑，四周点头，只是在屋子里略站两三分钟，就跑出去了。国器看在眼里，心里不免暗叹一口气。

新郎去后，小松笑道："新郎我们已经看到了，新娘我们还没有见着呢。我们也该去看看吧。"

说时，望了国器，他虽没有立刻答应，倒是笑着站了起来，于是在座的人一阵说笑，就簇拥着向新房里走来。国器也不知道自己心里是一种什么情味，随着在众人后面走。

新房是第三屋的正房，远远地看到绣花门帘，便知道这不是一间寻常的屋子。在前面的两个人更不问情由，已是掀起帘子低头进去。朱小松回身转来，连连地向他招手，叫他进去。国器本已是六神无主地跟了大家走，到了这里，本也没有单独走回去之可能，那样是太着痕迹了。所以朱小松一招手，他又是糊里糊涂地走进了新房去。

这新房是多少带些时髦气氛，全糊裱得雪亮。这是前后相通的两间屋子，前面正房，陈列了新式木器家具、同新娘陪送过来的陈设品。一个圆月亮门，通到里面卧室。在门上挂了水红色的门帘。当那门帘一掀，大家拥进去的时候，新娘子却已由床前缓缓地走了上前，向大家一鞠躬，而且还低低地道："各位请坐。"

国器好像是两腿受了风寒一样，站在月亮门的门帘外面，却是抬不起脚来。只管藏在人后面，但是虽然掩藏在人后面，可也不肯辜负了新娘，早是老远地向里面看去。见那新娘穿了一件水红绸的夹袄，除了用蓝色滚边，并没有绣花。下面的裙子却是拖得长长的。她那发髻虽是梳得很光亮，但并没有插上那些红红绿绿的花，只是在右鬓下倒插了一小排茉莉花。所以她虽然是喜气洋洋的一个新娘，然而她始终保留着她那股子书卷气。

这些来闹新房的人，虽然知道新娘是个女学生，然而照着大家的经验说，就是女学生，也照样可以闹新房。现在大家走进屋来，新娘一点也不闪避，还是大大方方地迎着人，招待让座。大家为了面子所拘定，倒不好进门就开玩笑。

小松回转头来道："咦，国器，你怎么不进来？新娘子这样大方，你倒不好意思？这不是一桩笑话吗？"

新娘子听到国器两个字，好像大大吃了一惊，把身子向上微微一耸，抬眼向月亮门外看去，眼珠也呆定了不会转动。但是这时间是很短的，她立刻醒悟过来，把眼皮低了下去。

国器原是不想进房来的，自己觉得在这刹那之间，自己的理智控制不了自己的情感，万一露出什么马脚来，那是老大不便。所以也只想在月亮门外张望一下，也算壮着胆子，敷衍了大家的面子。现在小松叫了出来了，自己是不能不上前，只好勉强带了三分笑容走进去。这时新娘是抬起头来了，她虽然很快地看了一眼，然而她像不曾认识一样，依然很镇静地向大家点了点头，说声"请坐"，说毕，还回头对伴娘说："叫人来倒茶吧。"

不料她随了来宾的接近，又加强了一番客气，这叫各位来宾真不好说出什么话来。其中有个尖削脸的瘦子，是一副俏皮的样子，可就抬起一只手来，向大家摇着道："我们不能中新娘子这苦肉计。她尽管和我们客气，我们总也要闹新房的。"

梦兰见大家没坐，她也没坐，却带了一点微笑道："我想各位都是受过文明洗礼的人，对于女子应当怎样看待，一定比我明白。各位来了，我只有竭诚招待，怎能用苦肉计？"

那个俏皮的人听了这话，也就红着脸，笑道："新娘很有手腕，我们找新郎说话吧。"只这一声，他转身就走，大家也就随着拥出去了。

梦兰向前送了两步，就走到一张方桌边来。这方桌后面，套了一张长画桌，上面配了几项古董陈设。在方桌上，却是两只银子打的双凤朝阳大蜡烛台，插了一对花烛。花烛上清清楚楚金印着"天作之合"四个字。烛上抽出三四寸长的火焰，正点着呢。她朝花烛看了一看，有些发呆的样子，十分没有精神似的，慢慢坐下。那伴娘悄悄地走到她身边，碰了她一下，低声道："屋子里还有一位客呢。"

梦兰猛可地一抬头来看，却是章国器在靠窗户的一张桌子边站着，一只手撑住了桌子犄角，向人呆望着。梦兰真没有料到他居然别下了众人，留在新房里。便很大方地向他点了一点头道："请坐吧。"

国器靠了桌子，始终是瞪了眼望着人的。梦兰再说了一声"请坐"，向屋子里四周张望着，恰好没有其他的人，便对伴娘道："你快去泡一碗热茶来，怎好让客空空坐在这里。"

伴娘答应着，赶快走出去。梦兰眼望着她已是出了正屋门了，便扶了桌子，行近一步，向国器点个头低声道："你怎么也来了?"

国器自认得梦兰直到现在，这是第一次听到她当面说话。自己根本是没有打算和她见面的，也就没有预备到见面之后说些什么。所以梦兰问出了话来，他实在找不出一句答话，怔怔地答道："是的，我特意来看你。"

梦兰道："我……"

她只说到一个"我"字，好像有什么东西把嗓子眼塞住了，立刻低头坐了下去。这时候，也许她正沉思着应该说什么，国器倒急出了一句话来，问道："你有什么感想?"

梦兰摇摇头道："没有什么感想，请你自己保重。"

国器道："保重? 我也没有什么事故发生。"

梦兰道："我也没有多话说，你保重就是了。"她说这话时，并不曾抬头，在烛光下，国器见她有两行泪珠由脸腮上挂上，直滴到那水红衫子上去。

国器道："那么，我明白了。"

梦兰想跟着向下说，伴娘已是捧着一碗泡茶进来了。她说了一声"请喝茶"，把碗送到国器面前的茶几上。国器一只手搭了膝盖，一只手扶了茶碗，怔怔地坐着。伴娘在这里，梦兰已不便说话，国器绝不是闹新房的，也难于开口。这样对坐着，总有五分钟之久。却听外面正房里已是一阵人声喧哗，看去，男男女女七八个挤了过来。国器就抢着道："新嫂子，你太累了，休息休息吧，我走了。"

　　"我走了"这三个字，国器是从从容容地说出来的，然而在梦兰听着，仿佛是受了一下猛烈的打击一样，身子又是一耸动。不过在她这样一耸动的当儿，男女客已是走进门来，所以她还是不动身，只抬起眼皮，向国器看了一下而已。国器向她点了点头，在人丛中胡乱地就挤了出去。远远听到新娘子屋里，嘻嘻笑笑，大家喧闹着。想到新娘子在花烛下那两行泪痕，大概是不会有人看见的，自己也就坦然地重到客厅里打了一个招呼，悄悄地回去了。

第十四回

蜡泪丝牵香帷辞好梦
玉容月瘦水阁吊残辉

　　章国器是回去了，梦兰却孤零零地坐在新房里，垂了头，自弄她的衣襟角。虽然屋子里还有不少的宾客，分坐在四周，向她说笑。但她低了头静静地沉思着，只管让这些人去闹，只管让这些人去笑。无论如何，也不抬起眼皮来对人望一下。闹新房的人以为这是新娘的故态，也就不怎么介意。大家觉得要点缀这屋子里的新鲜意味，不能不跟着说笑一阵，所以梦兰虽不作声，可是这些人却互相出着题目，互相地来解释。有时他们直逼着梦兰问话，梦兰便不带一点羞容地站了起来，向大家恭恭敬敬地鞠一个躬，轻言轻语地道："我初到此地，什么也不懂。希望大家原谅，不要让我太为难了。现在初见面，大家不大认识，将来日子久了，亲戚也好，朋友也好，总是要常见面的。到了那时，大家熟识了，无论差遣我做什么事，我一定效劳。"

　　大家见她那正正经经的面孔上，又略带了一份愁容，知道人家是曾受文明洗礼的人，将她得罪了，也是不大好。所以除了几位女宾偶然和她说几句笑话而外，男宾却因之受了拘束，稍微在屋子里站一会儿，也只好说声找新郎去，就各自走了。梦兰看在眼里，并不多带一点女子态，当各人走出房门去的时候，她还站起来相送，说一声招待不周。她这样一贯地做了下去，有再来的男宾们都是受之有愧，实在不能跟着向下闹去，只有转了方向，再来闹新郎。但是将新郎闹得久了，已感到乏味，总把新郎拖到新房里面来。新郎的态度不但是大方，而且也学了一份淘气的样子，反同闹新房的宾客开玩笑。

一次，许多男客将刘雅士包围着，有人笑道："自然，你们都是文明种子，不赞成野蛮行为的闹房举动。但是你们二位也是这样藏藏躲躲的，不交一言，这也能说是文明吗？"

刘雅士笑道："你们也太不知趣。新郎新娘要说的话，能当着你们的面说出来吗？假使能在你们当面说出来的话，那又很不值一听了。我是无所谓的，就是要我说夫妇两个人的私房话，我也可以说的。只是新娘子她不会有我这样厚的脸，她是不肯说的。不信，你们问新娘子。"

梦兰听了这话，心里不免动了一动，偷偷地看了一看，见他坐在椅子上，把两腿架起来，抬起一只皮鞋尖，只管向上踢着。上面两只手，左胳臂捧了右臂，却把右手不住地摸光嘴巴子。梦兰虽是在极快的时间对他看了一眼的，然而就是在这极快的时间，也不免绷住了鼻子尖，拥上两道眉峰。

刘雅士如何晓得，继续着道："假使你们请不动新娘，那就不怪我推辞了。"

梦兰越听越不对，有一个做新郎的倒怂恿别人来玩弄新娘子的吗？原来是站在床面前一张方凳子边，脸对着众来宾的，这时却把身子转过去，背对了众人坐下，而且还把头低下去。有两位聪明些的来宾已经看出来了，这是新娘不高兴的表示。新娘既是有知识的女学生，她生起气来必定也是侃侃而谈。今天已是有不少的人着了她的橡皮钉子。大家看看，谁也不见得是新娘子所看得起的，说错

232

了话，被新娘用话说着，更是难为情。所以在大家一度相顾之下，都默然了。

刘雅士坐在椅子上，摸着没有胡须的嘴巴，斜了眼对大家望着，见大家全不作声，便笑道："你们这些人闹也太不够资格，看到新郎无用，就只管闹新郎。新娘厉害呢，就不敢闹新娘了。"

梦兰虽不能回转身来，却也立刻站起来，脸对了床，不住地牵着衣襟。来宾只看看她的影，就觉得她那种不大以为然的样子，在站立不定的上面，可以充分地表现出来。男宾们对刘江二家婚姻的联结过程，多少有些风闻，现在新房里，虽然红烛高烧着，可是那阴暗之所依然弥漫了全屋子。所以新郎尽管用话来刺激着，大家相视微笑着也没有谁接着向下说话。雅士跳着站起来，皮鞋落到地板上，倒是轰隆一声响，于是笑道："你们不闹了？我们走了吧。"说着，他已经在人丛里面挤着走了。在新房里的宾客觉着也没有什么意思，说声找新郎去，大家一哄走了。

梦兰望到他们走了，脸上倒带了三分浅笑，在这种情势下，当时也就没有人再闹新房了。梦兰把心思定了一定，就把国器进来的那一幕哑剧从头至尾又想了一遍，一层层向前推想着。直想到最先在杏花树下初次见面的事，想不到那样一个偶然的印象，直到于今不会磨灭。手托了腮，撑住了桌子角坐着，人是望了那对花烛，只管出神。花烛点了大半天，已是烧去了不少，"天作之合"四个字已烧去了"天作之"三个字了。烛泪是不断地向下流着，烛台下面那个盛烛油的盘子里，堆起来有一寸多高。屋子来往不断的男女宾客这时也停止了，伴娘在衣橱角边站着，更有点前仰后合。再听听远处的喧哗人声已缓缓地沉寂下去，自己也不知道是哪一些兴奋，两眼望了花烛，一点也不感到倦意。于是在烟灰缸子里捡起一根烧过的火柴，缓缓地拨弄着烛油盘子里的烛泪。

这时听到窗子外有人说着话进来，那人道："今天是良辰吉日，什么大事也要放到一边去。打牌算什么？今日不打有明日，明日不打还有后日。"

这是一个妇人的声音，所被劝导的大概就是新郎。梦兰这一天都很镇静地坐在这里，什么事也不管，现在却像做了一件什么亏心事一般，心房只管是怦怦地乱跳起来。这一点神智还没有稳定呢，那人语声已经是走到屋子里来，正是一位老太太引着新郎进房。那个老太太梦兰认得是新郎的姑母，便站了起来，点头相迎。新郎却闪到一边，带了微笑，抬起两手去整领带。

姑太太笑道："新娘子，你今天太累了，该安歇了吧？"

梦兰点头低声道："还好，我不觉得怎么累。"

姑太太回转身来道："雅士你虽然没有大应酬客，然而你跑进跑出，也很够忙的，而且刚才又喝了几杯酒，依着我，你就赶快休息吧，免得把头转晕了，还要呕吐起来。那更不妥了。"

雅士笑道："那有什么不妥？也不算犯了家规吧？"

姑太太道："我不和你说笑话，明天你还要早起陪客呢。"

说着，她已是转身走出房去，而且随手将房门带拢了。在他们说话的当儿，伴娘已是悄悄地走了，现在屋子里面就剩了两个新人。空气突然地沉寂下来，梦兰什么也像不知道，左手扶了桌沿，右手摸了纽扣，只低头对怀里望着。

雅士两手按在胸前，微微地一鞠躬，笑道："江小姐，刚才姑太太的话，你都听到了。果然的，我现在有点醉意了。"

梦兰道："那么，请刘先生自己安歇吧。"

雅士站在两三尺以外的所在，对她脸上平视着，约莫呆了两三分钟，含笑点点头，自去把房门关闭了，然后再到新娘子面前，隔了桌面坐下。本来是带了一份笑容，对新娘望着的。偷眼看看新娘，见她正襟危坐，脸上不带一丝笑容，这也就很可以知道她是什么态度。自然，新娘害臊，态度总是不苟言笑的。不过这位新娘除不苟言笑之外，眉峰眼角全带了有一种怨恨的样子。因之雅士的笑容也就跟着收起来，便低声道："江小姐，看你这样子，有点不快活，莫非你对于我们的婚姻有点不满意吗？"

梦兰便欠了一欠身子，微笑道："你这话太言重了。"

雅士道："要不然，你为什么很有些不高兴的样子呢？"

梦兰笑道："那是你误会了。我心里正有一点惭愧。"

这"惭愧"两个字，送到雅士耳朵里，他的心房忽然怦怦一跳，不觉身体随着站起来，便睁了眼问道："什么？你有一点惭愧？什么事你要惭愧呢？"

梦兰笑道："并没有什么出乎寻常的事，你倒不用受惊。"

雅士随着坐下来，依然向她望着。梦兰道："我说的这惭愧两个字，并非于人格有损。"说到这里，她把带着的一丝丝的笑容又收了起来，又将面孔端正着。

雅士道："那就请教吧。"

梦兰明知道他两眼发光，对自己全身笼罩着，却只当不知道，把头微偏了过去，对了桌上一对花烛望去。见那上面的烛油像酒漏子下的酒一样，牵线似的向下流着。下面承受烛油的小铜盘子，把凝结的烛油都堆满了。便出神望着很久，忘了答复。

雅士隔了桌面，却用手摇撼了桌面两下，笑问道："你说告诉我缘故的，怎么又不说话了？"

梦兰道："并非我不告诉你，我就是怕告诉你以后，你有点不相信。"

雅士道："既是与你人格无关的事，那无非也是一枝一节的小事，你要说，说出来就是了。"

梦兰道："你看我身体怎么样？"

雅士猛可地听到这句话，当然有些不解，于是将两只手臂弯着同放在桌子上，把身子微微凑着向前一点，对她望了道："你身体生得很好看呀。"

梦兰摇摇头微笑着道："你答错了，我并不是问你我生得好看不好看，要请你看我身体强健不强健。"

雅士道："哦，原来为此。你脸上虽不怎样喜气洋洋的，但也不会有什么病容吧？"

梦兰点点头道："这算你猜着了，我身上有一种多年的积病，到现在还没有治好。本来这喜事在现时是不应该举办的，无如你府上催得很厉害，只好依了府上的日子。其实，我是带了病到你府上来的。"

雅士睁了眼道："什么？你身上有病吗？"

梦兰道："自然，我说这话，你是不会相信的。但是过了三朝，请你同我一块儿到医院去检验一下。"

雅士点点头道："你这话我算是明白了，你觉得今天晚上虽然是喜期，我们应当同床各被。"

梦兰随着这话站了起来，向他微微地一鞠躬，表示着歉意。在她的脸上，虽然不带什么笑容，可也不带什么愁容。两眼珠微微地转着，好像是很殷切地希望他有一个确实的答复。

雅士道："你果然身上有病，你府上何以不通知我们？"

梦兰道："大概也通知过的，只是那时候说着，你府上也不会相信。我心里就存了这样一个念头，等见面的时候，亲自来说吧。这就是我今天说出惭愧两个字的原因。"

雅士将五个指头在桌沿上轮流地敲打着，对了新娘子只是笑。

梦兰道："你相信不相信我的话呢？"

雅士道："你既然说出了这话，当然是要我相信。我若是不相信，你可以同我到医院里去检验……"

梦兰道："当然，你相信得我过，就不必上医院了。我这也不是什么不可以告诉人的病，就是中国式小姐十有九个害着的肺病。这种病除了自己调养得不好，要送掉性命而外，还很传染给最接近的人。我若不说出来，岂不是害了你？"

雅士听到这话，手扶了桌子角，猛可地站起，望了她问道："什么？你有肺病？"

梦兰将头低了下来，叹了一口气道："这病是已经缠在身上好几个月了。"

雅士道："你为什么不医治？"

梦兰道："肺病有什么医药可治？最好的法子，还是在家里多多地调养，以调养而论，我当然是不能出嫁的。女子在家里当姑娘，同出嫁以后当儿媳妇，这显然不同。刘先生虽然是个男子，我想这一层也是十分明白的吧？"

雅士点点头道："我明白，你所以把这话告诉我，我也很明白。你既然说出了这种话来，当然是希望我答应你的要求，这又没有什么难处。我在南京过几天，回上海去就是了。至于我在南京的这几天，那你用不着顾忌，同床各被就是了。"

他说着这话，虽然是答复得很干脆，但是脸皮上随了这话音就起了一阵红晕。那两只眼睛盯了梦兰脸上望着，两道眉峰微微地耸了起来，且把半边脸偏着。梦兰的态度却是很坦然，淡淡地带了两分笑容，雅士也笑道："我这样答复你，你总可以满意了吧？"

梦兰道："当然是很感谢，不但是满意而已。对于一个有病的女子，我想你总可以原谅。不，原谅两个字，还说得太浅了，应该说是宽容。"

雅士笑道："你的话，那简直是骂我了。你说你有病，我还要逼着你同常人一样成婚，那我不算是成婚，简直是蹂躏女人了。我们的话，只说到这里为止，免得别人听了去，也有些不雅。请你先安歇吧。"

梦兰听他的话，虽然是十分赞成，但是在他的语音里面和在他的态度上看去，显然他非常之不高兴。便站起来向他笑了一笑道："我真是惭愧得很。我也不知道要用什么话来对你说了，不过当新娘子的，总不便先上床，请你先安歇吧。"

她说到这里，还向雅士微微点头。雅士淡淡地一笑，也就起身宽衣了。有人曾把春宵一刻值千金的话来形容花烛之夜，但这个洞房里的花烛之夜就有点特殊了。在他们把谈话截止以后的十分钟，梦兰还是靠了桌子，两手托住头，对桌上两支红烛呆望了出神。烛泪盈盈地一行行地向下流着。盛烛油的小盘子已是堆得满了，新流下去的烛泪就在凝结了的烛油上更向下流去。点点滴滴的，不免落到桌子上来。看得多了，也不知道自己是为了什么伤心，随着这两行烛油，也一同地向下流泪。始而是不知道，直等有好几滴眼泪滴到了扶在桌子的手臂上，这才猛可地醒悟。于是立刻在衣袋里掏出了手绢，将两眼角的泪水赶快擦干了。

像是她有了先见之明，她这里是刚刚把眼泪擦干，窗子外面已有了脚步声。接着就有人开口了，她问道："新娘子，你还坐着吗？时候不早了，你也该安歇了。"

听那声音，便是先前送新郎进房的姑太太，便答应了一声是，随着站起身来，姑太太道："不必客气了，请安歇吧。"

在她这句话里，可以知道她也看到屋子里的人在做着什么。索性向窗子外点了点头，也表示着知道窗子外的人是在向里面看的。

梦兰继续站着有五分钟之久，终于是外面寂然了，回头看看床上，雅士将被铺了两个卷筒，他自己睡在里面那个被卷里，脸朝着里面，虽然看不到他是什么面色，只听他那呼呼的酣睡声，已经知道他是睡熟了。梦兰悄悄地放下了帐子，钻了进去。这象征着一个人钻入了情网，固然是很对，但是象征着一个人钻入了天罗地网，亦无不可。

关于江梦兰与刘雅士的关系，这里是一种结束了。他们虽然都是在学校读书的人，然而彼此的家庭确又十足的诗礼人家，所以婚礼完全照了旧习惯行事。到了第三日，夫妻双双地行回门礼。江太太在这个当儿，看着自己女儿的态度，听听自己女儿的口吻，虽没有说到刘家是怎样的好，但是她也没有说一个字的坏话。再看看新姑爷，虽然是浮躁一点，然而总是个时髦青年的样子。心里一转念，也许他们夫妻会相处得很好，这是初相处几天，当然还不好意思表示怎样甜蜜，这倒可以放宽心了。江太太一宽心，他们家里其余的人，绝不能有江太太这样观察得深切，更是放心了。在这种情形之下，江刘两方也都没有什么奇异的感觉。

雅士对他所说的话，是照着约定行事。在新婚后的十天，他说功课要紧，就赶回了上海。因为这个时候，他且在上海一家大学里读书呢。梦兰在出阁前一个月，已经向学校退学。雅士虽然走了，她也是在刘家新婚房里终日苦守，并不曾出门一步。她是个新来的儿媳，不便有什么主张，不敢另设书房，把存在娘家的书都搬到新房里来，终日无事，索性在书房里埋头看书。

刘家是中产以上的人家，本不用得少奶奶做什么事。见她这样终日读书，以为是丈夫在新婚后走了，借了这个来排除烦闷的，这就没有什么人来问她，而且别人也感到不便怎样地问她。梦兰安下了心来看书，对于环境是怎样恶劣，却也不放在心上。一读书，梦兰就是好些日子没有出门，除了每日两顿饭和在公婆面前问安而外，差不多连那房间是都不出的。这消息传到江太太耳朵里去，又很是心疼。自己也到刘家来张望过了一回，但是只能在刘太太屋子里坐坐，不便向自己小姐盘问什么话。

又过了三五天，江太太也是实在不能忍了，就打发老妈子到刘家去，说是李小姐过二十岁，请小姐去拜寿。梦兰同友梅是至好的朋友，出阁以后，彼此已是很久不见面了。至于她是哪一天的生日，以前倒没有留意。既是娘家派人来通知，那决定是今天生日无疑。当时到婆婆面前去请示，可否去道贺，她满口依允着可以了。梦兰想到友梅，来不及回家，径直地向友梅家里去拜寿。女仆虽是奉了太太的命令来接小姐的，至于李小姐是不是这天的生日，她实在也不知道。梦兰坐着车子，径直地向李公馆去，自然也就不去拦着了。

梦兰出了刘家的大门，已是说不出来自己那一番高兴。加之这一条路又是向李友梅家里去的，以前做学生的时候，手搭了友梅的肩膀，说着笑着，一路走着，那简直是个自由之神。于今重到这条路上，温着当时的旧梦，心里更是高兴。虽没有什么人同她说笑，她也就忍不住喜气涌上眉尖，嘻嘻地只管笑着。直到李公馆门口，才勉强地把笑容止住了。

但是进得她家，一些儿也不见特异之点，纵然是小做生日，应当也有几位宾客，然而静悄悄的，太阳由天井里晒到堂屋里去，只有一块白的阳光，照见堂屋里是更为空虚。这就不便再向里面闯了，站在天井里高声叫问一句："李小姐在家吗?"

堂屋后面一个女仆由左壁门里伸出头来张望了一下，她且不答应梦兰的话，掉转脸向里面报告了去道："呀，新娘子江小姐来了，小姐。"说着，向梦兰点了点头，算是答应了她小姐在家，她自己却是跑到上房里去了。

梦兰虽觉得她有点唐突，明知道她是个无知识的人，也就不去管她了。刚转过这进堂屋的右壁门，友梅已是跳了出来，将她的手握住，笑道："什么风今天把你吹了来呢？我是早就想去找你的，可是刘府上我又不认得，冒冒昧昧地去，恐怕冲犯了……呀，你怎么瘦得这样厉害？"

梦兰笑道："我瘦了吗？但是我并没有病。两餐都吃得很饱。"

友梅挽了她一只手，就向屋子里拖了去，笑道："我有许多话要说，到屋子里来谈谈。"

梦兰道："你忙什么？也应当让我去见见老伯、伯母。"

友梅还是把她一只手挽住，向她望着道："你果然是一位少奶奶了，到了人家，也要见见老爷、太太。"

梦兰不由得脸上一红，笑道："老朋友，你不应该取笑我呀。我……"说到这里，眼珠蠕动着，脸色反而是呆定了。

友梅两道眉毛全闪动着，笑了起来道："好吧，我引你去见见我母亲吧。我母亲也正想见见你呢。"说着，挽着梦兰向李太太屋子里走了去。

李太太和梦兰的母亲一样，也是喜欢抽水烟，手捧了一管水烟袋，架了腿，点着纸煤，稀里呼噜地缓缓抽着烟，似乎正在听门外说话，半偏着头呢。友梅将梦兰拖了进来，李太太哟了一声，放下水烟袋站了起来，笑道："江小姐，好哇，好久不见了。不，应该叫刘少奶奶了。"

梦兰听说，把头低着，似乎还带了一层红晕。友梅板了脸笑道："妈是怎么说话的？我们这样熟的人，你还同人开玩笑呢！还是叫江小姐的好。"

李太太道："好，还是称呼江小姐。我们不知道江小姐今天会来，要是知道的话，我一定邀几位女同学来，大家痛痛快快地闹上一天。"

梦兰道："我这里想着，伯母家里今天一定是很热闹的，不是友梅的生日吗？"

李太太道："啊，便是今天的生日，怎么你今天突然提起来了？"

友梅昂着头想了一想，笑道："准是伯母派人去接你的时候这样说的吧？"

梦兰坐在一边，牵了两下自己的衣服，虽然微微地笑了一笑，但是很快地低下头去，脸上带了两分惨容。

李太太道："以后你们见面的机会比较的少了。友梅带了江小姐到你的屋子里谈心去吧。我们这上了年岁的人，说话是不搭帮的。"

友梅就握了梦兰的手道："走吧。"

她们走出李太太的屋子，梦兰问道："我知道你府上最后一进屋子是靠了秦淮河的，那里很幽静。"

友梅道："你愿到那里去谈谈吗？那里现在正是我的书房呢。"

果然的，友梅将她引到屋子最后一进的河厅上去，这里是一隔三开的屋子，靠右边的一间小屋子，比较的是阴暗一点，拦着玻璃窗门，一排地挂了蓝绸窗帷。一张书桌子配了两只书架子，全在这蓝绸之下。

梦兰道："天阴的时候，这嫌着阴暗一点了。"

友梅道："若是除掉这蓝绸子，对于窗子外的秦淮河一目了然。我是一个好动的人，若是要耐下性子来读书，不能不这样地拘束着自己。"

梦兰道："现在的女子，要带些革命性，倒是动一点的好。"

友梅笑道："你是一个好静的人呀，为什么要说这样的话？"

梦兰坐在书桌边一把围椅上，手撑住椅子靠托了脸腮。友梅斜伸了一条腿站着，向她脸上望了道："你怎么一坐下就有此愁眉苦脸的样子？"

梦兰正有一口气要叹出，胸脯一挺，却又垂头下去，那口气并没有叹出来。便抬头笑道："这是你神经过敏，以为我这个人带了愁根。"

友梅笑笑，也就不说了。随着女仆送了茶水干果碟子来，梦兰笑道："我们交情疏了，来了之后，还要同我过这一套客气。"

友梅道："你可记得我到你家去，你引我到小楼上品茗长谈吗？今天还是这个局面。"说着，端了一把椅子过来，与梦兰抱了桌子犄角坐着，笑道："你有什么话要说吗？可以和我谈谈心了。"

梦兰道："我一进门，你不说我瘦了吗？那么，什么话也不用问了。"

友梅笑道："这真是一件奇怪的事了。人家结婚的时候，欢天喜地，只有长得更胖，怎么你会瘦起来呢？"

梦兰道："你果然不知道，那我可以告诉你。唐人诗上说得好：'思君如满月，夜夜减清辉。'我是为着想你想瘦的。"

友梅笑道："你这叫什么话？对于老同学，不应当这么样。"

梦兰笑道："这样说，你还是知道我为着什么瘦的了。不过我们老同学的交情还是不错。要不，今天我怎么家也不回，一径地就来替你拜寿呢？"

友梅道："当然，我们的交情也还不错。"说到这里，回头看到门帘子没有放好，赶快抢上前一步，把门帘放下，垂得齐齐整整的，再坐回来，向梦兰茶杯子里斟上一杯茶，放下茶壶来，两手向上撑住了自己的下巴，向梦兰微笑。

梦兰道："这个样子，你好像有什么话要对我说。"

友梅道："当然是有，不过……到现在的时候，我还可以说吗？"

梦兰道："我们这样好的朋友，有什么话，什么时候也可以说。就算你说错了，也不过一笑了之，我还能怪你吗？"

243

友梅又低头微笑了一下，把嘴抿着，好像有一句话到口边又不好说出来似的。梦兰点点头，鼻子里微微地哼着道："你的意思我明白了。你在最近这些时候，看见过他吗？"

友梅道："没有会着他。我会他，完全是为着你，你没有什么事托我了，我还去会他干什么？"

梦兰笑道："可惜这不是做官，假如是做官，可是荐贤自代。"她说到最后一句，那声音越来越细，细得有点像蚊子哼了。

但友梅虽没有听到，也将脸皮一红道："你说这话，好人还有人做吗？"

梦兰站起来，两手合了掌，向她连作了几个揖，笑道："真对不住，我不该拿你开玩笑。我不是说了吗？你纵然说错了，我也不怪你。当然，现在我说错了，你也不能怪我。"

友梅道："没有别的话说，今天罚你在我这里吃晚饭。"

梦兰笑道："你就不罚我，我也要在你府上吃晚饭的。"

友梅道："我是同你闹着玩的，假如你在我这里吃了晚饭，回家不太晚了吗？"

梦兰道："我不回家了。回得娘家去，徒然让我生着莫大的感触，倒不如就在这里多坐一会儿，我们谈着痛快痛快。"

友梅把玻璃窗上挂的蓝绸挡子完全扯了开来，向她点点头笑道："在我这船厅里赏月，是很有意思的。回头你在我这里坐着等月亮上来你瞧，月亮落在水里，水光反照到窗子上，那很有一点意思。"

梦兰道："我自然是愿意的，不过当少奶奶的人同当小姐的人，那是有点分别的。我这身子不是我的，是人家的了，假使人家不要我在外面，我就得回去。"说时，不由得把脸子沉了下来。

友梅道："但是你的先生不在南京，你为什么也不能自由呢？"

梦兰淡淡地笑了一笑道："我所说的不能自由，所拘束的地方也

244

很多，不光是哪一个人。"

友梅道："不光是一个人？除了你先生，只有你堂前婆婆可以管你，但是听说你们老太太很贤淑的，不会有什么过分的压迫吧？"

梦兰道："公也好，婆也好，丈夫也好，只是中国的旧礼教不大好。"

友梅道："我不要听你这一类的话了。你谈起上下古今来，什么也知道，推翻专制，力争自由，你全明白是应当怎样地做。可是真要你去做，你就不成了。"

梦兰点点头道："我很知道我的短处，我是情感重于理智，口里说是要大大地牺牲，但是真到了牺牲的关头，我怕连累旁人，我就不敢向下做了。我知道我的错处，我没有法子来改革。"

友梅微昂着头，叹了一口气道："不但你没有办法，我对你这个人也没有办法。"

梦兰谈到了这里，不把话向下说了，只是抓了瓜子，对了窗户外面慢慢地嗑着。友梅对她说话，虽然是向来不假思索的，可是到了现在，看到她脸上那番愁苦的样子，再瞧着那毫无情趣的精神，自己也不忍心说她什么，因之也就只向她闲谈些过去同学的事情。

不知不觉地就到了黑夜的时候，李太太为了让她们谈话便利起见，索性把饭菜搬到这船厅里来吃，让她两人好开怀谈话。但是说来说去，梦兰只说一些自己懊丧的心境，并不谈到自己要怎样去找一条出路，也没有谈到有什么事要托友梅。友梅倒是好几次把话说到舌尖上，又忍回去了。

时间是很容易消磨的，不知不觉的，又到晚上八点多钟。友梅把屋子中间悬的电灯给熄灭了，立刻眼前一黑之后，现出了半轮银片月亮，由对岸人家树头上照进来。这已是初冬天气，那河上的人家，只有屋脊同墙头参差不齐地在月光下沉沉地排列着。这屋脊与

245

墙头虽然是固定的东西，平常见了，不觉怎样，然而在这样清寒的月光下，便感到有些凄凉的意味。虽然也有一两处人家露出两点灯光来，但是那灯火的星星之光，不住地闪动，也带些清寒的诗味。梦兰倒是看得有意思了，把两扇玻璃窗打开，就伏在窗槛上向外望着。这时，已是看不出秦淮河水的清浊，只有半片月亮的影子落在河心。微风由水上吹来，扇动了月亮，在水面上，也有几道弯曲的银光浮动着。向秦淮河两头看去，什么生动的东西也看不见。

友梅道："你觉得这秦淮河很好吗？"

梦兰伏在窗槛上，点点头，鼻子里轻轻哼了一声。友梅道："这大概是你心理作用。我们终年在这里住着的人，不但没有意思，反而感到厌腻。到了夏季，大太阳晒着这浑水，发出一种不可闻的臭味。到了晚上，蚊子小虫子，比雨点还密，这窗户哪里敢开？有时天气太热了，整晚河上都有人游船。唱的、说的、笑的，吵得人要死。"

梦兰笑道："照你这样说，秦淮河一钱不值，白辜负了它的盛名了？"

友梅道："你以为负盛名的东西就是好东西吗？"

梦兰道："虽不说就是好东西，但是一个人也好，一处名胜也好，他若是负有盛名，总有一个原因的。"

友梅笑道："提到了名人，我倒想起一件事。现在你还是照样地按月买杂志看吗？"

梦兰道："我现在除了看书，还有什么法子混光阴？"

友梅笑道："那个人最近有两篇很沉痛的小说，你看到了没有？"

梦兰手扶了窗槛，抬起头来，对那快临中天的半轮月亮看得很出神。过了一会儿，点点头道："是的，他有一篇小说，题目是《夜夜减清辉》。读那篇小说，是此中有人，呼之欲出的。"说着，将手连连拍了两下栏杆。

友梅站在她身后，不由得微微地笑了，便道："对了，这篇小说对你的印象太深了。记得你进门的时候，就引用过这样一句诗的。"

梦兰依然是昂着头的，点了几下道："是的，这篇小说对我的印象太深了。在我每次照镜子的时候，看到镜子里的脸腮，还要把手摸摸。看过之后，我又疑心着，作小说的人，何以体贴到深闺少女，有这样'夜夜减清辉'的意境？那必然他自己就是这样，冥冥之中，我的良友。唉，但是我的旧道德观念太深，我没有法子可以摆脱。"

友梅且不答复她的话，伸手摸摸她的脸，觉得她的脸腮冰凉，于是道："你仔细受了凉，关起窗户来看吧。"

梦兰只管看着月亮，似乎是呆了。友梅一把把她拉了进来，一面把窗户关上，这就向她笑道："你也不体谅体谅老朋友，假如你在我这里着了凉回去，你们上面还有四位老人家，那岂不是要怪我吗？"

梦兰随了她这一拉，就在窗户边椅子上坐下，淡淡一笑道："友梅你相信不相信，我这个人现在成了个傻子了。觉得活着也好，死了也好，对于这世界，已是无所谓了。"

友梅道："我知道你心境不好，不过，他，他，他也不该。"

友梅说着话时，正斟了一杯茶，送到梦兰面前来，是很不在意的样子说出来的。梦兰突然地站了起来，两手按了茶杯，向友梅脸上望着，问道："他有什么不当做的事吗？"

友梅道："在一本杂志上，我看到他的一篇小说，上写着一个男子参与了他一个知己的结婚典礼。当时，他心里尖刀真在剜着。然而他在酒席筵前唱歌、豁拳、行令，表面上高兴极了。于是回家之后，借酒一场大醉，直睡到三天才醒。故事是很简单，可是他描写那个男子心里悲痛，而又对人欢喜的时候，那种矛盾的意境，写得

247

实在好。我这种事外之人，也不免掉了两三点泪。"

梦兰听她说的时候，脸色变着，两只眼珠呆定着，似乎也有眼泪要掉出来。等她说完，她立刻咯咯地笑起来，笑得好像是很厉害，前仰后合的，把头发也蓬乱了。于是掏出手绢来擦擦脸，顺带着揉了两下眼睛，笑道："你说话也不禁驳。你这样一个胸襟开阔的人，会听评书掉泪，替古人担忧？而且你自己也数过了眼泪水，只有两三点。"

友梅已是亮上电灯了，彼此在电灯下，相距得不远。她眼睛已是红了，怎么不知道？她这样一阵狂笑，来得太无谓而且突然，为什么会这样，心里已经明白了。于是笑道："我怕你吃了饭不容易消化，特意引着你发笑的。这不好吗？"

梦兰道："好，多谢老朋友的盛意，我吃也吃了，笑也笑了。我该走了。"说着握了友梅的手道："我们所要说的话很多，但是我一句也没有说到。你是我多年同学，我的性情你知道，用不着我说了。我知道我负人，但是我没有法子。月亮瘦了，有再圆的日子，人病了，老了，可不能再去找那失掉的青春。我要走了，我不能不说，恕我辞不达意。"

她这一番话，友梅知道她不是对自己说的，就连连地点了几下头，低声道："我明白，有机会，我会代你说。"

梦兰道："什么？你也要等机会吗？"

友梅也有友梅的苦衷，如何好对她说，只是握住她的手，连连摇撼几下而已。

第十五回

消息问城南芸窗说梦
风流辞席上绮巷回车

　　女人究竟是女人，无论她性情怎样豪放，遇到心里感到悲哀或抑郁的时候，那还是要流眼泪的。梦兰今天之来，她已觉得生在过渡时代的女孩子，既不能糊涂认命，又很不容易杀出一条出路，另造环境。除了为她可怜，自己也是极度不安适。到临走的时候，她又拉着自己，说了几句软话，心里越是难受。当天晚上，睡在床上，替梦兰很想了几个更次。到了次日早上，醒在枕上，又翻眼对着屋顶很出了一会儿神。这就一个翻身坐了起来，匆匆地洗漱一遍，就坐着车子到章国器家里来。

　　这约莫是上午九点多钟，预计着国器是上学校教书去了。进了大门也不问国器是否在家，径直地就到章老太屋子里来。章老太坐在玻璃窗户下太阳影子里，脚下还踏住了一只铜脚炉。两手捧了一串佛珠在掐着。友梅站在堂屋里一鞠躬，笑嘻嘻地叫了一声姑妈，章老太随着答应一声，站了起来，笑道："李小姐现在用功了，好久也不到我们这里来。请坐请坐。今天可以在这里吃了午饭走吗？"

　　友梅走到屋里，斜对了坐着，看章老太的脸色虽然还是平常的那样和蔼可亲，然而她眉峰眼角却隐隐地藏了一些愁苦的气象。心里这倒拴了一个疙瘩，便笑道："好久没有来向姑妈问安。姑妈这一程子身体都很康健吗?"

章老太道:"人上了年纪,总是免不了腰酸背痛,出现些老相的。只是大体上身子还好的,没有生什么大病。"

友梅道:"是的,家母也是这样,常常闹着三灾两病的。我们年轻的人说两句话,老人家又要觉得不入耳,其实不应当这样终日地坐着,应该运动运动才好。"

章老太笑道:"我们国器也是这样地对我说着的,我倒不觉他这话好笑。可是他自己总是终日坐着看书,很少运动。最近是更不对了,三五天总要喝着烂醉一次回来。"

友梅笑道:"表兄既是在教育界做事了,同道之中,少不得总也有些来往应酬的。"

章老太微微地笑着,似乎有一句话要说,还没说出来,女仆端了一盖碗茶,送到了她身边的茶几上,也笑道:"李小姐不是为了看书的事,是不肯到我们这里来的。昨天先生喝醉了回来,今天这个时候还没有起床呢。"

友梅向章老太望着道:"是吗姑妈?"

章老太皱了眉道:"这两个月来,这孩子好像有点不如意的事,故意放浪着去解愁闷。但是他究竟是个忠厚的孩子,放浪也放浪得不自然,做到一半往往自己停止了。他又怕我知道了,见了我立刻又老实起来。只有喝醉了酒,他是遮盖不住的,只好回家就睡。睡醒起来,就是说朋友灌醉的。朋友灌酒的事,当然也有,但只能一回两回,不能老是这样。"

友梅道:"若是这样醉着,岂不耽误功课吗?"

章老太道:"当然是耽误功课的。这一个月,我已经替他请过三回假了。他事后总是很懊悔,找着学生一个个地给人补课,自己找麻烦。我事后仔细地想着,这绝不是偶然的事。李小姐是学问很好的人，你在他所做的文章上看得出他什么毛病来吗？"

章老太说这句话的时候，态度很自然的，倒并没有对友梅脸上看去。但不解何故，友梅却忽然把脸红着。到底她是一个聪明的女孩子，眼珠转了一转，就笑道："若是要在文章上看表兄为人，不用得别人说，姑妈还有什么不知道的呢？他总作的是那些哀情小说，看了让人伤心掉泪的。"

章老太道："是的，我也早听到人家这样说过，他是个伤心人。可是他自己就对我说过，文章要做得感动人一点，不能不那样。他自己又不是书里头的人，小说上尽管说得悲哀些，那是和他没有关系的。我也这样想，说他作哀情小说，也不是现在的事，不能说现在他这样放浪的缘故，同向来作哀情小说有什么关系。据我看起来，一定在最近两个月，他又有了什么不如意的事。"

友梅听着，脸上的红晕虽然已经退去，可是把老太太的话同自己心里所藏着的事一印证起来，实在叫自己的脸色不能平复。因之微微站起来一下，牵了一牵衣服，接着笑道："表兄是很讲孝道的，姑母不会叫着他当面问上一问吗？"

章老太道："我本来是要问上一问的，但是他向来有什么事绝不会瞒着我的。这次他只管喝酒，并不告诉我一个字。我想他一定有不能告诉我的苦衷，我逼着问他也是不大好，所以我就不问了。"

友梅道："你老人家真是一个慈母，体贴得无微不至。"

章老太道："做母亲的人，有不疼爱自己儿子的吗？况且我的情境和一般人又大不相同呢。"

友梅点点头道："姑母说得很有道理，不过表兄这样很不自在的样子，总不能让他这样延长下去吧？"

章老太道："那是的，我也打算今天他醒来的时候，要问他一个详细的。刘妈，你去看看少爷起来了没有，就说有客来了。"

友梅站起来，向章老太摇着两只手，微笑道："表兄如是酒醉还没醒过来，就让他再休息休息吧。"

章老太笑道："李小姐，你很聪明，怕我在你当面教训他，他太难为情。当然，我也要顾全他一点面子，不会在客面前说他的。可惜他没有像你这样的老朋友，常在一处。"

友梅把眼皮低下，望了老太太脚下的铜火炉，将上牙咬了下嘴唇，沉思了一会儿，然后笑道："表兄也很有几位文字上的知己朋友吧？"

章老太倒没有介意她的态度，答道："不会有的。假如有的，他这样不如意的事，一定会告诉那知己的朋友，请他设法的。你不要以为他不愿意告诉母亲的事，就不愿告诉朋友，那可是两件事。告诉了我，不但和他想不了分忧解愁的法子，也许跟着他一块儿发愁起来。至于知己朋友，那可不然，想不了主意，也不会为了朋友着很大的急。"

友梅将放在茶几上的一盖碗泡茶双手捧着，端起来喝了一口，缓缓地放了下来，微笑道："也许他的知己朋友一样地想不出主意来。"

章老太道："那自然，他不是呆子，未见得他没有办法的事，别人就有办法。只是做好朋友的人，看到了这种放浪的样子，一定是劝劝的。他现在并没有人劝劝他，可见他并没有好朋友了。"

友梅点点头道："是，照说，表兄这样放浪下来……啊，我也是瞎说。其实我并没有看到他做了什么了不得的事，我怎么也说他放浪？喝两杯酒喝醉了，也是文人常有的事。"

章老太听了她这话，也是微微地笑着，似乎老人家临时发现了什么，要审查一样，在友梅全身上下都打量了一遍。友梅见她老人家无端地向自己打量起来，自己望了脚底下，把脚尖在地面上画着。

章老太始终不明白她为什么要难为情，只好起身去，自端了一碟瓜子放在茶几上，笑道："这是有人由苏州来，带来送我的。我的牙齿哪里能吃？小姐请嗑几个。"

友梅也觉得老太太忽然断了话头，改请自己吃瓜子，这完全是打岔的，也就只好笑笑，随着吃起瓜子来。章老太没有坐在原地方，离着远一点了，她道："李小姐有什么话要对国器说的吗？"

友梅笑道："没有什么要紧的事，我现在很想把英文练习得好了，要请表兄介绍几本英文自修书给我看看。"

章老太笑道："那很好办，国器当学生的时候，就买得英文书不少，回头在他书架子上随便地挑几本去就是了。"

友梅道："那也不忙，我随便哪一天来拿都可以的。表兄还在睡，就不必去惊动他了。"

章老太回头看看桌上的钟，笑道："现在已经是十点多钟，他也该起来。"

友梅道："他喝醉了酒，是和平常不同呀。"

章老太道："也该起来了。上午的课没有去上，下午的课是绝对不容许他耽误的了。还不应当把他叫起来吗？"

她说着，见女仆在屋子里就向她连连挥了几下手，女仆到国器屋子里，不多大一会儿，就听到国器在那边屋子里呵呵大笑地趿了鞋子在地板上拖着响。他道："李小姐来了？真对不起，失迎得很。"

他说着话，手里扣着纽扣，站在门外头，对着门里边，连连地弯了几下腰，笑道："李小姐今天一早就来了？我先洗脸，过一会儿来奉陪。"

友梅在这边老太太的屋子里坐了一会儿，然后就站起来向章老太笑道："他有点不好意思见我了。我过去看看表兄吧。"说着这话，自己就向国器屋子里走来。

他手上捧了一杯茶，斜站着，向窗子外天上看去。友梅笑道："表兄出着神，又在想作诗吧？"

国器点着头道："请坐，请坐。"

友梅道："我既然来拜访，当然要坐下。但是我这个时候来，是不是打断了你的诗兴？"

国器道："我哪里还有心作诗？醉得个七死八活，连坐都坐不住。"

友梅于是在他对面坐下，向他脸上望着，抿嘴笑了一笑。

国器笑道："你觉得我这态度不对吗？"

友梅将牙咬着嘴唇，连连地摇了几下头。

国器道："那么，你的意思何在？似乎有点笑我呀？"

友梅道："我怎么敢笑表兄？我只觉得表兄向来不喝酒的，何以变得每饮辄醉起来？"

国器笑道："你不用问我，你是满口新名词的人，现在说起话来，出口成章，随便就把古文用上了。"

友梅被他说着，将身子一扭，头一低，就说不下去了。国器斟了一杯茶，两手捧着，送到友梅面前，笑道："你现在很闲了吗？"说着，依然走了回来，在她对面的椅子上坐着，自是不免向友梅脸上看着。

友梅先是端起了杯子，高过鼻子尖，有点遮羞的意味。但是不到一会儿工夫，把茶杯放下来，立刻将颜色板正了，于是道："当学生的人，无所谓忙不忙，全看自己的勤惰如何。假使自己要偷懒的话，天天都有闲工夫的。"

国器道："但是你不是一个偷懒的人。"

友梅什么话没说，却是微微地一笑。国器道："今天上午就来了，一定有什么事见教吧？"

友梅回头对门外看了一看，手上端起茶杯子，抿了一口，由茶杯沿上向国器飞射了一眼，又带了微笑去呷茶。

国器道："果然的，你有什么话见教，只管明说。"

友梅低声道："表兄在杂志上发表的那几篇小说，为什么写得那样哀艳？看到了，真叫人难受。"

国器笑道："那就莫怪我对你做严刻的批评了。你这样受过文明洗礼的人，不应该犯听评书掉泪，替古人担忧的毛病啊。"

友梅道："并不是我看了你的大作掉泪，老实告诉你，我差不多是死灰槁木的人，要我看了浮艳的文字伤心，那是不行的。表兄一定说了，你既是不动心，为什么说这种话呢？要知道我这是替别人说的。"

国器听到这话，心里就是一动，脸色当然也随着变了一下。友梅微笑道："关于这件事，表兄总可以知道，用不着我细说吧？"

国器道："知道我自然知道的。自从她有了所归之后，我已经听不到一点消息。我作这小说，不过也是偶然兴起这样写出来的，倒没有猜着会引得别人不快。"

友梅道："别人不掉泪，那种同病相怜的人，她看到这种文字，也不掉泪吗？"

国器道："这个我倒不去深辩了。李小姐忽然提起这件事，一定是在那人当面，见她看书掉泪吧？"

友梅道："我和她虽然是极好的朋友，但是她所住的，是一种生地方，是不是像以先的地方一样可以随便去玩，这可难说。所以一直到现在，我也没有去过。倒是她不忘记老朋友，亲自到我家去找我谈话。那真要比姑娘回娘家也舍不得走。直到深夜九点多钟，方才回家。"

国器道："这是哪天晚上的事？"

友梅道："就是昨天晚上的事。"

国器原是坐着的，这就两手同时拍着大腿，站了起来，叫了一声"对的"。友梅道："你难道看见她出门吗？怎么说是对的？"

国器笑道："我当然有个证据，但是在我心里头尽管千真万确，然而说了出来，却又十分幼稚。"

友梅道："这话怎么说？我倒有些不懂。"

国器望了望窗户外面的树影，很是沉吟了一会儿，接着便笑道："这虽然是青天白日，我可说的是梦话。我是昨晚喝醉了回来，做了一晚上的梦。梦里面最精彩的一段，就是看到你和她一块儿走着，她两只脚全被绳子连锁着，简直迈不开步子，所幸你搀住了她一只手，一步一步地扶着她走。"

友梅将手托住了下巴，连连点头，哦了两声，笑问道："那么，是扶着向什么地方走呢？"

国器笑道："对了，你是应当有这样一问的，要不然，这入梦也就没有什么价值了。是你扶着她向一条山路上走。猛然看那山好像不是很高，可是看久了，这山层层向远推去，推得山尖掩藏在云雾里。后来就只看到一个人，隐隐约约地在山梁上走，并不是两个人了。"

友梅道："只剩一个人了？这个人是谁？你看得清楚吗？"

国器听了她这话且不答言，抬头向窗子外天空上望着。见屋檐下那棵小树将那些零落要掉光的树叶子还是摇摇地颤动着，仿佛就像那梦中人在山巅上走路的神气。便向空中点点头道："多么美丽！多么高尚！又是多么伟大！"

友梅听到他连连赞美了一顿，却不知道赞美的是谁。不过以目前而论，仅仅只有一个女人在这里，他不是赞美着自己，还赞着谁？这就不由得红了脸把头低了下去。

国器把这个幻想想完了，见友梅坐在斜对面有些不好意思，这就笑道："李小姐听懂我的话了吗？"

友梅这才回转头来，向他看着，鼻子里哼了一声，点着头道："总算我不十分笨。大概表兄的话可以领会得到。不过谈起读书这件事，那是不如表兄多多的。表兄说话，要是也像做文章一样，那我就不懂得。"

她说到这里，还微微地一笑，两行长睫毛簇拥着，乌眼珠在睫毛里乱转，接着她又把头低了下去。

国器始而是没有理会到她的用意何在，见她两腮上泛起了两块红晕，好像有点害臊的样子，便笑道："我说话会带有做文章的意味吗？这个我倒没有觉得。你说我是哪几句话带有文章的意味呢？"

友梅道："就是……就是……"她说到这里，在口袋里掏出手绢，摸摸自己脸上的粉，然后将手绢抛着两手接住，只管搭讪着玩弄那手绢，并不答话。

一个妩媚的女孩子做出妩媚的样子来，那是无所谓的。一个豪爽的女子，做出妩媚的样子来，那就格外有一种动人的意味。所以在友梅这样做作的时候，国器对了她望着，也是只管发呆，不知道怎样是好。后来女仆送茶进来，才把彼此的尴尬情形打断了。

友梅到底是个豪爽的姑娘，把一杯茶喝完了，笑道："我算沾她的光，也进到表兄的梦。有道理的人是不乱做梦的。他所梦的，也就是上等人物。比如孔夫子，他就可以梦见周公。"

国器笑道："李小姐这简直是挖苦我了。"

友梅笑道："表兄，你看我可是爱挖苦人的人？而且我今天专诚到这里来，那目的只是图挖苦你，我此来还成什么话？"

国器拱拱手道："对不起，对不起。我是说着玩的。我还有好些话要问你呢，就是怕你没有工夫告诉我。"

友梅笑道："什么事我有那样忙呢？你问吧，只要是我知道的，我没有什么不告诉你的。"

国器低头想了一想，于是道："我在杂志上发表的两篇稿子，实不相瞒，是有一点用意的。但是我绝不料她还可以看到，也绝不料她看到之后，会发出……"

友梅抢着道："表兄两篇大作，不看到则已，看到之后，还有个不发生感慨的吗？"

国器点点头道："这也诚然。"说到这里，自己感到问题趋于严重了，便把声音低了一些道："她见你之后，对我一定有一种批评。对于她自己的行为，一定有一种明白的解释。"

友梅摇摇头道："不然，她不但对于你没有什么批评，对于她自己，也没有什么解释。"

国器道："那么，她在府上坐了大半天，那说的是些什么呢？"

友梅道："她除了谈一点书上的事情而外，就是说彼此同学时候的一些玩话。不过说到了十句话，她就要叹上一口气。至于提起你的大作，也是谈文章谈起来的。"

国器道："她总知道李小姐会来的，为什么也不写一封信让你带了来呢？"

友梅道："表兄的看法也许觉得她应当如此。不过她自己说，已是走进了坟墓，什么希望都只有指望着来生。这一辈子是没有了指望，唯其是没有了什么指望，所以也不做什么打算。她还写信给你干什么呢？"

国器道："真的！她简直不理我了？"说着这话，人也随着站了起来，圆睁了两眼，向友梅望着。

友梅笑道："这是和表兄所做的梦有点不同的。可是她的态度确乎是这样，我不能在表兄面前撒谎。"

258

国器不由得叹了一口气道："她的态度这样，那完全是出于不得已。假使有机会的话，她一般的是一个有作为的女子。"

友梅低头弄着手巾，只管听他的话，并没有答复。彼此坐了一会儿，也很觉得无聊。这就手按了茶几，缓缓地站起身来，笑道："我应该告辞了。"

国器道："很远地来了，你也不在我这里多坐一会儿？"

友梅道："我多坐一会儿，倒没有什么不可以，只是……"说着，对国器看了一眼，微微地笑着。

国器道："我想着，我的意思应该对你说一说。"

友梅红了脸，微笑道："表兄还有话对我说吗？"

国器道："用书面表白我的意思，大概是不可能了。我想，李小姐和她见面的机会总还是有的，见了她，可以把我的话告诉她了。"

友梅道："告诉些什么？说你的大作不是有意作的吗？"

国器道："不，你就把我做梦的这件事告诉她好了。"

友梅将手绢角咬在嘴里，自己理着手绢的下端，点了点头道："啊，表兄的意思我明白了。"她交代到这里，也不多说什么，回头做了个短短的微笑，很快地走了。

国器倒是忽忽若有所失，总觉得友梅今天对人说话的态度不大自然，分明她自己好像也有点心事夹杂在内。于是背了两手在身后，来回地在屋子里踱着步子。直等章老太在堂屋里说："饭都快熟了，为什么不吃了饭走？"友梅道："改日再来叨扰吧。"这才知道友梅走了。心里想着，怎么也不向我告辞一声就走了？这显然也有点不愿和自己谈话了。

自这日起，心里更增加了一层难受，在家里只是掩上房门看书，出门去就古今名胜狂游一阵，有伴就随伴同游，没有伴便是一个人，也玩得很有兴致。

这一次，上海杂志公司里寄来了一笔稿费，共有五十多元，自己突然地豪兴来了，一拍手道："人生几十年光阴，只管向烦恼堆里走去，那简直是个傻子。有了钱，我要痛痛快快地快活一阵了。"于是换了一身新衣服，把钞票全揣在身上，就向朱小松家来。

还不曾到他家，就在巷子口上遇到他坐了一辆雪亮的包铜油漆包车出来。他在车子上老远地拱了手道："国器是来邀我的吗？好极了，我们一块儿到秦淮河去玩玩吧。"说着，跳下车来，握住了国器的手，笑道："白莲见着我的时候，有好几回叫我致意于你。你今天不能不去了。我在桃叶家里请客，可以把她叫了来。"

国器道："桃叶家在什么地方？"

小松笑道："那还用得着问吗？无非是钓鱼巷一带。"

国器摇摇头道："假如在秦淮河边上，吃吃馆子，游游船，这个我也不必戴上方头巾，拒绝这事。现在实行到钓鱼巷去，有点不大妥当。"

小松笑道："有什么不妥当？在酒馆里叫条子，这和到班子里去有什么分别吗？你看过《桃花扇》没有？侯朝宗这班书生，总也够得上是一位名教中人，他们不是一样品花吃酒，尽管开心吗？"他说着，招招手，把路上经过的人力车叫住了一辆，硬把国器拥了上去。

国器的车子随了小松的车子走，他也只好在车子上笑道："人生行乐耳，我也跟着你胡闹去吧。烦恼是人自己去找的，越爱找烦恼，这烦恼就越来越多。还是想通一点的好。"

小松笑道："你这算明白了，与其像你那样愁眉苦脸的，只是闷在家里哼诗，倒不如这样有乐取乐，无乐找乐。"

国器也不答言，只是带了笑容，坐在车子上。到了钓鱼巷口，国器在后面叫起来道："小松，小松，我不去了。"但是他口里尽管喊着，车子随了前面的车子，已经拉进很深了。前面车子停下，小松已是站在一家人家门口，向他连连地招了几下手。国器想到在这些地方，总不可以做出书呆子的样子来，徒然丢了朋友的面子，所以也只好带了笑容，随着他进了大门。

自己虽然是个老南京，可是这种地方还不曾来过。在报纸杂志上，看到二百年前秦淮却是个神仙世界，在极繁华的所在，人物是风雅的，景致是幽丽的。现在虽不及明末那种光景，可是应当也不十分伧俗。所以小松既在前引着，趁此来瞻仰瞻仰也好。于是跟着进去，接触于目，这就让他大失所望。小小的一个天井，横七竖八地在屋檐底下将竹竿子悬了衣服在晒，把下面堂屋的阳光挡住，倒有些阴暗暗的。这堂屋也仿佛是南京候补道公馆的轿厅吧，摆三辆包车，此外却是一无所有。

转过壁门，到了第二重屋子，那天井更小。算是中间有一座花台子，然而没有树，倒是放了两个木炭篓子。另外还有一只金鱼缸，连水也没有，摆在那里。一屋里有四把椅子，分列左右，夹住两张茶几，正中一张四方桌子，还有几张方凳子，随便摆着。还有两个粗俗的男子，操着一口江北话，同了三个四五十岁的妇人谈天。看到客来，他们一齐站起，其中有个中年妇人，向小松叫了一声"朱老爷"转身再向后进抢了去报告。

国器正有点怔怔的，小松回转头来，见他这样，便笑道："我猜你心里头准是那样想，和古人笔记所载的简直大不相同。我告诉你，就是当年李香君郑妥娘住的所在，也未必比这好得多少。书上说得那样好，那是文人骗人的。将来你要作一篇板桥新志，这就是入门则狗儿吠客，鹦鹉唤茶了。"

国器看到那妇人匆忙地报告，和这八字一相印证，忍不住扑哧一声笑出来。小松倒是站住了脚，向他望着道："你为什么发笑？你觉得这地方很是可笑吗？"

国器道："这里倒没有什么可笑，只是你所说的，叫我不能不笑。"

两个人说着话，早听到有娇滴滴的声音搭话道："章先生今天也来了？什么风把大驾吹动的？"

正是桃叶靠了房门口，一手叉了门帘子，向外面张望着。看到国器走到了天井里，就迎上前来，握住了他的手，笑道："真让我高兴死了。"

小松回过头来向他笑道："你也成了《桃花扇》里的侯朝宗了。到了这笙歌院里，每一个姑娘都很喜欢你。"

国器红了脸道："这是笑话。"说时，他也随了桃叶进屋子去。

这里倒现着像一间女人的屋子，全新的柚色宁波木器家具，配了一张铜床，绿的罗帐，罩住了雪白的床毯、被褥。被上叠了一对枕头，白衣子上面绣了红绿的花。帐子下面还有一个通草扎的花球，带了五彩穗子垂着。此外，房里的陈设都和床上这种配合场面差不多，譬如靠墙的画桌上，套了一条画桌，画桌正中，摆了一口钟，钟两边摆两只花瓶，花瓶左边是一面镜子，配了螺钿乌木架子，右边再一个大胆瓶，插了一支孔雀毛。墙上挂一幅石印的时装仕女，两旁配一副泥金七言对联。分明是求雅，在国器看来，也就俗得可以。那四方桌子有六套茶杯，摆了下圆圈形，围了中间一把茶壶。国器心里想着，这和自己在明人笔记上所看下来的情形，那真是天远地隔。再说看看桃叶姑娘，有了这样一个很古雅的名字，也不当住在这样一间屋子里。

他只管这样地出神，把自己到这里来干什么的也都忘了。那个中年妇人却把一听开了盖的香烟，两手捧着，送到他面前。眯了她一双柳叶眼，笑道："老爷，请用一根烟吧。"

她走到近处，国器算是看清楚了她的脸，面皮上黄中透黑，两只颧骨高撑起来。两绺刷了油似的头发，绕了两个圆鬓角，在耳朵边围绕了，越是显着这面孔尖削得难看。她身上穿了一件长平膝盖的黑绸薄棉袄，周身还滚白线边，那一份俗气，真是越因她做作而越加浓厚。国器虽然对她说了一声不会抽烟，不知道她是否听见，只管把那听香烟举着。国器也觉得只管和她谦逊无味，随便抽了一根香烟在手上。

小松进门来之后，两手抓住桃叶两只手，拖到一边去说话，低了头，嘴对了耳朵，轻言细语地说得很是有味。偶然回转头来，看到国器兀自站着的，便笑道："你觉得怎么样？到了这里来，有点拘束吗？"

国器笑道："虽然这地方少到的，但是我料着也不会犯什么规矩。拘束两个字是说不上的。"

小松笑道："既不受拘束，你就坐下吧。"

国器手扶了桌子坐下，另一只手还夹住了烟卷，正待放下，那个中年妇人却拿了火柴盒子过来，划了根火柴，两手捧上。国器又怕是不可以拒绝的，只得弯了腰把烟卷吸着了。接着她敬茶敬水果，国器一概不便拒绝，都是微微起身，点着头接受了。

小松和桃叶挤在床角落里说了一阵话，也就把进门的仪式表演完了。第一次回转头来，见国器捧了一杯茶，放在嘴边，慢慢地呷着。这也可以知道他是怎样无聊。这就笑道："我们不要老是情话缠绵的了，把章先生一个人丢在那里，不知道怎么是好。我们也特意地把人看冷淡了。"

国器笑道："若是这个样子，我要告辞了。"

小松笑道："不要着急，好事从缓。一刻儿工夫就可以热闹了。"

一言未了，早听到天井里嘻嘻哈哈一阵笑声，长长短短地进来了五位客人。这里面除了三位长袍马褂的人而外，有一位穿了一件

263

淡灰的哔叽驼绒袍子，外面罩了一件青缎子背心，在上面一个小口袋里，垂了一截金表链子在外面。头上的毡呢帽子固然是歪戴着，手里还拖了一根司的克。另外一个人却穿的是一套西服。进门之后，就像打翻了蛤蟆笼一般，大家早是拍手顿脚，笑着拥挤在一团。这全是小松另一组合的朋友，国器一个也不认得。

小松带笑介绍着时，那个穿西服的就握住了他的手，连连摇撼了几下道："好极好极，幸会幸会。像章先生这样的哀情小说的能手，一定要到这秦楼楚馆里面来找些小说材料才好。你不要看着这里的人浓妆淡抹，个个像神仙一样，其实她们一个个全是可怜虫。那一番苦楚，我们要说也说不清。你先生提起生花之笔……"

这时，同班子的几位姑娘也同挤进房来凑热闹，口里只管叫着老爷。那个穿淡灰哔叽袍子的人，两手抱住一个年纪较小的姑娘，把下巴搁在人家肩膀上，只是向人堆里面挤笑道："老吴，你不要胡说，怎么大家都是可怜虫？你看我们这位妹妹多么可爱。那简直是天仙一样。"

这边的交涉还不曾办完，又有人叫了起来道："打牌的人这已经足够了，我还有个约会呢。主人翁我们先吃饭，随后你们打牌吧。"

国器正站在小松面前，低声道："大概你是不让我这样马马虎虎地走的，你就先开席吧。"

小松摇摇头，低声笑道："这不叫开席，不过你这样的局促不安，我倒不强你所难。"

国器皱了眉头道："不知什么缘故，我的头又痛又闷。"

小松笑道："你头痛？我还要替你叫白莲花来呢。"

国器只是皱了眉，并不答话。小松看他这样子，怕他真先走，却是大煞风景，立刻催着班子里人摆台子。

酒席就摆在这屋子的一间套房里，这屋子和正房也差不多大小，家具却是旧些。正中一张圆台面，摆了酒菜，在一对白瓷高罩子油灯下，宾主夹杂了姑娘坐下。虽然主人也说了一声不恭，可是此外并不像一种宴会的样子。客人和姑娘们说着笑着，打着搂着，闹成了一团。姑娘唱起曲子来，也没有人听，闹的还是闹，笑的还是笑。至于席上的酒菜，不但客人不去吃喝，而且主人也忘了请人吃喝。国器除了主人朱小松是老友外，别人全是生疏的，人家笑闹，自己也不便插言，只是斜坐着微笑看人。

酒席吃到一半，小松向他笑道："你头痛好了一些没有？"

国器将手抚了额头，微笑道："我早就不能奉陪了，只是我不便告辞。"

小松点头笑笑道："这倒不用客气，我们下次再玩。今天用我的车送你回去，好吗？"

国器连说"好极了"，人也就随着站了起来。桃叶在小松身边，小松先碰了她一下手臂，笑道："让章先生走吧，下次再罚他。"

国器连说对不起，向席上人拱拱手，到底是匆匆地走了。

第十六回

禅语黯芳心青灯学佛
名篇藏巧谜黄鹤疑仙

　　章国器到了家里，也就是华灯初上的时候，看看自己书桌上，一盏白瓷罩子煤油灯照着屋子里一种浑黄不清的灯光，书桌上那些清雅的陈设，配了一把茶壶，不带一点热气。一只新买的小宣炉，很满的冷灰里头，歪斜地插了几根檀香棍子。这很是有了一些凉飕飕的意味飘落在空气里头。不觉自言自语地道："还是我这自己的屋子里好。"摸自己的口袋里带出去的几十块钱，却是一个不曾动用，又带着回来了。这倒不由得扑哧一声，嘻嘻地自己笑了起来。

　　一个人静静地坐在书桌子边沉思了一会儿，又背了两手，在屋子里来回地走着。也不知道是走了多少次来回，忽然放声吟起诗来道："曾经沧海难为水，除却巫山不是云。"这十四个字，好像是非常之有趣，念了一遍又念一遍，终于是把章老太惊动了。走到房门口，伸进头来，向里面张望着道："国器，你这是怎么了？我多念两声佛，你就说我念得太多了。你把这两句文章只管念着，你就不嫌念得太多了吗？"

　　国器站住了脚笑道："我在家里也嫌着无事烦闷，找两句诗念着解解闷。"

　　章老太笑道："念诗？哪天我不听到你念诗？但是也没有像今天

你念诗念得这样啰唆的。念来念去，总还是这样两句。"她说着话，已是走进屋子来，很注意地向国器脸上望着。

国器笑道："你老人家不用怎样地察看我，我并没有做什么错事。"

章老太笑道："你自己说出这种话来了，那就是有了什么心事，怕我察看你。我想着，你今天很清楚地回来，还没有过酒瘾，还想出去喝酒吧？你刚回来，再出去怕我要说话，所以这样走也不是，坐也不是，你说对不对？"

国器连连摇着头道："以后我不喝酒了。不过我想，一个人除了读书而外，总要做一点消磨时间的事，好让精神有托。除了正事而外，也研究一点佛学，你老人家以为如何？请你老人家坐着，慢慢地指教我。"说着，把书桌边的围椅拖过来，让章老太坐着。

章老太先看到他这种样子，未免也带了一点微笑。坐定了就正着颜色道："这个你可别胡闹。一来敬佛是一件正事，少年人道心不坚，拿了敬佛当玩意儿，徒然得罪了菩萨。青灯学佛虽是好事，你年纪轻轻的，正要干一番事业，而且也要替章家传宗接后，现在去学佛也不保佑你。"

国器笑道："这样说，你老人家是把事情弄得有点误会了。我说学佛，是要看看经典，研究研究佛家的学说。并不是像太太、少奶奶们一样烧香磕头吃斋把素，更不是像和尚那样抛家不顾。"

章老太道："这样的人倒也是有，不过你向来反对人家学仙学佛，说那是件迷信的事情。怎么你现时突然变过来了？"她说着，又偏头向国器脸上看去，脸上还带了一点微笑。

国器道："以前我不懂得学的好处，以为总不过是一套天堂地狱的话。自从这两个月以来，我是常常遇到一些学佛的人，据他们所说，才知道这里面奥妙无穷。"

267

章老太微低了头，沉了一会儿，好像她忽然一种心事醒悟过来了一般，然后正色道："你不必心猿意马、胡思乱想了。以后还是照以往的样子，念书做事，我也慢慢地老了，不能管理家事，应当给你成家了。"

国器笑道："正谈着学佛，怎么一跳跳到同我成家起来呢?"

章老太道："因为谈到出家，所以想起了成家。"

国器觉得老人家的意思倒有些误会，可是仔细想着，母亲的话也有些原因的。于是脸上微微地泛起了一层红晕。章老太看到他这种样子，便笑道："这几天你都没有睡得安稳，今天可以早早地睡了。"

国器也没有作声，静静地站着。章老太是交代完了话，就起身走出去了。可是走出房门以后，她突然止住了脚步，又回头向屋子里望着道："你这孩子是怎么了? 只管这样站着发痴?"

国器忽然醒悟，回头看时，见母亲手叉了门框，又在很亲切地向自己脸上望着。于是笑道："我没有什么意思，还是在想那两句诗。你老人家怕我出神，我就不想了。"

章老太道："我也要你不想才好。你知道我看到你发痴以后，我自己是怎样的吗? 你到学堂里去教书以后，我也坐在屋子里发痴。一直要等到你由学堂里回来，我才可以放心的。"

国器听说，自然是心里跳荡了一下，于是向章老太微微一鞠躬，做个心里惭愧的样子，于是道："我真想不到妈是这样关怀着我的。我自己实在也应该睡觉，不可以胡思乱想了。我依照妈的话，今天早早地睡觉。"

（因抗战爆发，《春秋》停刊，连载中断。至 207，实为 208 期。1937. 8. 10 《申报》副刊《春秋》）

图书在版编目（CIP）数据

换巢鸾凤／张恨水著. — 北京：中国文史出版社，
2018.6

（民国通俗小说典藏文库·张恨水卷）

ISBN 978 - 7 - 5205 - 0020 - 3

Ⅰ．①换… Ⅱ．①张… Ⅲ．①长篇小说 – 中国 – 现代

Ⅳ．①I246.5

中国版本图书馆 CIP 数据核字（2018）第 011170 号

整　　理：袁　元
责任编辑：卢祥秋

出版发行：**中国文史出版社**

社　　址：北京市西城区太平桥大街 23 号　邮编：100811

电　　话：010 - 66173572　66168268　66192736（发行部）

传　　真：010 - 66192703

印　　装：廊坊市海涛印刷有限公司

经　　销：全国新华书店

开　　本：720 × 1020　1/16

印　　张：17.75　　　字数：225 千字

版　　次：2018 年 6 月第 1 版

印　　次：2018 年 6 月第 1 次印刷

定　　价：52.00 元